中国文学理论与发展探索

李明哲◎著

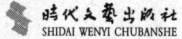
时代文艺出版社
SHIDAI WENYI CHUBANSHE

图书在版编目（CIP）数据

中国文学理论与发展探索 / 李明哲著. -- 长春：
时代文艺出版社, 2024.1
　　ISBN 978-7-5387-7391-0

　　Ⅰ.①中… Ⅱ.①李… Ⅲ.①中国文学－文学研究
Ⅳ.①I206

中国国家版本馆CIP数据核字(2024)第081772号

中国文学理论与发展探索
ZHONGGUO WENXUE LILUN YU FAZHAN TANSUO

李明哲　著

| 出 品 人：吴　刚 |
| 责任编辑：徐　薇 |
| 装帧设计：文　树 |
| 排版制作：隋淑凤 |

出版发行　时代文艺出版社
地　　址　长春市福祉大路5788号　龙腾国际大厦A座15层　（130118）
电　　话　0431-81629751（总编办）　　0431-81629758（发行部）
官方微博　weibo.com/tlapress
开　　本　710mm×1000mm　1/16
字　　数　239千字
印　　张　16.75
印　　刷　廊坊市广阳区九洲印刷厂
版　　次　2024年1月第1版
印　　次　2024年1月第1次印刷
定　　价　76.00元

图书如有印装错误　请寄回印厂调换　（电话：0316-2910469）

前　言

　　文学是一种深刻的表达形式，承载着文化的传承和时代的变迁。中国文学作为世界文学的重要组成部分，拥有悠久的历史和丰富的文学传统。在漫长的历史长河中，中国文学理论经历了多次演变和创新，不断塑造着独具特色的文学风貌。本书旨在深入研究中国文学的理论体系和发展脉络，探讨其在历史变革和社会进步中的演进过程，以期为读者提供全面而深入的视角，深刻认识中国文学的独特之处及其在全球文学舞台上的独特贡献。

　　中国古代有许多不朽的文学巨著，如《红楼梦》《诗经》等。我们将通过对这些经典作品的深入分析，揭示中国古代文学所蕴含的哲学思考、审美观念和人生智慧，以及这些元素在后来的文学发展中的传承和发展。

　　在全球化和信息时代的冲击下，中国文学将如何在世界文学舞台上继续崭露头角？面对未知的挑战，中国文学是否能够继续创新，保持其独特性和引领力？我们将从多个维度对这些问题进行思考，并提出一些可能的发展方向，以期为中国文学的可持续发展提供启示。

　　在撰写本书的过程中，我们深感对中国文学的探索是一项艰巨而又有趣的任务。希望通过这本书的呈现，读者能够更加全面地认识中国文学的历史、理论和发展脉络，从而更好地欣赏和理解这个博大精深的文学体系。同时，也希望本书能够成为学者、文学爱好者和广大读者的参考工具，为推动中国文学研究的深入发展贡献一份力量。

目 录

第一章　中国文学理论概述

第一节　文学理论的定义与作用 …………………………… 001

第二节　传统文学理论的影响 ……………………………… 007

第三节　当代文学理论的发展趋势 ………………………… 016

第二章　中国古代文学理论

第一节　先秦文学思想 ……………………………………… 024

第二节　魏晋时期文学理论 ………………………………… 036

第三节　唐代文学批评与理论 ……………………………… 044

第四节　宋代文学理论的演变 ……………………………… 050

第五节　元明清时期的文学理论 …………………………… 055

第六节　古代文学理论对当代文学的影响 ………………… 063

第三章　中国近现代文学理论的新探

第一节　新文化运动与文学思潮 …………………………… 071

第二节　鲁迅文学理论的贡献 ……………………………… 079

第三节　20 世纪文学批评的多元化 ………………………… 089

第四节 文学与社会主义现实主义理论 …………………… 099
第五节 文学理论在文学改革中的角色 …………………… 106

第四章　中国当代文学理论新动向

第一节 后现代主义与文学理论 …………………………… 112
第二节 后结构主义在中国的引入与发展 ………………… 122
第三节 文学批评中的女性主义视角 ……………………… 133
第四节 全球化背景下的文学理论创新 …………………… 143
第五节 数字化时代与文学新媒体的理论思考 …………… 154

第五章　文学创作与理论互动

第一节 文学创作与批评的关系 …………………………… 164
第二节 作家的文学观与创作理念 ………………………… 174
第三节 文学理论对作品的影响 …………………………… 184
第四节 文学奖项与文学理论的互动 ……………………… 193
第五节 大众文学与文学理论的关联 ……………………… 202
第六节 网络文学与文学理论的融合 ……………………… 214

第六章　中国文学理论与其他艺术形式的交叉

第一节 文学与绘画的关系 ………………………………… 227
第二节 文学与音乐的交融 ………………………………… 239
第三节 文学与戏剧的互动 ………………………………… 252

参考文献 ……………………………………………………… 259

第一章 中国文学理论概述

第一节 文学理论的定义与作用

一、文学理论的基本概念

文学理论是研究文学现象的原理和规律的学科,它涵盖了广泛的范畴,包括文学的起源、结构、意义、风格等方面。文学理论的发展历程可以追溯到古希腊时期,而在不同的历史时期和文化背景下,出现了各种各样的文学理论流派和观点。在本书中,我们将探讨文学理论的基本概念,从文学的定义、目的、形式等方面展开论述。

(一)文学的定义与目的

文学是人类语言表达的艺术形式之一,它通过文字表达思想、情感和经验,是一种深刻而富有表现力的艺术。文学的定义因时代和文化而异,不同的文学理论流派对文学有不同的解释。例如,古典主义强调文学的规范和规则,认为文学应该具有一定的结构和形式;而浪漫主义则注重个体的创造力和情感表达,认为文学的目的是表达个体内心的奇异体验。

文学的目的也因时代和个体而异。有人认为文学的目的是为了传递道德观念，教育读者；有人认为文学的目的是表达个体对现实的思考；还有人认为文学的目的是为了艺术享受，追求美的表达。因此，文学的定义和目的是一个复杂而多维的问题，需要从不同的角度来理解和解释。

（二）文学的形式与结构

文学的形式与结构是文学理论中的重要概念。形式指的是文学作品的外部表现形式，包括小说、诗歌、戏剧等不同的文学体裁。结构则是指文学作品内部的组织方式，包括情节、人物、语言等元素的组织关系。

不同的文学流派对形式和结构有不同的关注点。例如，现实主义强调对现实生活的客观描写，注重细节和真实性，而象征主义则强调意象和象征的运用，追求超越现实的表达。在文学结构方面，小说一般包括开端、发展、高潮、结局等基本结构要素，而诗歌则更注重音韵和韵律的运用，戏剧则注重人物的对话和舞台表现。

（三）文学的意义与解释

文学的意义和解释是文学理论中的另一个核心议题。文学作品往往包含丰富的象征和隐喻，其意义不仅仅是表面的文字意义，更涉及深层次的文化、社会和心理层面。因此，对文学作品的解释需要考虑到作者的意图、时代背景、社会语境等多种因素。

不同的文学理论流派对文学的意义有不同的解释方式。例如，结构主义强调文本内部的结构和符号系统，认为文学作品的意义是通过语言和符号的组织而产生的；后现代主义则强调对文本的多元解读，认为文学作品的意义是开放而多义的，取决于读者的主观感受和解释。

（四）文学与社会

文学与社会的关系是文学理论中一个重要的话题。文学作为一种文化现象，既受到社会的影响，又能够反映社会的变迁。不同的文学流派对文学与社会的关系有不同的看法。例如，马克思主义文学理论认为文学是一种意识形态的表达，受到社会结构和经济基础的制约；女性主义文学理论关注文学中的性别问题，探讨女性在文学中的地位和角色。

总的来说，文学理论涉及文学的定义、目的、形式、结构、意义以及与社会的关系等多个方面。不同的文学理论流派强调不同的方面，有着各自独特的观点和解释。通过深入理解文学理论的基本概念，我们能够更好地理解文学作品的内涵和价值，同时也能够更好地把握文学在人类文化中的地位和作用。

二、文学理论的研究对象与范畴

文学理论作为一个学科，其研究对象和范畴涉及广泛，囊括了文学现象的各个方面。在深入探讨文学理论的研究对象和范畴之前，我们可以先明确文学理论的定义。文学理论是对文学现象进行系统分析和解释的学科，旨在探讨文学作品的生成、结构、意义、传播等方方面面的问题。以下将从不同角度展开，详细阐述文学理论的研究对象与范畴。

（一）文学理论的研究对象

文学作品：文学理论首要关注的对象就是文学作品本身。这包括小说、诗歌、戏剧、散文等各种文学形式。研究者通过分析文学作品的语言、结构、风格等要素，揭示其中的规律和意义。

文学创作过程：文学理论也关注文学创作的过程，即作者是如何构思、创作和表达的。这一方面研究包括了作者的创意、写作技巧、艺术风格等，以及创作过程中的心理和文化因素。

文学批评方法：研究文学作品的方法和手段也是文学理论的研究对象。不同的文学理论流派使用不同的批评方法，比如结构主义、后现代主义、女性主义批评等，这些方法影响着人们对文学作品的理解和解读。

文学与其他艺术形式的关系：文学与绘画、音乐、电影等艺术形式之间存在着丰富的关系。文学理论也涉及研究文学作品如何与其他艺术形式互动，以及它们在表达和传达信息上的异同。

文学与社会：文学作为一种文化现象，受到社会的影响，同时也对社会产生影响。文学理论探讨文学作品如何反映社会、文化、政治的变迁，以及文学在社会中的作用和地位。

（二）文学理论的研究范畴

结构主义与形式主义：这一理论流派关注文学作品的结构和形式，强调作品内部元素之间的关系。研究范畴包括符号学、叙事结构、意象等，通过对这些要素的分析来理解作品的意义。

后现代主义与解构主义：这些理论强调文学作品的多义性和开放性，挑战传统的意义和结构观念。研究范畴包括对多元解读的探讨、对语言和符号的解构等。

马克思主义文学理论：这一流派关注文学与社会、经济的关系，强调文学的社会功能和阶级性质。研究范畴包括意识形态、阶级斗争在文学中的表现等。

女性主义文学理论：关注文学作品中的性别问题，研究女性在文学中的形象、角色，以及文学如何反映和塑造性别观念。研究范畴包括女性经验、女性主体性等。

比较文学与跨文化研究：这一领域研究不同文学传统之间的联系与差异，关注文学作品的跨文化交流和影响。研究范畴包括文学的全球化、文学的翻译研究等。

心理学与文学：研究文学作品与人类心理状态之间的关系，关注作品中的人物心理描写、读者的心理反应等。研究范畴包括心理学原理在文学研究中的应用、文学作品对读者情感的影响等。

文学与新媒体：随着科技的发展，文学与新媒体之间的关系成为一个重要的研究领域。这包括文学作品在互联网上的传播、电子书的出现对阅读体验的影响等。

从文学作品本身到创作过程,从结构与形式到文学与其他艺术形式的关系,从社会背景到不同文学理论流派的批评方法,文学理论的研究如同一幅丰富多彩的画卷,反映了人们对文学的深刻思考与追求。这些研究不仅帮助我们更好地理解文学作品,也为文学的创作、传播和接受提供了理论支持。

三、文学理论在文学创作中的作用

文学理论是对文学现象进行深刻反思和系统分析的一门学科,旨在揭示文学作品背后的原理、结构和意义。在文学创作中,文学理论不仅仅是一种分析和解释的工具,更是对创作者思考、构建和表达的指导。本书将探讨文学理论在文学创作中的作用,包括其对创作灵感的激发、创作技巧的指导以及对文学传统的影响。

(一) 文学理论的启发作用

1. 突破常规思维

文学理论作为一种智力资源,可以启发创作者超越常规思维,拓宽创作的视野。不同的理论流派提供了不同的思维框架,例如,后现代主义理论强调对传统叙事的颠覆,使作家更加敏感于突破传统文学范式的可能性。

2. 激发创作灵感

文学理论通过对文学作品的深入解读,为创作者提供了丰富的创作灵感。理论家对文学现象的深刻思考往往能够激发创作者对人性、社会和文化的深层次思考,为创作提供丰富的素材和主题。

(二) 文学理论在创作技巧上的指导作用

1. 提升叙事技巧

文学理论对叙事结构、人物塑造等方面进行深入研究,为创作者提供了丰富的技巧指导。例如,结构主义理论关注故事结构的逻辑性,为创作者提供了构建紧凑故事的方法。

2.语言运用的丰富性

文学理论对语言的研究有助于创作者更加深刻地理解和运用语言。语言是文学的基石，不同的理论流派提供了不同的语言观念，启发了创作者在表达方式、修辞手法等方面的创新。

（三）文学理论对文学传统的反思

1.打破传统框架

文学理论鼓励创作者对传统文学观念进行反思，挑战传统框架。例如，女性主义文学理论提出女性视角，推动了对性别刻板印象的反思，促使创作者在作品中探讨更为平等和多元的主题。

2.文学传统的延续与转变

文学理论既是对传统的批判，也是对传统的延续。传统文学作品中的人性关怀、道德观念等元素在文学理论的引导下得以继续发展，同时，也会受到理论的挑战和审视，促使文学传统实现在变革中的转变。

（四）文学理论的局限性

1.理论的多样性和分歧

文学理论众多，流派繁多，理论之间存在分歧。创作者在运用理论时可能面临选择的困扰，而不同理论可能对同一作品提出不同的解读，使得理论并非唯一的指导标准。

2.过度理论化的陷阱

过度追求理论的深度和抽象性可能导致创作者在创作时受到理论框架的过度制约，而忽略了作品的独立性和生命力。创作者需要在运用理论的同时保持对创作直觉和个性的尊重。

文学理论在文学创作中具有多层次的作用，既是启发创作者思考的源泉，又是提升创作技巧的良师，同时还推动了对文学传统的不断反思和重构。然而，理论的多样性和局限性也需要创作者谨慎对待，保持对创作的灵活性和创新性。文学理论与创作之间是一个相互启发与影响的过程，共同推动着文学的繁荣和发展。

第二节　传统文学理论的影响

一、儒家文学观在传统文学中的体现

儒家文学观是指儒家思想对文学创作和文学审美的影响，它在传统文学中有着深刻的体现。儒家思想是中国传统文化的重要组成部分，强调人的修养、道德伦理、社会秩序等方面，这些思想在文学创作中产生了广泛而深远的影响。本书将从儒家文学观的基本特征、在经典文学作品中的具体体现以及对后世文学的影响等方面展开，全面深入地探讨儒家文学观在传统文学中的体现。

（一）**儒家文学观的基本特征**

1. 仁爱之道

儒家文学观的核心特征之一是强调仁爱之道。儒家强调人的仁爱之心，主张以仁爱来构建人际关系和社会秩序。这一思想在文学中表现为对人性的关怀，对社会问题的反思以及对人情世故的描绘。例如《论语》中的"己所不欲，勿施于人"就是儒家仁爱之道的体现，而在文学作品中，可以看到对人性的深刻描绘，对人情世故的反思，以及对于爱、亲情、友情等情感的表达。

2. 道德伦理的塑造

儒家文学观还注重道德伦理的塑造。儒家思想中，强调个体的修养和道德品质的培养，认为通过修身养性可以达到社会和谐。这一思想在文学中表现为对人物品质的刻画、对行为道德的评价等方面。古典小说《红楼

梦》中对贾宝玉、林黛玉等人物的刻画就充分体现了儒家对人物道德伦理的关注。

3. 礼制观念的传承

儒家文学观还传承了礼制观念。儒家认为礼制是社会秩序的基础，通过遵循礼仪可以维持人际关系的和谐。在文学作品中，可以看到对礼仪的重视，对仪式、礼节的描绘。例如，在古代诗歌中，常常表达出对于宴会、祭祀等场合的礼仪之道的推崇。

（二）儒家文学观在经典文学作品中的体现

1.《论语》

《论语》是儒家经典之一，其中包含了大量的言行记录和对话，这些对话往往涉及人与人之间的关系、修养、道德等方面。这些思想观念在后来的文学作品中得以体现，比如对仁爱、孝道、忠诚等价值观的强调。

2.《大学》

《大学》是《礼记》的一篇，也是儒家经典之一。其中提到"修身齐家治国平天下"的理念，强调了个体修身的重要性以及与社会、国家关系的紧密联系。这一思想在后来的文学作品中，尤其是历史小说中，常常得以体现，通过塑造人物形象，表达对于个体修身和国家兴衰的关切。

3.《红楼梦》

《红楼梦》作为中国古典小说的巅峰之作，深刻地反映了儒家文学观。小说中通过对贾宝玉、林黛玉等人物的塑造，展现了儒家对人性、家族伦理的关注。同时，小说中对于礼仪、人情世故的描绘也体现了儒家文学观对于社会秩序的思考。

（三）儒家文学观对后世文学的影响

1. 儒家情怀的继承

许多后来的文学作品中仍然体现着儒家情怀。在现代小说中，仍然可以看到对人性的深刻反思、对人际关系的关怀以及对道德伦理的探讨。儒家思想所强调的人文关怀和情感表达,为后来文学作品提供了丰富的表现力。

2.礼制观念的传承

儒家的礼制观念在后来的文学作品中仍然有所体现。尤其是在历史小说、传统戏曲中,常常可以看到对于宴会、婚礼、祭祀等场合的描绘,这反映了儒家礼制观念对于文学创作的深刻影响。

3.道德伦理的反思

在当代文学中,儒家的道德伦理观念仍然是一个重要的主题。许多作家通过他们的作品表达对于人性的思考、对于社会伦理的关切。对于家庭、友情、爱情等关系的刻画中,儒家的影响也是显而易见的。这些作品常常通过对人物内心的挣扎、对道德选择的探讨,呈现出对儒家传统的承袭与延续。

此外,儒家的文学观也在当代文学创作中不断演变和发展。作家们通过对传统文化的重新解读,将儒家的思想与当代社会相结合,产生了一系列新的文学作品。这些作品既保留了儒家文学观的精髓,同时又赋予其新的时代内涵,形成了文学的多元发展。儒家文学观在传统文学中的体现丰富而深刻,它通过对仁爱之道、道德伦理、礼制观念的强调,影响了经典文学作品的创作和后世文学的发展。《论语》《大学》《红楼梦》等经典作品是儒家思想在文学领域的杰出代表,它们通过对人性、社会、家庭等方面的描绘,传递了儒家的核心价值观。

随着时代的变迁,儒家文学观在当代文学中仍然具有重要的影响力。作家们通过对儒家传统的继承和创新,不断丰富和发展了文学的内涵。儒家文学观的深刻思想在当代社会仍然具有启示意义,引导着人们对于人性、伦理、社会秩序等方面的深刻思考。

总的来说,儒家文学观在传统文学中的体现不仅是文学创作的灵感源泉,也是中国文学传统的重要组成部分。通过深入研究儒家文学观在经典作品中的具体表现以及对后世文学的影响，我们能更好地理解和把握中国传统文学的深邃内涵。

二、道家与佛家文学思想的传承

道家和佛家是中国古代哲学思想中两个重要的流派，它们对文学思想的影响深远而广泛。道家强调无为而治，注重人与自然的和谐；佛家强调超越生死，追求解脱。这两者的思想观念在中国文学中有着独特而深刻的体现。本书将从道家与佛家文学思想的基本特征、在经典文学作品中的具体体现以及对后世文学的影响等方面展开，全面深入地探讨这两个思想流派在文学领域的传承。

（一）道家文学思想的基本特征

1. 无为而治的理念

道家的基本特征之一是无为而治的理念。道家主张通过顺应自然、随遇而安，达到无为而治的境界。这一思想在文学中体现为对于自然的歌颂，对于人生哲理的探讨。古代诗歌中常常表达了对大自然的敬仰，以及对随遇而安、淡泊名利的追求。

2. 道教的神秘主义

道家思想中，尤其是道教的神秘主义成分，也为文学创作提供了丰富的题材。道教强调修炼仙道，追求长生不老，这在文学作品中常常表现为对于神仙、仙境、灵异之事的描绘。例如《庄子》中的一些寓言故事，就展现了道教神秘主义对文学创作的影响。

3. 自由奔放的个体主义

道家强调个体的自由奔放，追求心灵的自由。这种个体主义在文学中表现为对个体内心世界的深入描写，对于自由思想的探讨。一些散文、小说中通过对人物内心独白的方式，表达了对于个体自由、自我价值的追求。

(二)道家文学思想在经典文学作品中的体现

1.《庄子》

《庄子》是道家思想的经典之一,其中包含了大量的寓言故事和哲理性的论述。在这些故事中,常常通过夸张、幽默的手法,表达对于无为而治、自由奔放等思想的追求。例如《逍遥游》中的蝴蝶梦,通过庄子的幻想,传达了对于人生虚幻和自由的思考。

2.《道德经》

《道德经》是道家经典之一,其中包含了道家思想的核心理念。文中通过简洁而深刻的语言,表达了对于无为而治、顺应自然的思想。这些思想观念在后来的文学作品中常常得到引用和发挥,成为文学创作的灵感之源。

3.《红楼梦》中的无常观

《红楼梦》作为中国古典小说的巅峰之作,虽然主题更多地倾向于儒家的社会伦理,但在小说中仍然能够看到对于道家的影响。小说通过对生死、无常的深刻思考,表达了对于人生无常和顺其自然的态度,这正是道家思想的一种体现。

(三)佛家文学思想的基本特征

1.超越生死的解脱追求

佛家的基本特征之一是对于生死轮回的超越追求。佛教强调解脱苦难,追求涅槃的境界。这一思想在文学中体现为对生死、轮回、解脱的深刻探讨。佛家的思想为文学创作提供了关于生命意义、超越物质欲望的深刻主题。

2.对人性苦难的关注

佛家思想关注人性的苦难,对于疾苦、生老病死等人生的磨难有着深刻的思考。这一关切在文学中表现为对人物命运的反思,对人生苦难的描绘。一些现代小说中,通过对生活的真实展现,表达了对人性疾苦的关切。

3.慈悲心与舍己为人的理念

佛家强调慈悲心和舍己为人的理念。这一思想在文学中体现为对于慈悲、善良、无私奉献的赞美。一些小说中通过对人物的善行善举的描写，传达了佛家的慈悲主义思想。

（四）佛家文学思想在经典文学作品中的体现

1.《佛本生经》

《佛本生经》是佛教经典之一，其中记载了佛陀前生事迹的故事。这些故事以寓言的方式，表达了佛家的慈悲心、舍己为人的理念。经文中通过对于善行的描述，强调了善因善果的因果观念。这些故事在后来的文学作品中也得到了广泛的引用和发挥。

2.《西游记》中的修行与解脱

《西游记》是中国古典小说的经典之一，其中包含了佛家思想的元素。主人公孙悟空的修行过程，以及唐僧一行人的西天取经之旅，都体现了佛家对于解脱的追求。小说通过对人物修行历程的描写，表达了对生死、轮回、解脱的思考。

3.《红楼梦》中的生死观

在《红楼梦》中，尤其在后四十回中，作品通过对一些主要人物的死亡和生死观的描绘，表达了佛家关于生死的思考。小说中的"托生""脱俗"等元素，都是对佛家思想的一种借鉴和发挥。

（五）道家与佛家文学思想对后世文学的影响

1.对人性、生死、自由的思考

道家与佛家的文学思想对后世文学产生了深远的影响。在现代文学作品中，仍然可以看到对人性、生死、自由等主题的深刻思考。作家们通过对道家的无为而治、自由奔放以及对佛家的解脱追求、生死观的继承，创作出丰富多彩的文学作品。

2.对生活态度的启示

道家与佛家的文学思想在一定程度上影响了人们的生活态度。对于人生苦难的思考使人们更加理性地面对生活的挑战，对于超越物质欲望的思考引导人们更加注重内心的宁静和平和。这种生活态度在一些现代小说、散文中得到了体现。

3. 文学形式与审美的创新

道家的自由奔放、个体主义思想以及佛家的超越追求，也影响了文学形式与审美的创新。一些现代作家通过对传统文学形式的打破，创作出新颖独特的文学作品，表达了对自由、超越、解脱的追求。道家与佛家是中国古代哲学思想中的两大重要流派，它们对文学思想的传承产生了深刻而广泛的影响。道家的无为而治、自由奔放、个体主义，以及佛家的解脱追求、慈悲主义，这些思想观念在经典文学作品中得到了具体的体现。同时，这些思想在后世文学中仍然具有重要的启示意义，影响了人们对生活、人性、自由等方面的思考。

三、传统文学理论对经典文学的塑造

传统文学理论在塑造经典文学方面起到了至关重要的作用。经典文学是一个文化传承的精髓，是代表某个历史时期、某个文化体系的杰出文学作品。传统文学理论贯穿着对文学审美、创作原则以及文学价值的思考，这些理论为经典文学的形成、发展和传承提供了坚实的理论基础。本书将从经典文学的定义入手，探讨传统文学理论在经典文学塑造中的作用，分析不同文学理论派别对经典文学的影响，并讨论传统文学理论对经典文学的启示与挑战。

（一）经典文学的定义

经典文学是一个多义的概念，其定义因时代、文化、学科背景而异。一般而言，经典文学是在文学史上有着卓越地位，被广泛传颂，对后代产生深远影响的文学作品。经典文学既包括古代的经典著作，如《诗经》《论语》

等，也包括后来时期的杰出作品，如莎士比亚的戏剧、但丁的《神曲》等。

（二）传统文学理论在经典文学塑造中的作用

1. 审美观念的塑造

传统文学理论对经典文学的塑造首先体现在审美观念的形成。各个文学理论派别都有自己独特的审美理念，这些理念直接影响了经典文学的创作和评价标准。例如，在古典主义理论下，追求规范、对称、秩序的审美观念主导着文学创作，塑造了许多经典的戏剧和诗歌作品，如莎士比亚的戏剧和古希腊悲剧。

2. 创作原则的指导

传统文学理论还在经典文学的创作中发挥了指导作用。不同的文学理论派别提出了不同的创作原则，为经典文学作品的构思、结构、人物塑造等方面提供了指导性的意见。例如，浪漫主义理论强调个体的感情表达和对自然的热爱，这在许多浪漫主义时期的经典文学作品中得到了充分体现。

3. 文学价值的塑造

传统文学理论对于文学价值的思考也直接影响了经典文学的塑造。古典主义理论注重文学作品的普遍性、永恒性，认为经典作品应该具有普世的审美价值和道德观念。这一观点塑造了一系列被奉为经典的文学作品，它们被认为是跨越时空仍然具有深刻意义的文化遗产。

（三）不同文学理论派别对经典文学的影响

1. 古典主义理论

古典主义理论强调秩序、规范、理性，对经典文学的形成产生了深远影响。在古希腊罗马时期，古典主义理论为史诗、悲剧等文学形式的创作奠定了基础。例如，荷马的《奥德赛》和莎士比亚的悲剧作品就是在古典主义理论指导下创作的经典之作。

2. 浪漫主义理论

浪漫主义理论提倡个性、感情、幻想，对经典文学的发展产生了深远影响。浪漫主义时期的经典文学作品强调个体的内心体验，对自然、人性、爱情等主题有着深刻的探讨。例如，拜伦的《唐璜》和雨果的《九三年》都是浪漫主义时期的经典之作。

3. 现代主义理论

现代主义理论强调对传统形式的打破和对实验性的探索，对经典文学的塑造产生了颠覆性的影响。在现代主义时期，经典文学作品的形式和结构发生了重大变革，如詹姆斯·乔伊斯的《尤利西斯》。

4. 结构主义与后结构主义理论

结构主义与后结构主义理论对经典文学的影响主要体现在对文本结构、符号系统的解构和重新解读上。这一理论流派通过对文学作品深层结构的挖掘，提出了多样化的文学解读方法。对《哈姆雷特》等经典文学作品的结构主义与后结构主义解读，使人们更深入地理解这些作品所蕴含的深层意义。

5. 后现代主义理论

后现代主义理论对经典文学的影响表现在对叙事方式、真实性和历史观的重新审视。后现代主义的文学作品通常以碎片化、多重叙述、后现代历史观等特征而著称。

（四）传统文学理论对经典文学的启示与挑战

1. 启示

传统文学理论对经典文学的启示体现在其对文学审美、创作原则和文学价值的深刻思考。这些理论中的智慧和经验为后来的文学创作者提供了宝贵的借鉴。例如，古典主义理论中对规范与秩序的追求，为塑造经典作品的永恒价值提供了范本；浪漫主义理论中对于个性与感情的强调，为表达个体情感提供了深刻启示。

2. 挑战

传统文学理论对经典文学的挑战则体现在对传统观念的批判和对创新

的追求上。随着社会、文化的发展，一些传统理论的观念在当代面临质疑。现代主义、后现代主义等理论的兴起，对线性叙事、稳定结构等传统元素提出了挑战，要求对文学创作进行更加自由和创新的尝试。

传统文学理论在经典文学的塑造中扮演了至关重要的角色。审美观念的形成、创作原则的指导以及对文学价值的思考，都为经典文学的诞生和发展提供了理论支撑。各个文学理论派别的影响让经典文学呈现出多样化、丰富多彩的面貌。传统文学理论不仅启发了经典文学的创作者，也为后来的文学理论提供了丰富的思考素材。然而，随着时代的变迁，新的文学理论不断涌现，对传统观念提出了挑战，推动了文学的不断发展和创新。在这个交融与冲突的过程中，经典文学在传统与现代、稳定与变革之间不断焕发着独特的光芒。

第三节　当代文学理论的发展趋势

一、文学理论的现代转向

随着社会、文化和科技的不断发展，文学理论也在不断演变。文学理论是对文学现象进行解释和分析的框架，它在很大程度上塑造了人们对文学作品的理解方式。自20世纪以来，文学理论经历了多次转向，从结构主义到后现代主义，再到当代的新批评主义和文化研究，每一次转向都反映了当时社会、政治和文化背景的变迁。本书将探讨文学理论的现代转向，以及这些转向对文学研究和创作的影响。

（一）结构主义的崛起与批判

20世纪中叶，结构主义在文学理论领域崭露头角。结构主义强调文本中的结构和规律，认为文学作品的意义不仅仅来自于单词和句子的意义，还源于它们在整个文本结构中的位置和关系。结构主义关注普遍的文本规律，试图找到普遍适用的解释框架，以此来解释文学作品。这种方法在一定程度上强调了文本自身的内在结构，但也受到了一些批判。

结构主义的局限之一在于它忽略了文本之外的社会和历史因素。文学作品往往反映了作者所处的时代和社会环境，结构主义对这些外部因素的忽视导致了对文学作品多层次、多维度的理解的缺失。此外，结构主义对于文学作品的解读过于机械，忽略了读者的主观感受和解释，这在一定程度上削弱了文学作品的生命力。

(二) 后现代主义的冲击与文本解构

后现代主义的兴起标志着文学理论的一次巨大转变。后现代主义拒绝了以往的普遍性解释框架，主张文学作品的多义性和不确定性。文学不再被视为一个封闭、自足的系统，而是被看作是一个开放的、多元的领域，充满了各种可能性。在后现代主义的影响下，文学理论开始更加关注权力、身份、语言等议题，强调文学作品对现实世界的反映和批判。

文本解构是后现代主义文学理论的一个重要方向。解构主义者认为语言本身存在不稳定性和矛盾性，文本的意义是不断流动和变化的。通过解构文本，揭示其中的矛盾和边缘性，可以更好地理解文学作品背后的权力结构和意识形态。然而，后现代主义的相对主义和多元主义也引发了对文学价值和意义的质疑，使得一些人感到迷失在文学的边缘和无常之中。

(三) 新批评主义的回归与关注形式

面对后现代主义的冲击，新批评主义在文学理论中崭露头角。新批评主义强调文学作品的内在结构和形式，主张回归到对文本的深度分析和解读。与结构主义不同的是，新批评主义更加关注文本内部的复杂关系，试图通过对形式的细致分析来揭示文学作品的深层次意义。

新批评主义主张将文学作品看作是一个自足的结构，强调文本本身的独立性和独特性。它试图通过对文学形式、修辞手法、叙述结构等方面的深入研究，找到文学作品内在的有机联系和意义。然而，新批评主义也受到一些批评，认为其过于关注形式而忽略了文学作品与现实社会的关系，使得其解释框架显得有些狭隘。

（四）文化研究的兴起与跨学科探讨

文学理论的另一次重要转向是向文化研究的拓展。文化研究试图将文学置于更广泛的文化背景中，关注文学与社会、历史、政治、经济等多个层面的互动关系。这种跨学科的研究方法使得文学作品的解读更加丰富和多维，不仅关注文本本身，还关注文本在社会文化中的地位和作用。

文化研究强调文学作品的社会意义和历史背景，试图揭示文学与社会的互动关系。它关注文学作品对社会的影响以及社会对文学作品的塑造，通过研究文学作品中的符号、象征、隐喻等元素，揭示其中蕴含的社会观念和文化意义。这种跨学科的研究方法促使文学理论更好地与其他学科相互交融，拓展了对文学现象的理解。

文化研究的兴起也强调了文学作为一种文化产品的重要性。文学被看作是社会和文化价值观的反映，是文化传承和创新的媒介。通过文学作品，人们可以窥探不同时代和文化的思想、信仰、道德观念，以及对社会现象的态度。文学作为文化的一部分，对于文化研究提供了丰富的素材和资源。

文化研究还关注文学作品在跨文化交流中的作用。随着全球化的深入，文学理论逐渐关注文学作品在不同文化间的传播和对话。文学作品在不同文化中的翻译、解读和再创作，使其具有更广泛的影响力和意义。这也促使文学理论更加注重多元文化的对话，使不同文化的声音在文学领域中得到充分体现。

（五）后殖民理论与权力的关系

后殖民理论是文学理论领域的又一次显著转向。它关注的焦点主要集中在殖民主义和后殖民主义时期的文学作品上，旨在揭示西方殖民统治对于被殖民地的影响，并探讨后殖民时期的文学创作如何反映和回应这一历史遗留问题。

后殖民理论强调文学作品中的权力关系，包括殖民者与被殖民者、中心与边缘等。它试图揭示文学作品中存在的权力动态，分析作品中的抵抗、反抗和重新定义的元素。通过后殖民理论的引入，文学理论更深刻地关注了不同文化和社会之间的不平等关系，使学者们更为关注社会中弱势群体的声音和表达。

（六）当代文学理论的多元发展

在当代，文学理论呈现出更为多元化的趋势。不同的理论流派相互渗透，形成了交叉、互文的态势。同时，新的理论观念和研究方法不断涌现，包括环境文学、身体文学、数字人文等，丰富了文学理论的研究领域。

1. 环境文学与生态批评

环境文学强调文学作品对自然和环境的关注，关注人类与自然的关系。生态批评试图通过文学作品来探讨人类与自然界之间的相互作用，以及环境问题对文学创作的影响。这一领域的发展使得文学理论更加关注可持续发展和生态伦理。

2. 身体文学与身体批评

身体文学关注文学作品中对身体的描绘和对身体经验的反映。身体批评试图通过文学作品来理解身体在文化中的角色和意义，强调身体与社会、政治、性别等因素的交织关系。这一领域的发展推动了对身体、性别、性取向等议题的更为深入的研究。

3. 数字人文与计算机文学

数字人文将计算机科学的方法引入文学研究中，通过数学模型、计算机算法等工具来分析文学作品。计算机文学试图借助技术手段，挖掘和分析大量文学文本中的模式和趋势。这一领域的兴起拓展了文学研究的方法论，使研究更加数字化和科学化。文学理论的现代转向表明了对文学研究方法和理念不断变革的追求。从结构主义到后现代主义，再到当代的多元文学理论，每一次转向都反映了时代的需求和学术的发展。当前，文学理论面临更为复杂的挑战和机遇，不同的理论流派和研究方法相互交织，为文学研究提供了更为丰富的视角。在未来，文学理论将继续与社会、文化、科技等多领域相互交融，为理解和解释文学作品提供更为全面深入的视野。

二、当代文学理论的多元化趋势

随着社会的不断演变，当代文学理论呈现出一种多元化的趋势。这种多元化不仅体现在理论流派的交叉和互文上，还表现在对研究领域、方法论的广泛涵盖。在当代文学理论的舞台上，各种理论观念和研究方法相互碰撞，形成了一个富有活力和创造性的学术领域。

1. 后现代主义的多重解读

后现代主义作为20世纪末的重要文学理论流派，对当代文学理论产生了深远的影响。然而，后现代主义本身就包含着多重、复杂的思潮。在对后现代主义的理解上，学者们提出了不同的观点和解读。

一方面，一些学者强调后现代主义对传统叙事结构的颠覆和对权力结构的批判。后现代作品中的碎片化叙事、异质性文本、对大叙事的拒绝，都被解读为对现有文学秩序的反叛。另一方面，也有学者认为后现代主义并非一种统一的文学形式，而是包含了多种潮流，例如后现代小说、魔幻现实主义、元小说等。这种多元的解读促使对后现代主义的研究更加深入和立体。

2. 文学与社会的互动研究

当代文学理论越来越强调文学与社会之间的紧密联系。文学不再被看作是一个孤立的领域，而是被视为社会、文化、政治等多重因素的交织体现。因此，文学理论开始更深入地研究文学作品如何反映和参与社会的变革。

社会主义文学理论、女性主义文学理论、性别研究、性向研究等各种社会文化角度的理论逐渐崛起。这些理论关注文学作品中的权力关系、性别角色、社会政治背景等，试图通过文学的透视，更全面地理解社会的多元面貌。这种文学与社会互动的研究方法，使文学不仅成为审美的享受，更成为探讨社会问题和思考人类生存状态的重要工具。

3. 文化研究的崭新视角

文化研究在当代文学理论中占据着越来越重要的地位。文化研究不仅涉及文学作品本身，还包括更广泛的文化现象，如电影、音乐、艺术等。这一领域的发展使得文学理论更加综合、跨学科，并注重文学与其他文化表现形式的相互关联。

文化研究关注文学作品与大众文化、媒体文化的互动。它强调文学作品如何受到大众文化的影响，同时也探讨文学作品如何反响于大众文化。这一视角使研究者更加关注文学作品在文化传播中的角色和地位，以及文学如何与其他文化产品互为表里。

4. 后殖民理论的丰富发展

后殖民理论不再局限于对殖民主义和帝国主义的批判，而是在关注殖民历史的基础上，更加注重对后殖民社会和文学的深度研究。后殖民理论强调了不同文化间的对话和相互影响，关注原住民文学、非洲文学、印度文学等在全球范围内的表现和发展。

这一领域的发展丰富了文学研究的多元性，使研究者能够更全面地理解后殖民时期的文学现象。文学作为对抗殖民历史和重新建构文化认同的手段，成为后殖民理论研究的一个核心焦点。

5. 多元文学的崛起

当代文学理论越来越注重对多元文学的关注。传统的文学研究往往局限于某一地区或某一文化的文学作品，而当代文学理论则更加关注全球范围内的文学多样性。

在全球化的时代，文学理论逐渐超越了国界，关注世界各地的文学作品。亚非拉的文学、移民文学、少数民族文学等不同文学类型的崛起，为文学理论提供了更加多元、开放的研究对象。这种多元文学的崛起使得文学理论能够更好地反映世界文学的全貌，避免了以往过度西方中心主义的问题。

当代文学理论的多元化体现在对跨学科方法的广泛运用上。文学理论与哲学、社会学、心理学、人类学等多个学科发生深刻的交叉，形成了丰富的研究框架。

跨学科方法的融合使得文学研究更具有多维度的视角。例如，认知文学学、神经美学等借助认知科学的理论和实验方法，深入研究文学作品对读者思维和感知的影响。这种跨学科的研究方法有助于打破传统学科之间的界限，使得文学理论更贴近人类认知和情感的本质。

数字人文是当代文学理论中一个新兴且快速发展的领域。它将计算机科学和人文学科相结合，通过数字技术来分析、展示和理解文学作品。计算机文学的兴起使得研究者能够借助计算机程序来处理大规模文本，挖掘文学作品中的模式、趋势和关联。

数字人文和计算机文学为文学研究提供了全新的研究工具，推动了对大数据时代文学作品的更深入研究。这种方法的引入使得文学理论在处理文学作品时更具系统性和科学性，为学者们提供了更多全新的研究思路。当代文学理论的多元化趋势展现了一个开放、丰富、具有创造性的学术景观。这一多元化不仅是理论流派之间的多样性，也包括了对研究对象、研究方法、研究视角的广泛涵盖。在这个时代，文学理论不再是封闭的、僵化的领域，而是与社会、文化、科技等多个领域相互渗透、相互影响的复杂网络。

这种多元化的趋势为文学理论研究提供了更多的可能性，丰富了我们对文学作品的理解。从后现代主义的多重解读到文学与社会的互动研究，从文化研究的崭新视角到后殖民理论的丰富发展，再到多元文学的崛起和跨学科方法的融合，当代文学理论呈现出了一幅丰富多彩、充满活力的图景。

在未来，随着社会的不断发展和文学创作的不断更新，当代文学理论势必会继续发展和演变。在这个过程中，理论研究者需要保持开放的心态，不断吸纳来自不同领域的思想和方法，以更好地理解和解释当代文学的复杂性和多样性。

第二章 中国古代文学理论

第一节 先秦文学思想

一、先秦时期的经典文学观念

先秦时期是中国文学史上具有深远影响的时期之一,这个时期涌现了许多重要的文学思想和作品。在这个时期,经典文学观念逐渐形成,经典作品如《诗经》《楚辞》等开始崭露头角。在先秦时期,文学不仅是表达个体情感的工具,更是具有深刻哲学思考的载体。本书将探讨先秦时期的经典文学观念,分析其中的主要思想和代表性作品。

1.《诗经》的经典地位

《诗经》是中国文学史上的第一部诗歌总集,被誉为"诗经之大经""三百篇之大义"等。它包括《风》《雅》《颂》三个部分,内容丰富多样,反映了先秦时期不同地区、不同阶层的人们的生活、思想、感情等方面的内容。

《诗经》的形成和传承表明了当时对于文学作品的重视和经典地位的确立。其中,《诗经》的诗歌表达方式直白自然,真实地记录了当时社会的风土人情,为后来的文学创作提供了重要的范例。此外,这部作品还通过其丰富的象征和寓意，使得诗歌超越了单纯的个人感情表达，具有更深层次的文学价值。

2. 《楚辞》的豪放与哲理

《楚辞》是先秦时期楚国地区出现的一种诗歌形式，具有浓厚的地方色彩和独特的文学风格。其代表性作品有《离骚》《天问》等。《楚辞》与《诗经》相比，更为豪放激昂，具有强烈的个人情感和对社会、人生的深刻思考。

《离骚》是《楚辞》中最为著名的作品之一，以其豪放、辽阔的叙述风格而著称。作者屈原借助于个人遭遇，通过描绘离散的爱情和政治沉浮，表达了对时局的不满与对理想的追求。这种既有个体情感又融入哲学思考的风格，为后来文学作品的创作提供了新的范例。

3. 文学与政治的交融

在先秦时期，文学与政治关系密切，经典文学作品常常承载着作者对于社会政治的观察、思考和表达。这一观念在《诗经》中得到了体现，尤其是《诗经》中的《颂》部分。诗歌往往被用作祭祀、宴会、战争等场合的表达工具，同时也是统治者用以表达治国理政的工具。

例如，《诗经》中的《周颂》就包括了许多歌颂君主、讴歌政绩的诗歌。这些诗歌通过歌颂统治者的威德，弘扬社会正气，形成了一种将文学与政治统一的经典文学观念。这种将文学作为政治宣传和表达手段的观念在后来的文学史上一直有所延续。

4. 文学与道德的统一

先秦时期的经典文学观念中，文学与道德伦理有机地结合在一起。《论语》是先秦时期儒家学派的代表性文献之一，其中包括了孔子及其弟子的言论和行事。《论语》通过记录言行举止，强调修身齐家治国平天下的思想，将文学作为培养君子的途径之一。

儒家强调"文以载道"，认为通过文学的表达可以更好地传承和弘扬道德准则。《论语》中的语言简练，言之有物，既体现了儒家追求的"实学"

观念，也为后来儒学文化的传承奠定了基础。文学作为一种道德的表达工具，影响了后来中国文学的发展方向。

5. 言志抒怀与仁爱理念

先秦时期的文学作品不仅是对政治的表达，同时也是表达作者个体情感、理想和对人性、社会的思考。在经典文学观念中，有着大量言志抒怀、表达仁爱理念的作品。

《庄子》是先秦时期道家思想的代表性文献之一，其文学风格独特，通过讽刺、夸张等手法，表达了对人生、自然和社会的深刻思考。庄子的作品中，通过豁达的文学表达，强调了个体在大自然面前的微小与无常，提倡顺应自然、超越功名的人生观。

而《孟子》则以其强烈的仁爱理念而著称。孟子通过对仁爱、仁义、人性善恶的探讨，表达了他对社会和人性的理想与期望。在《孟子》中，文学与哲学相互交融，通过富有情感的语言表达，呼唤人们发扬仁爱精神，推动社会和谐与进步。这种文学作品中的仁爱理念对后来的儒家文学、哲学产生了深远的影响。

6. 形式与内涵的统一

在先秦时期，经典文学观念中形式与内涵的统一得到了重视。文学作品的形式不仅仅是一种艺术手法，更是表达内在思想和情感的方式。在《管子》等法家文献中，对于文学形式的运用有着独到的见解。

《管子》以其丰富多样的文学手法，如寓言、夸张、对比等，形成了独特的文风。这种文学形式的运用并非单纯为了娱乐，更是为了突出表达思想观点，使读者更好地理解作者的立场和主张。在经典文学观念中，形式不仅仅是一种工具，更是表达内涵的载体。

7. 个体情感与社会责任的平衡

在经典文学观念中，个体情感与社会责任之间的平衡得到了关注。先秦时期的文学作品中，个体情感往往通过丰富的艺术手法表达，同时这种表达又常常与对社会、政治、人伦的思考相融合。

《离骚》中的个人遭遇与对社会的反思，以及《庄子》中对个体自由与社会秩序的辩证关系等，都体现了先秦时期文学作品中对于个体情感与社会责任的辩证关系的关注。这种辩证观念在后来的文学发展中依然具有启示作用，为文学作品赋予了更为深刻的内涵。

8. 经典文学观念的传承与影响

先秦时期的经典文学观念在中国文学史上具有深远的影响。经典作品如《诗经》《楚辞》《庄子》等，成为后来文学创作的重要参照。其中的思想、艺术手法、文学价值等，为后来文学的发展奠定了基础。

儒家文学观念的传承使得经典作品成为儒学的重要组成部分，对后来的文学产生了深刻的影响。而道家、法家的文学观念在后来的文学创作中也有所体现，丰富了文学的多样性。先秦时期的文学观念为后来的文学理论提供了重要的启示，对中国文学产生了深远的影响。先秦时期的经典文学观念在中国文学史上占据着重要地位。这一时期的文学作品不仅是个体情感的表达，更是对社会、政治、人伦等方面进行深刻思考的产物。通过对《诗经》《楚辞》《庄子》等经典作品的分析，我们可以看到先秦时期的文学观念具有多样性和丰富性，既有对个体情感的充分表达，也有对社会责任、政治理念的深入探讨。

在这一时期，文学作品不仅仅是艺术的表达，更是哲学、政治、伦理观念的载体。文学通过形式多样的表达方式，使得个体情感得以传达，同时也通过深刻的思考与哲学理念的融合，使文学作品具有更为深远的意义。

先秦时期的经典文学观念为后来的文学发展奠定了基础。儒家、道家、法家等不同学派的文学观念在后来的文学传统中都有所体现，形成了丰富多彩的文学格局。同时，先秦时期的文学观念对后来的文学理论产生了深刻的影响，为中国文学的发展提供了重要的借鉴和启示。

在当代，我们依然可以从先秦时期的经典文学中汲取营养。对个体情感与社会责任的平衡、形式与内涵的统一、文学与道德的结合等观念仍然具有启示意义。先秦时期的经典文学观念展示了文学作为一种既能够表达个体情感，又能够传递深刻思想的媒介，为我们理解文学的复杂性和深度提供了宝贵的范本。

因此，对于先秦时期的经典文学观念的深入了解，有助于我们更好地理解中国古代文学的发展轨迹，感知其中蕴含的智慧和情感。这一时期的文学观念为中国文学传统的形成奠定了坚实的基础，也为后来文学的繁荣和创新提供了源源不断的营养。

二、诗经与楚辞对先秦文学理论的影响

先秦时期是中国文学史上的重要时期，而《诗经》与《楚辞》作为这个时期的代表性文学作品，对先秦文学理论产生了深远的影响。这两部作品在形式、内容、思想等方面都展现了独特的风采，为后来文学的发展奠定了基础。本书将从多个角度探讨《诗经》与《楚辞》对先秦文学理论的影响。

1. 形式与艺术风格的创新

（1）《诗经》的形式创新

《诗经》是中国文学史上的第一部诗歌总集，包含了丰富多样的诗歌形式。其中的《风》《雅》《颂》三个部分，形式各异，内容涵盖了当时不同地区、不同阶层的人们的生活、思想、感情等方面的内容。这种形式上的创新，为中国古代诗歌的发展奠定了基础。

在《诗经》中，形式的创新主要表现在对古代诗歌传统的继承与发展上。诗歌的题材广泛，不仅包括了歌颂君王的《颂》，也有了反映百姓生活的《风》。而且，诗歌的形式也逐渐多样化，不仅有豪放激昂的骈文，还有抒情婉丽的律诗。这种形式的多元性为后来文学的发展提供了范例，为中

国古代诗歌的丰富多彩奠定了基础。

(2)《楚辞》的豪放独特

与《诗经》相比,《楚辞》更加个性鲜明,以其豪放、激昂、独特的风格而著称。屈原的代表作《离骚》就是《楚辞》中的杰出之作。在这篇作品中,屈原通过浓烈的个人情感,表达了对时局的不满、对理想的追求。这种豪放的艺术风格为后来文学的发展提供了新的方向。

《楚辞》的形式创新主要体现在对骈文的运用上。与《诗经》中的骈文相比,《楚辞》的骈文更加豪放,运用的手法更为丰富。屈原通过对比、排比、夸张等手法表达了自己的激情和思想。这种形式上的创新在后来文学的发展中产生了深远的影响,豪放的文风成为中国文学的一个重要特色。

2. 情感表达与社会责任的结合

(1)《诗经》中的个体情感与社会责任

《诗经》作为先秦时期的经典之一,其内容丰富多样,既有歌颂君主的颂歌,也有抒发个人情感的雅颂。其中,《国风·周南》中的《关雎》表达了对时局的忧虑,表现了个体情感与社会责任的结合。

这种个体情感与社会责任的结合,体现在《诗经》对当时政治、社会、伦理的深刻反思上。《大雅》中的《文王》歌颂了文王的仁德,强调了君主应该具备的品质。而《小雅》中的《节南山》则表达了对社会不公的不满,呼吁君主正义施政。这种情感表达与社会责任的结合为后来文学作品提供了范例,强调了文学的社会责任。

(2)《楚辞》中的激情与政治思考

《楚辞》以其独特的激情表达和深刻的政治思考而著称。其中,《离骚》是屈原的代表作,以香草美人为喻描绘政治沉浮,表达了对时局的不满与对理想的追求。

在《离骚》中,个体情感与政治抱负紧密结合,屈原通过自己的遭遇,表达了对当时政治腐败的愤怒与对理想的向往。这种激情与政治思考的结合，为后来文学作品提供了新的思路，使文学不仅仅是情感表达的工具，更是对社会、政治的深刻思考的载体。

3. 个体与集体的关系思考

（1）《诗经》中的君臣关系

《诗经》中对于君臣关系的思考主要体现在对君王的歌颂以及对社会秩序的表达上。在《颂》中，有着大量歌颂君王的诗歌，通过对君王的赞美，强调了君臣关系的重要性。

这种君臣关系的强调并非单纯是对统治者的盲目崇拜，更包含了对社会秩序、治理之道的思考。在《大雅》中的《文王》中，对文王的歌颂体现了一种理想中的君臣关系，君主应当以仁德之德治理国家，保障百姓的安宁。这种思考为后来儒家思想中的君臣伦理观念提供了基础，将君主与社会责任相结合，形成了一种理想的统治观念。

（2）《楚辞》中的个体抗争

相较于《诗经》中一些篇章相对崇尚君主的态度，《楚辞》体现了更为明显的个体抗争精神。在《离骚》中，屈原通过自己的遭遇表达了对时局的不满，对政治腐败的愤怒。他在文中不仅表达了对个体情感的宣泄，更通过对政治现状的批判，呼吁个体的抗争，展现了对个体权利和尊严的追求。

这种个体抗争的思想在《楚辞》中得到了深刻的表达，为后来的个体意识觉醒、抗争精神的形成提供了启示。屈原通过自己的个体经历，引发了对政治体制的质疑和对个体权利的关注，为后来社会变革和政治改革的思想奠定了基础。

4. 儒家、道家、法家等学派的影响

（1）儒家对《诗经》的借鉴与发展

儒家对《诗经》的借鉴与发展在中国古代文学史上起到了举足轻重的作用。儒家强调"文以载道"，即通过文学的表达来传递道德、伦理的观念。《诗经》中的一些篇章，尤其是那些歌颂贤明君主、倡导仁义道德的诗

篇，成为儒家思想中"君子之风"的经典范本。

例如，《大雅》中的《文王》以文王的仁德为表率，表达了"克明德"的思想。儒家通过对这些篇章的研读与借鉴，将其中的人伦、政治理念纳入儒家经典体系，并发展为儒家思想中的重要组成部分。这种对《诗经》的借鉴与发展，为后来儒家文学的形成和发展提供了基础。

（2）道家对《楚辞》的启示与吸收

道家思想的代表性文献《道德经》中，虽然没有直接对《楚辞》进行引用，但道家思想对《楚辞》的启示和吸收在思想上是有相似之处的。《楚辞》中对个体情感的宣泄、对政治腐败的批判以及个体抗争的精神，都与道家对于自然、个体境遇的深刻反思相契合。

道家注重个体的生命境遇、情感体验以及对自然的顺应，这与《楚辞》中个体情感的强烈表达和对自身命运的反思有相通之处。道家的"无为而治"的思想也可以在《楚辞》的政治理念中找到影子，即个体的抗争并非通过强硬的手段，而是通过柔软、变通的方式来实现。

（3）法家对经典文学的功利性运用

与儒家、道家注重思想、伦理的启迪不同，法家对经典文学的运用更加功利性。《法家》文献中的《管子》对文学形式的运用有着独到的见解。《管子》中以骈文的形式运用寓言、夸张、对比等手法，形成独特的文风，使文学不仅仅是表达思想的手段，更是政治手段的延伸。

法家强调法治，通过文学的表达来达到政治控制的目的。在《管子》中，文学被视为治理国家的工具，通过巧妙的修辞和文学技法来影响民心，巩固政权。这种功利性的文学观念对后来政治文学产生了一定的影响。

5．后来文学发展中的继承与创新

（1）《诗经》对后来文学的继承

《诗经》作为中国文学史上的第一部总集性诗歌，对后来文学产生了深远的影响。儒家学派在对《诗经》的研究中，提倡"文以载道"的思想，将其中蕴含的仁义道德观念纳入儒家经典体系。

在《诗经》中，儒家思想家通过对其中篇章的引用、注释，将其中的仁爱、忠恕等伦理观念视为儒家经典的重要组成部分。这种继承对后来的儒家文学、文化产生了深远的影响，使《诗经》中的精神传承至今，成为中国传统文化的重要组成部分。

同时，《诗经》的形式创新，尤其是其中不同风格的诗歌形式，为后来的文学创作提供了范例。唐代诗歌中的律诗、宋代诗人的格律诗等都可以看到《诗经》中形式的延续和发展。这种对形式的继承和发展，丰富了中国古代诗歌的艺术表达。

（2）《楚辞》对后来文学的启示

《楚辞》以其豪放、激昂的文学风格以及对政治的深刻思考，对后来文学产生了启示。唐代的辞赋诗人，如杜牧、李贺，通过对《楚辞》的研读，借鉴了其中的豪放、激昂的艺术表达方式，形成了具有时代特色的文学风格。

在明清小说中，一些小说家也受到《楚辞》中个体抗争、对时局的批判的影响，通过小说形式表达对社会现象的关注和思考。屈原个体抗争的精神，对后来文学中的个体意识觉醒产生了积极的影响。因此，可以说，《楚辞》对于后来文学的启示不仅仅表现在形式上的创新，更在于对个体情感、政治理念的深刻表达。

《诗经》与《楚辞》作为先秦时期的经典文学之作，对先秦文学理论产生了深远的影响。从形式创新、情感表达与社会责任的结合、对个体与集体关系的思考，到儒家、道家、法家等学派的影响，以及对后来文学发展的继承与启示，这两部作品在中国古代文学的发展中起到了奠基的作用。

《诗经》和《楚辞》的影响不仅仅体现在其所包含的思想和情感的表达上，更在于对后来文学形式、主题、价值观的启发与引领。它们为中国古代文学的多样性、丰富性，以及儒家、道家、法家等不同学派的形成与发展，提供了重要的参照与典范。

这两部经典之作的文学观念和艺术风格，时至今日依然在中国文学中闪耀着独特的光芒。对于我们理解先秦时期文学、认识中国文学传统，以及思考当代文学的发展，都具有重要的指导意义。

三、墨家与道家的文学思想

墨家和道家是先秦时期中国两个重要的哲学学派，它们对文学思想的发展产生了深远的影响。墨家强调实用主义、兼爱、非攻的理念，而道家注重无为而治、追求道的境界。这两者的文学思想在形式、内容、价值观等方面都有独特之处，对中国文学产生了深远的影响。本书将从多个角度探讨墨家与道家的文学思想。

1. 墨家的文学思想

（1）实用主义与兼爱理念的表达

墨家注重实用主义，将文学作为一种实用的工具，用以传播有益于社会的知识和理念。墨子强调"兼爱"思想，提倡广泛的社会关怀，这一理念在墨家文学中得到了充分的表达。

墨子的著作《墨子》透露出强烈的兼爱情怀。他通过各种寓言、比喻、故事，表达了对人类团结、和谐的向往。这种兼爱的理念不仅仅是一种道德伦理观念，更是墨家文学的核心思想。通过文学的表达，墨子试图唤起人们的社会责任感，推动社会的共同进步。

（2）非攻的和平思想的表达

墨子的文学思想中，强调了"非攻"的和平理念。《墨子》中提到："兼爱无攻，要民之情。"墨子主张通过兼爱来实现社会的和谐，同时反对战争和暴力的手段。这一思想在墨家文学中得到了深刻的表达，成为其文学作品的主要主题之一。

墨子以其富有感染力的文学表达，向读者展示了一个理想中的社会，一个摒弃战争、实现和平的境界。通过文学手法，墨子既表达了对暴力的反感，又为社会的建设提供了理念支持。这种非攻的和平思想成为墨家文学的鲜明特色，对后来的文学产生了一定的影响。

2. 道家的文学思想

（1）道的无为而治的表达

道家注重对道的追求，主张无为而治的理念。道家文学在形式和内容上都体现了这一核心思想。《道德经》是道家文学的代表作之一，其中的"道可道，非常道"和"无为而治"的观念成为道家文学的核心。

道家通过深邃、简练的文学表达，强调个体应该顺应自然，追求无为而治的境界。《道德经》中的寓言、对比、排比等修辞手法，将道家的思想以简练、深刻的形式表达出来，使文学成为传递哲学思想的媒介。这种对道的无为而治的追求在道家文学中得到了最完美的表达，为后来文学提供了一种新的思想取向。

（2）自然观与生命哲学的表达

道家文学思想强调对自然的顺应与尊重，将自然的运行规律融入文学创作之中。《道德经》中常用自然的景物、自然的变化来寓言表达对道的理解。这种自然观念贯穿于道家文学的方方面面，体现了一种宇宙、生命的哲学。

通过对自然的观察与体验，道家文学表达了对生命的深刻思考。生命的起伏、变化、无常成为道家文学中的重要主题。在《道德经》的诗意表达中，读者可以感受到对生命的敬畏、对自然的崇尚。这种生命哲学的表达在后来的文学中有所影响，为文学赋予了更为丰富的内涵。

3. 墨家与道家的文学比较

（1）对人生价值的关注

墨家和道家在对人生价值的关注上存在一些相似之处，都强调了超越功利的价值观。墨子的兼爱理念和道家的无为而治思想都体现了对人性、社会和宇宙的深刻关照。墨家通过对社会的实用主义关怀，强调了对人性的关注，而道家则通过对自然的追求，体现了对人生价值的探寻。

（2）对社会关系的反思

墨家和道家在对社会关系的反思上存在一些分歧。墨子的兼爱理念更加强调社会的共同利益和合作，主张通过兼爱来实现社会的和谐。而道家则更注重个体的内心修养，提倡通过无为而治的方式实现社会的和谐。这种对社会关系的反思在两者的文学作品中都得到了充分的表达。

墨子的《墨子》中通过各种故事、寓言，强调了人与人之间应该相互关爱、合作，共同谋求幸福。他通过文学手法，塑造了一系列形象生动的人物，以此来传达对社会关系的思考。这与道家强调个体修养、追求无为而治的理念形成了对比。

（3）文学表达形式的差异

墨家和道家在文学表达形式上也有所差异。墨子的文学作品注重实用主义，以议论和寓言为主，力求通过简练的表达方式传递有益于社会的知识。他的文学作品更偏向于论说性质，强调理性的思考和实用的目的。

而道家的文学作品则更加注重寓言、诗意的表达，以简洁的语言传递深刻的哲学思想。《道德经》中采用了丰富的修辞手法，通过对自然、人生、社会的寓言来表达对道的理解。这种形式上的差异反映了两者不同的思想取向和文学追求。

4．墨家与道家文学思想的影响

（1）对后来文学的启示

墨家和道家的文学思想对后来文学产生了深远的启示。墨子的实用主义、兼爱理念，以及对社会和平的追求，在一定程度上为后来文学作品的社会责任感、人道主义价值观提供了范例。墨子的文学作品中的理念，对后来儒家文学的发展产生了一定的影响。

道家的文学思想通过对自然、无为而治的追求，为后来文学注入了一种深刻的哲学思辨。道家的诗意表达、修辞手法，对后来诗歌、散文的发展产生了积极的影响。从唐代诗人王勃、杜牧等的作品中，就可以看到对道家哲学的借鉴与发展。

（2）对文学风格的影响

墨家和道家的文学思想在形式上的差异，对后来文学风格的发展产生了一定的影响。墨子的实用主义理念强调论说，这种倾向在后来文学中也有所体现，如后来儒家文学中的议论文风。而道家强调的诗意表达、寓言、修辞手法，则为后来文学中的诗歌、散文风格提供了新的思路。

墨家与道家作为先秦时期的两个重要学派，其文学思想在中国古代文学的发展中起到了积极的作用。墨子的实用主义、兼爱理念，以及对社会和平的追求，为后来文学作品注入了人道主义的精神。道家的无为而治，对自然、生命的深刻思考，为后来文学注入了一种哲学的深度。

墨家与道家的文学思想，虽然有各自的特点，但在对人性、社会、自然的关照上都具有共通之处。它们不仅为中国古代文学提供了丰富的思想资源，也在形式和内容上为后来文学的发展提供了重要的启示。这两个学派的文学思想，成为中国文学丰富多彩、充满智慧的重要组成部分。

第二节　魏晋时期文学理论

一、魏晋文学理论的时代背景

魏晋时期，是中国历史上的一个重要时段，涵盖了魏、蜀、吴三国时期以及晋朝的建立。这个时期的文学理论在中国文学史上具有重要地位，被誉为"魏晋风度"。在这个时代，由于政治动荡、社会变革、文人群体的兴起等因素，形成了独特的文学氛围。本书将从政治、社会、文学思潮等方面，全面探讨魏晋文学理论的时代背景。

1. 政治动荡与社会变革

（1）政治动荡

魏晋时期，中国经历了自东汉末年的黄巾起义以来的多次政治动荡。东汉末年氛围骚动，出现了一系列的农民起义，其中以黄巾军的兴起最为突出。这一时期的政治动荡导致了东汉王朝的衰落和瓦解。

魏晋时期的政治动荡主要表现在三国鼎立和晋朝的建立。在三国时期，魏、蜀、吴三国争霸，频繁的战乱使社会陷入混乱。而到了晋代，晋朝的建立标志着统一的曙光，但政局依然不稳定，东晋时期又陷入了割据局面。这种政治动荡为文人提供了表达抱负、抒发情感的契机，推动了文学的繁荣。

（2）社会变革

伴随政治动荡，魏晋时期的社会也经历了一系列的变革。传统的封建制度逐渐崩溃，社会结构发生变化，原有的统治秩序受到了冲击。豪强地主阶级的力量壮大，而中下层社会也逐渐崭露头角。社会动荡使得人们对于人生、社会、宇宙等问题的思考更加深刻，这种思考在文学中得到了充分的表达。

2. 文人群体的兴起

（1）士人风采

魏晋时期文人群体的兴起是该时期文学理论形成的重要背景之一。由于政治动荡和社会变革，原有的社会精英逐渐丧失了对文学的主导地位，新的文人阶层崭露头角。这个时期，士人们开始在文学创作中寻求一种新的文学风格，表达他们对时局的思考和对理想的追求。

魏晋时期，文人的风采主要表现在文学创作、文学评论以及文学理论上。他们以才情、学问、志节为傲，形成了一种新的文学风尚，这也为魏晋文学理论的兴起提供了坚实的基础。

(2) 文学评论的兴盛

在魏晋时期，文学评论的兴盛为文学理论的形成提供了有力的支持。大量的文学评论家涌现出来，对古典文学作品进行了深入的研究和评论。其中，最为著名的是王逸和嵇康等人。他们通过对古典文学的评论，形成了一系列具有独特见解的文学理论，推动了魏晋文学理论的进一步发展。

3. 文学思潮的嬗变

(1) 乐府文学的兴起

魏晋时期，乐府文学成为一种独特的文学形式，对当时的文学理论产生了深远的影响。乐府诗歌以其通俗易懂、贴近百姓生活的特点，受到了广泛的欢迎。这种文学形式的兴起，反映了社会动荡背景下百姓生活的真实状态，也使得文学理论更加关注人民的生活体验。

乐府文学在形式上采用了新的音乐形式，如新乐府、世说新语等，注重抒发情感、叙述故事，为后来的文学理论提供了新的范式。它的兴起表明文学不再局限于传统的诗歌、赋文，而是开始关注更广泛的文学表达方式，对魏晋文学思潮产生了积极的推动作用。

(2) 道家思想的影响

魏晋时期，道家思想对文学理论产生了深远的影响。道家的"无为而治""返本归根"等思想为文学提供了一种宇宙观念，影响了文学作品的题材、意境和审美追求。

在文学创作中，道家思想强调追求心灵的宁静与超然，倡导通过超脱世俗的境地来达到心灵的净化。这种思想在魏晋时期的文学作品中得到了充分的表达，如陶渊明的田园诗，反映了对清净宁静生活的向往。道家的审美理念也在文学作品中体现，对于意境的深刻追求、对自然的崇敬，都体现了道家思想的影响。

（3）儒家文化的回归

魏晋时期，儒家思想也重新崛起，对文学理论产生了重要的影响。王弼、王逸等儒家学者对古典文学进行了系统的研究和评论，提出了一系列关于文学的理论观点。儒家强调文学的社会责任和教化功能，对文学创作提出了更高的要求。

儒家文学理论的回归在一定程度上弥补了道家文学理论的一些不足，注重社会责任和伦理道德的弘扬。儒家学者在文学评论中强调经典的研读与继承，为后来文学的发展提供了重要的理论基础。

4. 文学理论的特点与成就

（1）理论追求的博大精深

魏晋文学理论的特点之一是理论追求的博大精深。在这一时期，文学理论的研究不再局限于形式和技巧，而是深入探讨文学与人生、社会、宇宙等更为宽广的关系。文学不再仅仅是一种艺术表达，更成为人们思考生命意义、探求真理的工具。

魏晋时期的文学理论家在文学与哲学、伦理、社会等方面进行了广泛而深刻的探讨，形成了一系列具有独特见解的理论体系。例如，嵇康在《文赋》中强调文学的社会责任，王逸在《文心雕龙》中对文学的审美价值进行深入探讨。这种博大精深的理论追求为魏晋文学理论赋予了时代的独特气质。

（2）文学与人生的深刻思考

魏晋文学理论强调文学与人生的紧密联系，对人生的深刻思考成为该时期文学理论的重要特点。文学家通过文学作品对人生的磨难、沉思、追求等方面进行了深入探讨，表达了对生命深层次问题的关切。

嵇康通过对社会风气、人情世故的描写，表达了对人生真相的关切。陶渊明的田园诗则反映了对自然、生活、人性的深刻思考。这些作品通过文学的形式深刻地展示了文学家对人生问题的独特见解，为魏晋文学理论的形成贡献了重要的思想资源。

魏晋时期，中国社会面临政治动荡和社会变革，文人群体的兴起推动了文学的繁荣。在这一时期，文学理论呈现出多样化的发展趋势，体现了对人生、社会、文学本质等问题深刻的思考和探讨。政治的动荡与社会的变革为文学提供了丰富的题材和表达的空间，文人群体的兴起带来了新的文学理论的探索，使魏晋文学理论成为中国文学史上的一个重要时期。

魏晋文学理论的时代背景形成了其独特的特点。在政治动荡和社会变革的大背景下，文学理论逐渐超越了以往的形式与技巧的讨论，深入探讨文学与人生、伦理、哲学等更为宽泛的关系。文学不再仅仅是一种艺术形式，更成为人们思考人生意义、社会风貌的工具。

文学理论的兴起得益于文人群体的崛起。文人们通过对古典文学的评论和创作，形成了一系列的理论体系。他们以才情、学问、志节为傲，对文学提出了更高的要求。文学评论的兴盛，如王逸、嵇康等人的研究，为文学理论的形成提供了深刻的思想基础。

此外，魏晋文学理论的形成还受到了道家思想和儒家文化的影响。道家思想强调超然的境地和对心灵的追求，为文学作品注入了深邃的哲学思考。而儒家文化的回归，强调社会责任和伦理道德，为文学提供了新的理论支持。

魏晋文学理论的独特之处在于对人生的深刻思考，对宇宙、伦理、哲学等更为广泛问题的关照。文学家们通过文学作品表达了对生命真谛的追求，对社会现象的反思，使魏晋文学理论在中国文学史上占据着重要的地位。

总体而言，魏晋文学理论的时代背景在政治、社会、文人兴起等多方面共同作用下，形成了独特而丰富的文学氛围。这一时期的文学理论成就深刻影响了后来文学的发展，为中国古代文学注入了新的思想与活力。

二、世说新语与魏晋文学批评

1. 概述

《世说新语》是一部魏晋时期的文学巨著,由刘义庆编纂,记录了东汉后期至魏晋时期名士的言行举止。这部作品不仅是一部文学佳作,更在魏晋文学批评史上占有特殊地位。通过对《世说新语》的深入解读,可以窥见魏晋时期文学批评的特点、观念以及文人对当时社会的反思。

2.《世说新语》的特点

(1) 文学体裁的独特性

《世说新语》以轶闻小故事为主,以谈论、描写、讽刺为手法,形成了一种富有情趣和文学艺术性的文体。相较于传统的史书记载,它更注重个体的言行和社会风尚,为后来的魏晋文学批评提供了一种新的文体范式。

(2) 对时代人物的聚焦

《世说新语》以当时社会的名士为主,通过独特的视角深入观察、描绘了各种人物形象。这种聚焦于时代人物的手法,为后来文学批评提供了对社会人物品质、行为的思考和评判标准。

(3) 对人性、道德的思考

作为一部具有讽刺色彩的作品,《世说新语》通过对人物言行的揭示,对人性的复杂、道德的高低进行了深刻的思考。作品中既有对德行高尚、仁爱宽厚者的赞美,也有对奸诈狭隘者的讽刺。这种对人性、道德的思考,为魏晋文学批评提供了深刻的社会伦理基础。

3.《世说新语》与魏晋文学批评的关系

(1) 对文学价值的思考

《世说新语》在揭示人物言行的同时,也不乏对文学价值的深入思考。通过对文学创作的评价,体现了文学家对文学使命和责任的理解。这对魏晋时期的文学批评意义深远，为后来的文学创作提供了一定的道德准则。

（2）社会风尚的反思

《世说新语》以独特的文学手法，深刻反映了当时社会风尚的善恶得失。对于时局的反思，使得作品成为当时社会动荡背景下一种文人对社会的批判和反思。这种社会风尚的反思与魏晋文学批评中对社会现象的关注相一致。

（3）文学理论的初步探索

《世说新语》中既有对古典文学的传承，又有对新兴文学形式的尝试。在体裁、形式上的创新，为魏晋文学批评提供了一些文学实践的经验，为后来文学理论的发展奠定了基础。

4. 魏晋文学批评的特点

（1）对文学价值的关注

魏晋文学批评强调文学的道德和社会责任，对文学价值进行了深刻的反思。这种对文学价值的关注与《世说新语》中对文学创作价值的思考相呼应。

（2）社会风尚的关切

魏晋文学批评家对当时社会风尚的关切表现得尤为明显。在面对时局动荡、社会伦理沦丧的背景下，文学批评家们以文学为工具，对社会的风貌、人伦进行了深刻的观察和评价。这与《世说新语》中对社会风尚的揭示有着共通之处。

（3）对文学形式的思考

魏晋时期的文学批评家对文学形式进行了一系列的思考与探索。刘勰在《文心雕龙》中对文学的分类、修辞手法、音律等方面进行了详细的论述，为后来文学理论的发展提供了系统性的思考。

5.《世说新语》与魏晋文学批评的联系

（1）文学创作的价值

《世说新语》通过对各类人物的言行描写，对文学创作的价值进行了深人的反思。文学的价值不仅仅在于形式的表达，更在于对人性、社会伦理、道德品质的深刻观察和表达。

《世说新语》在对时代人物进行描绘的同时，抒发了对社会风尚的关切和反思。这与魏晋文学批评关注社会风尚、对时局的反思密切相关。文学作为一种反映社会风貌的工具，通过《世说新语》的故事和轶闻，文人们得以表达对社会善恶、是非的独立见解。

（2）文学形式的实践

《世说新语》在文学形式上的创新与魏晋文学批评对文学形式的思考相呼应。作为一部富有文学艺术性的著作，它在体裁和形式上的独特尝试为魏晋时期的文学理论提供了实践的经验。这种实践对于后来文学形式的发展产生了积极的影响。

《世说新语》作为魏晋时期的文学杰作，不仅在文学史上占有重要地位，同时在魏晋文学批评的发展中也发挥了积极的作用。通过对人物言行的描写，它展现了对文学价值、社会风尚、人性道德的深刻思考，为当时的文学批评提供了宝贵的经验和启示。

魏晋文学批评强调文学的伦理和社会责任，注重对人性、道德的深刻反思。这一时期的文学批评家通过对文学创作的评价，对社会风尚的关切以及对文学形式的思考，形成了一系列独特的文学理论。而《世说新语》作为其中的佼佼者，通过具体的实践展现了这些理论的生动表达，为魏晋文学批评的发展奠定了坚实的基础。

总体而言，《世说新语》与魏晋文学批评的关系密切，相辅相成。它通过对人物的描写和故事的编排，为文学批评提供了生动的素材，同时也在观念和形式上为魏晋时期的文学批评注入了新的思想和活力。《世说新语》的独特魅力在于它既是一部文学杰作，也是一部具有丰富文学批评内涵的作品，为魏晋时期文学的繁荣与发展贡献了重要力量。

第三节　唐代文学批评与理论

一、唐代文学理论的兴盛时期

1. 概述

唐代被誉为中国古典文学的黄金时期，其文学理论的兴盛时期更是为后来文学批评和创作奠定了深厚的基础。在唐代，文学理论逐渐成熟，不仅有一系列经典的文论著作问世，而且文学批评家的地位和影响力得到提升。本书将深入探讨唐代文学理论的兴盛时期，探讨其主要特点、代表性人物及其著作，以及对后来文学发展的影响。

2. 文学理论的主要特点

（1）儒家文学理论的复兴

在唐代，儒家文学理论经历了一次复兴，成为文学批评的重要观念之一。儒家注重经典的研究和传承，文学批评家们开始强调对古典文学的继承与发展。他们认为文学的价值在于传达儒家伦理道德观念，使文学成为教化人心、启迪道德的工具。

（2）以诗歌为主导的文学理论

唐代文学理论以诗歌为主导，尤其是关于律诗的理论探讨居多。唐代文学理论家们认为，律诗是最具艺术价值的文学形式，对修辞、格律的讨论成为当时文学理论的热点。

（3）以文学修身养性的观念

唐代文学理论强调文学的修身养性功能。文学批评家们认为，文学作品不仅是艺术品，更是一种陶冶性情、磨炼品性的工具。通过对经典文学的欣赏和创作，个体能够陶冶情操、修身养性，使人更加完善。

（4）文学与政治的紧密关系

唐代文学理论的发展与政治的紧密关系密不可分。在唐代，文学批评家常常要在官场上有所成就，文学理论与政治地位相互关联。这使得文学理论更加关注文学的社会功能，将文学视为一种政治表达和社会影响的手段。

3．代表性人物与著作

韩愈

韩愈是唐代文学理论的杰出代表之一，他的文学理论体现了儒家的思想，认为文学创作应该以儒家伦理道德为根基，通过文学来宣扬儒家的思想观念。他的著作《原道》等论文深刻地阐释了他的文学理论观点。

4．文学理论的发展趋势

（1）文学理论的学科性质逐渐形成

唐代文学理论逐渐形成了一种相对系统的学科性质。前人的文学经验被整理归纳，形成了相对完善的理论体系。这种学科性质的发展为后来文学理论的深入研究和总结提供了基础，促使文学理论不断深化与发展。

（2）对古典文学的继承与发展

唐代文学理论强调对古典文学的继承与发展。文学理论家们通过对古代文学的总结，为后来文学创作提供了宝贵的经验和启示。他们认为古典文学是文学的典范，对古典文学的深入研究成为唐代文学理论的一大特点。

（3）以文学为修身养性的思想观念在唐代得到了进一步强调

唐代文学理论家们认为，文学不仅仅是一种艺术形式，更是一种修身养性的工具。通过文学的欣赏和创作，个体能够培养情操、陶冶性情，使人更具人文精神和道德修养。

（4）文学与社会的互动

唐代文学理论强调文学与社会的互动关系。由于文学理论家们在政治上取得了一定的成就，他们对文学的社会功能更为关注。文学被赋予了更多的社会责任，成为表达政治观点、引导社会风尚的工具。这种对文学社会功能的强调，使得文学理论更加关注文学与社会的紧密关系。

5. 文学理论的影响与启示

（1）对后世文学理论的启示

唐代文学理论在对古典文学的继承、对文学与儒家思想的融合等方面形成了独特的理论体系，为后来文学理论的发展提供了重要的启示。文学理论家们强调文学的社会功能、修身养性的重要性等思想观念，对后来文学理论的形成与发展产生了深远的影响。

（2）对古典文学的传承与发展

唐代文学理论家们对古典文学的深入研究使得古典文学的传承和发展得以继续。他们强调古典文学是文学的典范，这种观点对后来文学的传统和创新之间的平衡产生了积极的影响。后来文学理论的发展中，对古典文学的尊重与继承成为一种重要的文学观念。

（3）文学与政治的互动

唐代文学理论家们的政治地位与文学理论的发展紧密相联，文学与政治的互动关系成为一种显著特征。这种关系推动了文学对社会、政治的关切，使得文学不仅仅成为一种艺术形式，更是一种社会表达和影响力的手段。这对于后来文学在政治中的角色认知产生了积极的影响。

唐代文学理论的兴盛时期是中国文学史上的辉煌时刻，儒家思想的复兴、以诗歌为主导的文学理论、文学与修身养性观念的强调，以及文学与政治的互动等特点都为后来文学理论的发展奠定了坚实的基础。唐代文学理论家们通过对古典文学的继承、对儒家思想的发扬光大，使得文学理论在中国传统文化中占有重要地位。他们关注文学的社会功能，使得文学不仅仅是一种艺术形式，更成为表达政治、引导社会风尚的重要工具。这一时期的文学理论对于后来文学理论的形成与发展产生了深远的影响，为中国古典文学的繁荣奠定了坚实的基础。

二、李白与杜甫的文学理论贡献

1. 概述

唐代被誉为中国古典文学的黄金时期,而在这个时期,李白、杜甫被誉为"诗仙""诗圣",是唐代文学的代表人物。除了其卓越的诗歌创作外,杜甫与李白在文学理论上也有着独特的见解和贡献。本书将深入探讨杜甫与李白的文学理论贡献,分析他们在诗歌创作观念、艺术风格、文学思想等方面的独特见解,并探讨他们的文学理论对后来文学的影响。

2. 李白的文学理论贡献

(1) 对诗歌创作的个性追求

李白在诗歌创作中追求个性张扬,注重表达个体的豪放、奔放的个性特征。他在诗中表达了对自由、奔放的向往,主张在创作中要表现个人的真实情感,发挥个体的独特创造力。他的《将进酒》等作品体现了对个性的追求,对后来文学的个性化创作产生了深远影响。

(2) 对诗歌形式的创新尝试

李白在诗歌形式上进行了多方面的创新尝试。李白的诗歌形式上追求音律的和谐、韵律的流畅,对律诗的运用也独具匠心。他尝试运用丰富多样的修辞手法,如比喻、拟人、夸张等,使得诗歌更具生动性和艺术感染力。这种对诗歌形式的创新尝试在一定程度上推动了唐代诗歌的发展,并对后来的文学创作产生了启发和影响。

(3) 对自然与人生的诗意追求

李白的诗歌表达了对自然与人生的深刻思考和诗意追求。他喜欢以自然景物为背景,通过描绘山水、抒发自己的情感,表达对自由、豪放、奔放生活的向往。他的作品《庐山谣》中展现了对庐山的热爱,通过对自然的歌颂,表达了与自然相融合的愿望。这种对自然与人生的诗意追求在李白的作品中得到了充分体现,并为后来文学的"山水诗""田园诗"等创作提供了范例和启示。

3. 杜甫的文学理论贡献

(1) 对诗歌创作的理论探讨

杜甫在他的诗歌创作中表达了对诗歌的独特理解,他注重诗歌的真实性和深刻性。在他的诗作中,经常反映社会风云和人民疾苦,强调诗歌要反映时代的真实面貌。

(2) 对文学家使命的思考

杜甫在其文学理论中强调文学家的社会责任和历史使命。他认为文学家应该关心国家兴亡、社会动荡,通过自己的文学创作来为社会谋福祉、发声疾苦。

(3) 对古代文学传统的继承与发展

杜甫深受古代文学传统的影响,他不仅在创作中大量借鉴古代文学的表现手法,而且在文学理论上也对古代文学进行了深入的研究和总结。他倡导学习古人之风采,将其融入当代文学创作中,对古代文学的传承起到了积极的作用。

4. 李白与杜甫的文学理论的相互影响与区别

(1) 共同点

李白与杜甫都是唐代文学的杰出代表,他们在文学理论上有着一些共同的特点。首先,他们都强调诗歌应该具有真实性,能够反映时代的社会状况和人民的苦难。其次,两人都注重对古代文学传统的继承与发展,尊重古人的文学成就,致力于将古典文学融入当代创作之中。最后,他们都对文学家的社会责任和历史使命有着深刻的思考,认为文学创作不仅仅是个人的创作,更是为社会谋福祉、发声疾苦的一种手段。

(2) 区别

尽管李白与杜甫有着一些共同的文学理论特点,但在具体的理论见解和创作风格上也存在一些区别。首先，在诗歌创作观念上，李白更追求个性的张扬，注重表达个体的豪放、奔放的个性特征。杜甫更注重诗歌的真实性和深刻性，强调诗歌要反映时代的真实面貌。其次，在对古代文学传统的继承与发展上，李白更多地通过对自然的表达，将自己的个性融入诗歌创作之中，杜甫更强调学习古人之风采，将其融入当代文学创作中。最后，在对自然与人生的诗意追求上，李白更偏向通过对自然的赞美表达对生活的豪放向往，强调诗歌的个性追求，杜甫更注重通过对社会的反思表达对人民疾苦的关切，强调诗歌的社会责任。

5．李白与杜甫的文学理论对后来文学的影响

（1）对后来文学的启示

李白与杜甫的文学理论对后来文学产生了深远的影响。他们的追求真实、关注社会、注重个性表达的理念，为后来文学理论提供了重要的启示。

（2）对后来诗歌创作的影响

李白的个性张扬、豪放的诗歌风格影响着后来的文学创作，尤其在近现代的文学中，一些文学家在创作中积极追求个性的表达，倡导个性的奔放，其中就不乏受到李白影响的文学创作者。

杜甫的诗歌理论强调真实、深刻，对时代的关切和社会的责任感影响着后来的诗人，推动了中国现代诗歌的发展。杜甫的写实主义理念在现代诗歌中有着持续的影响，许多诗人仍然以其为榜样，注重通过诗歌表达社会现实和人民疾苦。

（3）对后来文学思想的引领

李白与杜甫的文学理论中的一些思想观念，如对自然的追求、对个性表达的强调、对社会责任的关注，都为后来文学思想的形成提供了重要的引领。在中国现代文学理论中，这些观念仍然具有深远的影响，成为了文学创作与研究中的重要参考。

李白与杜甫作为唐代文学的代表人物，其在文学理论方面的独特见解与贡献为后来的文学创作提供了宝贵的经验和启示。李白追求个性的张扬，提倡对自然与人生的豪放向往；杜甫强调诗歌的真实性、社会责任感，注重对古代文学传统的继承与发展。这两位文学巨匠在创作中的追求和理论思考，为中国文学的繁荣与创新做出了杰出的贡献，也为后来的文学创作者提供了丰富的文学遗产。他们的文学理论与创作思想在中国文学史上熠熠生辉，成为后人学习与借鉴的典范。

第四节　宋代文学理论的演变

一、宋代文学理论的继承与创新

1. 概述

在宋代，文学得到了广泛的发展，形成了独具特色的文学理论。宋代文学理论在继承唐代文学理论的基础上，融入了儒家文化的精髓，形成了更为丰富深厚的理论体系。本书将探讨宋代文学理论的主要特点、代表人物以及其对后来文学的影响。

2. 文学理论的主要特点

（1）崇尚格律与韵律

宋代文学理论强调格律与韵律的规范，倡导规整的文学形式，强调文学创作应当符合既定的文学规范，尊崇古典文学的格律。

（2）注重修辞技巧

宋代文学理论对修辞技巧的重视可见一斑，这对后来诗歌的写作风格产生了深远的影响，促使了文学艺术的提升。

（3）儒家文化的融入

儒家文化在宋代文学理论中扮演了重要角色。文学家强调文学应该具备儒家思想中的仁爱、道德、礼仪等品质，通过文学作品传递正确的伦理观念。这使得宋代文学在追求艺术表达的同时，更注重社会责任和道德修养。

3. 代表人物与其文学理论

（1）欧阳修

欧阳修是北宋文学理论的杰出代表之一。他的文学理论注重格律与韵律的规范，提倡近体远体的韵律皆可称为工。

（2）范仲淹

范仲淹是北宋时期的文学家，他的文学理论注重儒家思想的融入，表达了文学家应当注重道德修养，通过文学作品传递正确的伦理观念。

（3）陆游

南宋时期的文学家陆游注重通过诗歌表达个人情感，追求个性化的创作风格。他的文学理论为后来文学创作带来了新的思路，开创了更为个性化的文学表达。

4. 宋代文学理论对后来文学的影响

（1）对古典文学传统的延续

宋代文学理论在对古典文学传统的继承上做出了突出贡献。欧阳修、范仲淹等文学家通过对唐代文学的研究，形成了对文学的系统性认识，将古典文学传统融入自己的创作中，使之在宋代得到延续与发扬。

（2）对文学形式的规范影响

宋代文学理论强调格律与韵律的规范，对文学形式产生了深远影响。这一规范影响了后来元代至明清时期的文学创作，促使文学形式更加规整、精致，使之在文学史上留下深刻痕迹。

（3）对个性化创作的启示

宋代文学理论注重诗歌表达个人情感，为后来文学创作带来了新的思路。这对中国现代文学中个性化、主观表达的文学创作产生了深远的启示，推动了文学创作风格的多样化发展。

（4）对文学与儒家思想的融合

宋代文学理论强调儒家思想的融入，文学家注重文学作品的伦理与道德内涵。这使得文学在追求艺术表达的同时，更注重社会责任和道德修养。这种儒家思想的融入，为后来文学与儒家思想的交融提供了理论基础，使文学在表达美感的同时具有更为深刻的社会价值。

宋代文学理论的继承与创新为中国文学的发展提供了丰富的理论资源。在对古典文学传统的继承中，宋代文学理论形成了系统性的认识，使古典文学在宋代得以延续与发展。在文学形式的规范影响下，宋代文学注重格律与韵律的规范，使文学形式更加规整、精致。儒家思想的融入使文学更加注重伦理与道德内涵，表达了文学家对社会责任和道德修养的关切。

代表人物如欧阳修、范仲淹、陆游等在文学理论方面的贡献，为后来文学创作提供了新的思路和启示。这些理论在后来的文学发展中产生深远影响，影响了元代至明清时期的文学创作风格，也为中国现代文学的多样化发展提供了基础。

总体而言，宋代文学理论在对古典传统的继承中保留了文学的经典之美，同时在创新中注重形式的规范与伦理的关怀。这使得宋代文学理论在中国文学史上独具一格，为后来文学的发展奠定了坚实的基础。

二、苏洵、苏轼与宋代文学批评

1. 概述

宋代是中国文学发展的重要时期，其文学理论与批评在中国文学史上占有重要地位。苏洵与苏轼是宋代文学理论的杰出代表。他们对文学批评的贡献，不仅深刻影响了当时的文学风尚，也为后来的文学批评传统埋下了重要的种子。本书将深入探讨苏洵、苏轼对宋代文学批评的贡献，分析他们在文学观念、创作理念、文学史研究等方面的独特见解，并探讨他们的文学批评对后来文学的影响。

2. 苏洵与宋代文学批评

（1）苏洵的文学观念

苏洵在文学批评上推崇杜甫的豪放、奔放风格，认为文学创作应当追求真实、豪放的艺术表达，注重描写社会风貌和个人感受。他对文学的理解更注重真实性，主张通过对社会生活的观察和思考，表达对人生、社会的真实感悟。

（2）苏洵的文学史研究

苏洵在文学批评中还有独到的文学史研究。他认为文学的发展是有规律可循的，通过对古代文学的研究，可以找到文学的脉络和发展规律，这在一定程度上影响了后来文学史研究的方向。

（3）对文学风格的注重

苏洵对文学风格有着较为明确的追求。他主张文学作品应当表达作者个性，强调文学创作应该具有自由奔放、真挚自然的风格。

3. 苏轼与宋代文学批评

（1）苏轼的文学观念

苏轼对文学批评的贡献不仅表现在他丰富多样的文学创作中，更在于他对文学观念的深刻思考。他主张文学作品应该具有"真情实感"，提倡通过作品表达真实的情感与感悟。他在《赤壁赋》中表达了对人生、历史的深刻思考，这种真情实感的追求对后来文学的发展产生了深远影响。

（2）苏轼的文学史研究

苏轼认为文学的发展是有一定规律的，文学家应当了解历史，继承前贤，形成自己独特的文学理论。这种对文学历史的深入研究为后来的文学史研究提供了范例，也在一定程度上影响了后来文学理论的发展。

（3）对文学创作的规范

苏轼在文学批评中对文学创作有一定的规范要求。他主张文学作品应该贴近生活，具有真实性和感染力。在他的文学创作中，常常通过描绘日常生活、山水风物等来表达对人生的感悟。这种贴近生活的写作风格在一定程度上影响了后来文学创作的发展，推动了文学表达方式的多元化。

4. 苏洵、苏轼文学批评对后来文学的影响

（1）对后来文学批评的启示

苏洵、苏轼的文学批评注重对真实情感的追求、对文学历史的深入研究以及对文学人格的强调，为后来文学批评提供了宝贵的启示。他们强调文学应当富有真情实感，这对后来现实主义文学的兴起产生了深远的影响，推动了文学创作更加注重真实生活的描写。

（2）对后来文学历史研究的影响

苏洵、苏轼的文学史研究方法为后来文学历史研究提供了先驱。他们通过对古代文学的分类、分期研究，对文学发展规律的探讨，为后来文学理论的建构奠定了基础。这种历史研究的方法也为后来文学批评提供了深厚的文学底蕴。

（3）对后来文学创作规范的影响

苏洵、苏轼作为宋代文学的杰出代表，其在文学批评方面的贡献不仅在当时产生了深远影响，也为后来文学批评传统的发展奠定了基础。他们注重真情实感，强调对文学历史的深入研究，关注文学人格的培养，对文学创作的规范提出了一系列的理念，这些观点为后来文学批评提供了重要的借鉴与启示。在他们的影响下，后来的文学批评家们在创作和研究中继承发扬了这些理念，形成了中国文学批评的丰富传统。

苏洵、苏轼在文学批评领域的贡献，不仅在当时推动了文学思潮的发展，也为后来文学批评传统的形成和发展奠定了坚实基础。他们的文学理论和批评方法，以其独特的深度和广度，成为中国文学史上不可忽视的宝贵财富。

第五节　元明清时期的文学理论

一、元代文学理论的时代特点

1. 概述

元代文学理论的形成与发展，受到了元代社会政治结构、文化背景的深刻影响。本书将从元代文学理论的时代特点出发，探讨其在文学观念、艺术追求、创作手法等方面的独特表现，以及其对后来文学理论的影响。

2. 元代文学理论的时代背景

（1）文化融合的背景

元代是蒙古族、汉族、回族等多个族群文化相互融合的时期。不同文化的交融使得元代文学理论更加开放，吸纳了多元的文学观念，形成了独具特色的文学风貌。

（2）社会氛围的变迁

元代社会氛围发生了较大的变化，这种时代背景对文学理论的形成起到了积极的推动作用。

3. 元代文学理论的主要特点

（1）珍视传统与创新并重

元代文学理论在传统与创新的关系上表现出独特的特点。一方面，元代文学理论对传统文学进行了深入的研究与借鉴，强调对经典的尊崇；另一方面，元代文学家也积极探索新的文学表达方式，注重个性化的创作。

（2）注重音律与韵脚

元代文学理论在格律、音律与韵脚方面有着明显的倾向。元代文学家对韵文的修辞、音律的运用有很高的要求，这使得元代文学在形式上更为规范，体现了对古典文学传统的重视。

（3）强调言志与抒怀

元代文学理论强调文学作品应该言志抒怀，表达作者对时事、人生的感悟。元代文学家认为文学应该具有社会责任感，通过言志抒怀来反映社会风云、表达对人生命运的思考。

（4）探索小说创作的可能性

元代是中国小说发展的重要时期，文学理论中也开始出现对小说创作的关注。元代文学家对于小说的形式、结构、人物塑造等方面进行了积极的探讨，为后来中国小说的繁荣奠定了基础。

4. 代表性文学家与其文学理论

（1）郑光祖与杂剧

杂剧是元代的一种戏曲体裁，郑光祖是杂剧的杰出代表之一。他认为文学创作应该真实、生动，注重表达个性，这为后来杂剧和小说的发展提供了启示。

（2）白朴与戏曲

白朴是元代著名的剧作家，他的文学理论影响深远。他主张戏曲应当注重表演和娱乐性。他的戏曲理论注重人物性格的塑造、情节的安排，对后来元代戏曲和明清小说的创作产生了深远影响。

5. 元代文学理论对后来文学的影响

（1）对小说发展的推动

元代对小说的关注和探索为后来小说的发展起到了推动作用。元代的杂剧和戏曲中涌现出的丰富故事情节、生动人物塑造等元素，为后来小说提供了创作的素材和灵感。

（2）对文学形式的规范

元代文学理论对文学形式的规范提出了一系列的文学创作规范，这些规范在一定程度上影响了后来文学的创作方式，推动了文学形式的规范化发展。

（3）对音律与韵脚的注重

元代文学理论对音律与韵脚的注重，使得元代文学在形式上更为规范，体现了对古典文学传统的重视。这种对音律与韵脚的关注，在后来文学的发展中依然留下了痕迹，为后代文学的形式美提供了范例。

（4）对传统与创新并重的启示

元代文学理论强调传统与创新的关系，并提出"循旧取宜"的理念，这为后来文学创作提供了一种有益的启示。后来的文学家在继承传统的基础上，不断进行创新，形成了丰富多样的文学形态。

5. 对言志抒怀的追求

元代文学理论强调文学作品应该言志抒怀，表达对时事、人生的感悟。这种追求言志抒怀的理念在后来文学中得到了发扬光大，许多文学作品通过对社会、人生的思考，表达了深刻的情感与见解。

元代文学理论在时代背景的推动下，呈现出多元、开放、创新的特点。在传统与创新的关系中，元代文学理论有所创新，又对传统文学保持了敬畏之心。其对小说、戏曲的关注与探索为后来文学形式的多元发展提供了基础。对音律、韵脚的注重使得元代文学在形式上更为规范，为后来文学形式的美提供了参考。元代文学理论强调言志抒怀，注重社会责任感的表达，这为后来文学创作赋予了更为深刻的内涵。

元代文学理论的时代特点在中国文学史上独树一帜，为后来文学理论的发展留下了宝贵的经验和启示。通过深入研究元代文学理论，我们能更好地理解和把握中国文学传统的多元性，认识文学理论在时代变革中的发展轨迹，为当代文学研究提供丰富的历史参考。

二、明清的文学理论

1. 概述

明清时期是中国历史上极富变革的时期，社会经济迅猛发展，文学理论也随之迎来了新的机遇与挑战。文学理论在这一时期注重实用性与社会关怀，对当时文学创作与社会发展产生了深远的影响。本书将从时代背景、理论观点、代表人物等方面探讨明清经世文学理论的崛起及其对后来文学的启示。

2. 时代背景

（1）社会经济的发展

明清时期，商业与手工业发展迅猛，城市化进程加快。社会结构发生巨变，各行各业的兴盛使得人们对实用性文学的需求不断增加。

（2）科举制度的巩固

科举制度在明清时期进一步巩固，文人成为社会上流动性较大的群体，他们通过科举考试跻身仕途，进入官场。这一制度的巩固使得文人更加注重实际应用，对社会经济、政治事务有更深的关注。

（3）社会风气的变革

明清时期社会风气较为开放，人们更加注重实际生活，对经济、政治、军事等方面有更为实际的需求。在这一社会氛围下，文学理论得以崛起，与时代潮流相契合。

3. 文学理论的主要观点

（1）强调实用性

这一时期的文学理论强调文学应当服务于实际生活，具有实用性。文学作品不仅要追求艺术上的精湛，更要关注实际问题，为社会提供有益的启示和建议。这一观点在文学理论中占据重要地位，反映了当时社会的实际需求。

第二章　中国古代文学理论

（2）注重社会责任

这一时期的文学理论强调文学家应当有社会责任感，通过文学作品关注社会疾苦，提出社会改良的建议。文学家被视为社会的知识分子，应当在文学创作中发挥积极的社会作用。

（3）关注政治经济问题

这一时期的文学理论注重关注政治经济问题，通过文学作品表达对时政时事的见解。这一特点在明清时期尤为显著，反映了社会的政治关切和文学家对社会问题的思考。

4. 代表性人物与作品

（1）冯梦龙与《警世通言》

冯梦龙是明代文学的代表人物之一，他的代表作品《警世通言》是一部关注社会问题的短篇小说集。作品通过讲述各种故事，表达了对社会风气、道德败坏等问题的担忧，体现了经世文学理论的核心思想。

（2）吴敬梓与《儒林外史》

吴敬梓的《儒林外史》是清代小说中的经典之作，作品以幽默讽刺的手法描绘了当时的官场生活，对封建礼教进行了犀利的批判。通过小说，吴敬梓表达了对封建社会弊端的关切，体现了对社会的责任感。

（3）曹雪芹与《红楼梦》

曹雪芹的《红楼梦》是中国古典小说的巅峰之作，作品在艺术上取得很高的成就之外，也蕴含着深刻的社会思考。小说通过对贾宝玉、林黛玉等人物的塑造，揭示了封建社会的腐朽和人性的悲剧，具有明显的经世文学特征。

5. 明清时期文学理论的影响

（1）对后来文学的启示

明清时期的文学理论对后来文学产生了深远的影响。它强调文学的实用性和社会责任感，这为后来现实主义文学的兴起提供了理论基础。后来的文学家在创作中更加注重社会现实，关注人类生活的方方面面，倡导文学服务社会的理念，这一思想在中国现代文学的发展中仍然有着深刻的影响。

（2）对小说发展的推动

明清时期的文学理论的崛起为小说的发展提供了新的方向。小说成为表达社会风俗、刻画人物性格、反映社会问题的重要手段。经世文学理论所强调的关注时事、社会责任感等观点，为后来小说创作提供了广阔的创作空间，推动了小说作为一种文学形式的繁荣发展。

（3）对文学与社会的互动

明清时期的文学理论倡导文学应当为社会服务，通过文学作品反映社会问题、提出社会建议，使文学与社会互动更为紧密。这一理念为后来文学在社会中的作用提供了理论支持，文学逐渐成为人们思考社会、推动社会进步的重要工具。

（4）对知识分子的社会责任观念的影响

明清时期的文学理论强调文学家应当有社会责任感，对社会问题进行反思并提出建议。这一观点对后来知识分子的社会责任观念产生了深远影响，促使知识分子更加积极地参与社会事务，关注社会发展，成为社会的引领者和改革者。

明清文学理论的崛起在中国文学史上具有重要地位，它标志着文学理论从单纯的艺术追求逐渐转向关注社会现实和实用性。在文学理论的指导下，文学家更加注重社会问题，强调文学对社会的积极作用，为中国文学注入了更为丰富和深刻的内涵。

这一时期的文学理论为后来文学的发展提供了重要的理论基础。它的强调实用性、关注社会问题的立场在中国现代文学的发展中得到了继承和发展。在当代社会，文学作为一种表达和反映社会、人类生活的手段，仍然需要关注文学的实用性、社会责任感等核心价值观念。通过对这一时期理论的深入研究,我们能够更好地理解中国文学的多元性,认识文学与社会的互动关系,为当代文学的繁荣发展提供有益的启示。

三、明清小说与文学理论的互动

1. 概述

明清时期是中国古典小说发展的黄金时代,众多杰出的小说作品涌现出来,同时文学理论也逐渐走向成熟。在这一时期,小说与文学理论之间展开了深刻的互动,小说作品不仅是文学理论的实践场域,同时文学理论也为小说的发展提供了理论支持与引导。本书将从明清时期的社会背景、代表性小说、相关文学理论等方面,探讨明清小说与文学理论之间的互动关系。

明清时期文学理论逐渐成熟,形成了多元的理论体系。文学理论强调文学的实用性和社会责任感;辨异文学理论注重文学的审美价值;纯文学理论强调文学的纯艺术性。这些理论为当时的文学创作提供了不同的审美观念和指导方向。

2. 代表性小说

（1）《西游记》

《西游记》是明代吴承恩创作的一部文学巨著。小说以富有想象力的故事情节、独特的人物形象和丰富的寓言意义而著称。虽然《西游记》在情节上包含了丰富的社会寓意,但吴承恩更注重文学的纯艺术性,将小说塑造成了一个充满文学意味的奇幻世界。这符合纯文学理论中对艺术追求的立场。

（2）《红楼梦》

《红楼梦》是清代曹雪芹所创作的一部经典之作。小说以宏大的家族史为背景,深刻地描绘了封建社会的种种弊病和矛盾。曹雪芹通过小说对社会风尚、家族制度等问题进行了深入的反思,表达了对社会的关切。这与文学理论强调文学家应当有社会责任感、关注社会问题的观点相吻合。

（3）《水浒传》

《水浒传》是中国古典小说四大名著之一，描绘了108位梁山好汉的英雄事迹。小说以豪杰的形象和激烈的战斗场面为特色，突显了武侠风格。《水浒传》兼具叙事性和艺术性，强调文学作品应当具备审美价值。

3. 小说对文学理论的挑战与拓展

（1）对文学理论的挑战

一些小说作品挑战了文学理论的实用性主张。这些小说更注重虚构的故事情节和人物形象，将小说塑造成了一个纯粹的艺术品，而非社会的镜像。例如，吴承恩的《西游记》虽然有丰富的寓言意义，但更侧重于文学的纯艺术性，使得其难以被简单归类为经世文学。

（2）对文学理论的拓展

一些小说作品对文学理论进行了拓展。这些小说既注重叙事情节和人物形象，又在文学中探讨了一些社会问题，使得文学作品更具有多重层次的意义。例如，曹雪芹的《红楼梦》即在追求艺术性的同时，通过对封建社会的揭示，将小说提升到了更深层次的文学高度。

4. 文学理论对小说的引导与影响

（1）文学理论对小说的引导

文学理论强调文学应当为社会服务，具有实用性和社会责任感。在明清时期，一些小说作品在创作中受到这一理论的引导，注重反映社会现实问题，提出社会改良的建议。这种理论的引导使得一些小说更具有社会关怀的特色。

（2）文学理论的影响

文学理论注重文学的审美价值，强调文学作品应当具备独特的艺术性。一些小说作品在叙事和描写方面受到了辨异文学理论的影响，追求更为精湛的艺术表达，使得小说更具有文学的审美价值。

明清时期的小说与文学理论之间展开了深刻的互动。在这一时期，社会的繁荣发展为小说提供了丰富的素材，同时文学理论也在实践中得到了丰富的验证与拓展。小说作为文学的一种形式，通过对社会、人性等方面的描写，不仅展示了文学的艺术魅力，同时也成为了理论观念的实践场。而文学理论则为小说的创作提供了不同的审美观念和方向，推动了小说在文学领域的不断发展。

这一时期的小说与文学理论的互动，为中国古典小说的繁荣奠定了坚实的基础。通过对这一时期的文学作品与理论的深入研究，我们能够更好地理解古代文学的多样性，认识小说在文学传统中的地位，为当代文学的创作与理论提供有益的启示。

第六节　古代文学理论对当代文学的影响

一、古代文学理论的传承与断层

1. 概述

古代文学理论承载着中华文明的智慧，经历了漫长的发展过程。然而，随着时代变迁，文学理论也在不同历史时期发生了传承与断裂。本书将从古代文学理论的起源、不同时期的主要理论、传承与断裂的原因等方面展开讨论，以深入探究古代文学理论的发展历程。

2. 古代文学理论的起源

（1）先秦文学理论的初现

先秦时期是中国文学理论的萌芽时期。诸子百家中，有关文学的理论观念逐渐形成。例如，《论语》中孔子对言辞的强调，墨子的反对辞令的矛盾之说，都为后来文学理论的发展奠定了基础。

（2）《诗经》的影响

《诗经》是中国古代文学的经典之一，它不仅是文学作品，更是文学理论的源头。其中包含了丰富的审美理念和对人生、社会的思考，为后来文学理论的形成提供了参考。

3. 不同时期的主要文学理论

（1）先秦时期的经典文学观念

先秦时期，文学理论主要以经典为依据，注重言辞的雅致、表达的深刻。孔子、墨子等思想家对文学的贡献主要表现在其对言辞、文学修养的论述上，为后来文学理论奠定了基础。

（2）魏晋南北朝时期的文学批评

魏晋南北朝时期，文学批评开始显现。刘义庆的《世说新语》中对文学批评有着独到的见解，提出了"以文害辞""以辞害文"等理论，对当时文学创作有一定的引导作用。

（3）唐宋时期的文学理论兴盛

唐宋时期是中国文学理论的鼎盛时期。王勃、杜甫、苏轼等文学家在诗论上有着深刻的研究，提出了许多有影响力的文学理论观念，对后来的文学创作产生了深远的影响。

（4）元明清时期的文学理论

元明清时期，在社会经济发展的背景下，文学开始注重实用性，强调对社会现实的反映与关注。这一时期的经世文学理论对后来文学的发展产生了一定影响。

4. 古代文学理论的传承

（1）经典文学观念的传承

先秦时期的经典文学观念一直贯穿于后来的文学理论中。儒家的经典思想，如《论语》中对言辞的要求，一直是中国文学传统中的重要组成部分。这种观念在后来的文学批评和创作中仍然有所体现。

（2）文学理论的发展与拓展

唐宋时期的文学理论兴盛为后来文学理论的发展提供了丰富的资源。王勃、杜甫、陆游等文学家对诗歌的探讨，形成了一系列理论体系，为后来的文学理论发展奠定了基础。

（3）文学理论的实用性观念

元明清时期的文学理论强调文学的实用性和社会责任感，为后来文学的发展提供了一种新的思路。这一观念在后来的现实主义文学中得到了深入发展，文学开始更加注重对社会问题的关注和批判。

5. 古代文学理论的断层

（1）唐朝后期的理论分野

在唐朝后期，文学理论逐渐呈现分野化趋势。各家文学理论观点相互冲突，这一时期的理论混战，使得文学理论缺乏统一的指导思想，导致了一定程度上的断裂。

（2）元明清时期文学理论的失衡

元明清时期的文学理论虽然注重文学的实用性，但也导致了一定的失衡。对文学的功利化要求，使得文学开始受到政治、社会等因素的左右，文学的审美追求和人文关怀有时被边缘化。这导致了一些文学理论在追求实用性的同时，可能忽视了对纯粹艺术的探索，使文学的多元性受到一定局限。

（3）文学变革中的理论断层

随着时代变迁，文学发生了一系列的变革，如新文化运动、五四运动等。这些变革中，一些传统文学理论面临了巨大的冲击，有的甚至被否定和抛弃。新思潮的冲击使得古代文学理论出现一定程度的断层，传统理论无法完全适应新时代的需求。

6. 文学理论的复兴与当代传承

（1）文学理论的复兴

随着中国社会的不断发展，对文学理论的研究和反思逐渐复兴。学者们对古代文学理论进行重新解读，从中汲取经验教训，探讨文学在当代的意义。这一复兴有助于弥合传统文学理论的断裂，使之在当代文学批评中重新发挥作用。

（2）当代文学理论的传承

当代文学理论传承了古代文学理论的精华，并在此基础上进行了拓展。当代文学理论在弘扬传统的同时，更加注重文学与社会、文学与现实的关系。例如，在现实主义文学理论中，承袭了文学理论的实用性思想，注重文学对社会问题的关注，实现了对古代理论的一种传承。

（3）文学多元性的追求

当代文学理论更加强调文学的多元性，鼓励各种文学形式的创新。对于古代文学理论中的一些传统观念，当代文学理论往往进行了批判性反思，以适应当代文学的多样性和复杂性。这种多元性的追求有助于超越传统理论的局限，使文学理论在当代焕发出新的生机。

对古代文学理论的传承是一个复杂而丰富的历史过程。在中国悠久的文学历史中，文学理论在不同时期的发展受到了社会、思想、政治等多方面因素的影响。虽然在某些时期发生了断层，但在其他时期又出现了传承与发展，形成了文学理论的多样性。

传统文学理论对后来文学的影响不可忽视，它为文学的发展奠定了基础，为后来的文学批评和创作提供了丰富的资源。同时，古代文学理论为当代文学理论的发展提供了动力。

在当代，文学理论的传承和发展仍然是一个重要的课题。学者们需要在继承传统文学理论的同时，更好地适应当代社会的需求和变革，拓展文学理论的研究领域，推动文学理论朝着更加丰富、多元的方向发展。

通过对古代文学理论的传承的深入探讨，我们可以更好地理解中国文学的发展轨迹，认识文学理论在文学史上的重要地位。同时，也可以从中汲取经验，为当代文学理论的研究和实践提供有益的启示。文学理论的传承既是一个学术问题,也是对文学创作和批评的启示,为我们更好地理解和参与文学的发展提供了思考的路径。

二、当代作家对古代文学理论的重新解读

1. 概述

在飞速发展的时代,文学作为表达人类思想、情感和文化的媒介,在这个时代也发生了深刻的变革。在这样的语境下,一些当代作家对古代文学理论进行了重新解读,试图从传统中汲取灵感,为当代文学注入新的活力。本书将深入探讨当代作家对古代文学理论的重新解读,分析其动机、方法以及对当代文学的影响。

2. 动机与背景

（1）寻找文学根源

在全球化和信息爆炸的时代,人们对传统文化的追溯成为一种寻找文学根源的需求。通过对古代文学理论的重新解读,当代作家试图找到中国文学的深厚传统,寻求一种与时代共鸣的文学表达方式。

（2）文学多元性的崛起

当代文学呈现出多元、开放的趋势,吸纳了各种文学流派和元素。在这样的语境下,对古代文学理论的重新解读为作家提供了更多的创作可能性,促使他们在多元性的文学空间中寻找灵感。

（3）文学与社会关系的思考

对古代文学理论的重新解读使得作家能够思考文学与社会的关系,通过传统理论的审视,更好地回应当代社会的需求与挑战。

3. 当代作家的重新解读方法

（1）对经典文学的再审视

许多当代作家选择对经典文学进行再审视,挖掘其中的深层内涵。例

如，对《红楼梦》的重新解读不仅局限于小说本身，更注重其中蕴含的哲学、人性、社会观念等方面，从而为当代文学提供了新的启示。

（2）对传统文学观念的批判性反思

一些当代作家选择通过批判性的反思，质疑古代文学观念中的某些固有概念。这种方法使得传统文学观念得以重新审视，一方面使得传统观念得以修正，另一方面为当代文学注入了新的创新元素。

（3）利用当代语境赋予传统文学新的意义

许多作家试图将传统文学理论引入当代语境中，使之与现代社会产生联系。通过对古代文学的重新解读，作家赋予传统文学新的意义，使之更贴近当代读者的心理需求。

4. 当代作家的重新解读实例

（1）余华对古典文学的回溯

余华是中国当代著名作家之一，他的作品中常常融入对古典文学的回溯。在《活着》中，他通过对传统文学的重新解读，将传统文学观念中的家国情怀、人生哲学融入到小说中，形成了独特的文学风格。

（2）阿来对古代传说的重新演绎

阿来是中国少数民族文学的代表性作家，他以对古代传说的重新演绎而吸引了广泛关注。在他的作品中，阿来常常将古代传说和神话故事融入到现代背景中，以全新的叙事方式和当代的审美观念重新诠释这些传统元素。通过对古代文学的重新演绎，阿来在文学创作中探讨了人性命运等深刻的主题。

5. 对当代文学的影响

（1）文学创作的丰富性增加

当代作家对古代文学理论的重新解读使得文学创作的丰富性得以增加。传统文学的重新演绎和现代语境的结合，为作家提供了更多元、更富创意的表达方式。这种文学多样性使得作品更能贴近当代读者的生活体验，增添了文学的吸引力。

（2）文学思潮的开放性

对古代文学理论的重新解读打破了传统文学思潮的束缚，使文学创作的氛围更为开放和包容。作家们更愿意吸收各种文学流派的精华，将不同文学元素融入到自己的创作中，形成更为多元化的文学思潮。

（3）文学与传统文化的对话

当代作家对古代文学的重新解读实现了文学与传统文化的对话。通过对古代文学的深入挖掘和重新演绎，作家们使传统文化焕发新的生机，同时也将传统文学的智慧与思想传递给当代读者。这种对话不仅是对传统文学的尊重，更是一种对文学传统的传承。

6. 挑战与反思

（1）保持创新与传统平衡

在对古代文学的重新解读中，作家需要保持创新与传统的平衡。过于沉溺于传统，可能使创作变得过于保守，难以满足当代读者的需求。因此，作家在借鉴古代文学理论的同时，需要注重创新，使之更好地适应现代社会的语境。

（2）防止对传统的过度美化

尽管对古代文学的重新解读能够为当代文学注入新的元素，但也需要注意防止对传统的过度美化。作家在面对古代文学时，应该客观看待传统的优点和不足，不将其理想化，而是在批判性思考的基础上进行创作。

（3）避免文学创作的功利化

当代社会的快节奏和功利导向可能使文学创作受到一定的压力，追求商业成功成为一些作家的诉求。在对古代文学的重新解读中，作家应该避免文学创作的功利化，注重对文学艺术性的追求，保持对精神层面的关注。

当代作家对古代文学理论的重新解读是文学发展的一种重要形式。这种解读既是对传统文学的尊重，也是对当代社会需求的回应。通过对经典文学的深入挖掘、对传统文学观念的批判性反思，以及对当代语境的灵活运用，当代作家使古代文学焕发出新的光彩，为当代文学的发展注入了新的动力。在不断探索的过程中，作家们需要保持创新性，平衡传统与现代，以更好地服务于文学的繁荣与发展。这种对古代文学的重新解读不仅是文学创作者的个人选择，也是文学领域蓬勃发展的一个重要方向。

第三章　中国近现代文学理论的新探

第一节　新文化运动与文学思潮

一、新文化运动的背景与起源

1. 概述

新文化运动是 20 世纪初中国文学史上一场极具影响力的文学革命，它以彻底改变传统文学观念为目标，倡导百家争鸣、文学独立、现实主义等理念，为中国现代文学的发展奠定了基础。本书将深入探讨新文化运动的背景与起源，分析其在社会、文化、政治等方面的影响，以及如何为中国文学的现代化发展作出了突出的贡献。

2. 晚清社会的动荡与变革

晚清时期，中国社会面临严重的动荡与挫折。甲午战争后，中国遭受了一系列的失败，失去了对外的主权，国家面临危机。这种危机感促使一些知识分子开始反思中国的传统文化和社会体制，寻求新的出路。

传统的封建制度逐渐崩溃，城市化、商业化的趋势加速，社会阶层和观念发生巨大的变化。这种社会结构的变化为新的文学观念的涌现提供了土壤。

3. 文学观念的传统束缚

（1）经典文学观念的限制

在晚清时期，经典文学观念对文学创作产生了深远的影响。古文、律诗等传统文学形式被认为是文学的典范，而且文学的价值主要被看作是对经典的模仿和传承。这种观念限制了文学的创新和多样性。

（2）文言文的主导地位

文言文一直是中国传统文学的主导语言，这导致了文学作品难以被广泛传播，文学的受众相对较窄。新文化运动的兴起将白话文重新引入文学创作，使文学更贴近普通人的生活。

4. 西方文学思潮的传播

（1）翻译文学的影响

晚清时期，大量西方文学作品被翻译引入中国，其中包括启蒙思想、现实主义文学、自然主义文学等。这些外来的文学思潮对中国知识分子的思想产生了深远的影响，激发了他们对传统文学观念的反思。

（2）西学东渐的潮流

随着西学东渐的潮流，一批留学生回国，他们在西方接受了先进的科学、文学、哲学等知识，将西方的思想与文学观念引入中国。这促使一些知识分子开始主张科学、实用主义的思想，并反对传统文学的陈腐。

5. 新文化运动的起源

（1）《新青年》的创刊

新文化运动的起源可以追溯到1915年《新青年》杂志的创刊。陈独秀、胡适等一批青年知识分子在该杂志上发表一系列反传统、主张新思潮的文章，标志着新文化运动的开始。他们主张用白话文写作，摒弃传统文学形式，追求现实主义、科学主义，倡导有个性、独立的文学创作。

（2）五四运动的爆发

1919年的五四运动是新文化运动的又一重要契机。学生们对传统文化的不满,对封建制度的反感,以及对民主、科学、自由的追求,使得新文化运动得到了更广泛的社会支持。在五四运动中,一系列激进的言论和抗议活动成为推动新文化运动发展的力量,标志着新文化运动进入了一个更加激进的阶段。

6. 新文化运动的主张与特点

(1) 文学独立与现实主义

新文化运动主张文学独立于政治、经济的影响,强调文学的自主性。与此同时,现实主义成为新文学的核心理念,强调文学应当关注现实生活,揭示社会问题,反映人民的生活状况。

(2) 语言革命

新文化运动倡导用白话文进行文学创作,试图摆脱文言文的束缚。这一语言革命不仅使得文学更加贴近人民,也使得文学作品更容易被广泛传播,拉近了文学与读者的距离。

(3) 百家争鸣

新文化运动主张百家争鸣,鼓励各种文学流派的出现。这种开放的态度使得新文化运动涌现出多元的文学风格,各种文学实践在这一时期蓬勃发展。

7. 新文化运动的影响

(1) 文学理念的更新

新文化运动对传统文学观念进行了深刻的挑战与批判,使得中国文学理念焕发出新的活力。它推动了文学观念的更新,为后来的文学发展奠定了基础。

(2) 文学创作的多元化

新文化运动倡导多元化的文学创作,鼓励各种文学流派的出现。这使得文学作品在风格、题材上更为多样,丰富了中国现代文学的面貌。

(3) 文学与社会的互动

新文化运动强调文学要关注社会现实,揭示社会问题,这使得文学与社会的互动更加密切。文学作品不再仅仅是艺术的表达,更成为反映社会、推动社会进步的重要力量。

（4）白话文的推广

新文化运动的语言革命使白话文逐渐成为文学创作的主流语言。这一变革不仅推动了文学的发展,也为后来的文学传播、文学教育提供了更为广泛的基础。

8．挑战与反思

（1）对传统文化的冲击

新文化运动的兴起对传统文化产生了冲击。一些文学家在追求新的文学形式的同时,对传统文学和文化采取了激进的否定态度,这在一定程度上导致了对传统文化的疏远。

（2）文学与政治的关系

在新文化运动中,一些文学家试图将文学与政治紧密结合,将文学作为社会改革的工具。

（3）文学的社会责任

新文化运动强调文学应当关注社会现实,承担社会责任。然而,在这一过程中,一些作家可能过于追求社会效应,而忽视了文学作品本身的审美价值。这引发了关于文学与社会责任之间平衡的讨论。

新文化运动是中国现代文学发展的重要历程,它在思想、文学观念、语言形式等方面产生了深远的影响。通过对传统文学观念的挑战,语言形式的创新,以及对社会现实的关注,新文化运动为中国文学的现代化奠定了基础。然而,它也面临着对传统文化的冲击、与政治的关系等一系列挑战,这些问题仍然值得深入思考与探讨。新文化运动的历史留下了宝贵的经验教训,为今后文学发展提供了启示,同时也为中国文学的多元与繁荣奠定了坚实的基础。

二、五四运动与新文学理论的崛起

1. 概述

五四运动是20世纪初中国社会变革的重要事件，同时也是新文学理论崛起的关键时期。这场运动于1919年由学生和知识分子发起，对中国的思想、文学和政治产生了深远的影响。本书将深入探讨五四运动的背景、起因，以及它是如何催生新文学理论的崛起，推动了中国文学现代化的进程。

2. 五四运动的社会背景

（1）对于旧有体制的不满

五四运动的社会背景与中国社会的深刻问题密切相关。在清朝末期，中国社会陷入危机，科技、军事、政治等多个领域均遭受到列强的侵略。这使得一些知识分子对封建体制和旧有的文化观念产生了不满和反感。

（2）对于外国压迫的反抗

1919年，巴黎和会的结果引发了中国社会的极大不满，尤其是对于《凡尔赛和约》中割地赔款的安排。这引发了广泛的反抗情绪，激起了中国爱国主义情感，促使人们要求政治改革、文化复兴以应对国家的危机。

3. 五四运动的爆发与特点

（1）运动的爆发

五四运动始于1919年5月4日，起初是因为学生对巴黎和会的不满而发起的抗议活动。这次运动很快蔓延到全国范围，成为中国现代史上最具影响力的一次社会运动之一。

（2）大众参与的广泛性

五四运动之所以具有独特的意义，是因为它不仅仅是学生的运动，更得到了广大市民、工人阶级的积极参与。这种大众性的参与使得运动的影响更加深远，不仅仅是一场学潮，更成为一场全民的爱国运动。

（3）思想的解放

五四运动推动了思想的解放，人们开始积极探讨自由、平等、民主等现代观念。传统的礼教观念受到质疑，人们开始追求个体的独立和自由，这为新文学理论的崛起创造了思想土壤。

4．新文学理论的崛起

（1）对传统文学观念的质疑

五四运动期间，对于传统文学观念的质疑成为思想的主流。传统文学被认为是陈腐、束缚人思想的桎梏，学者们开始呼吁摒弃这些旧有的文学形式，寻找新的表达方式。

（2）文学独立与百花齐放

五四运动鼓励了文学的独立性，主张文学不应受制于政治、社会等外部因素。百花齐放的思想开始盛行，主张各种文学流派都应该有发展的空间，这为新文学的多元化创作提供了契机。

（3）对白话文的重视

五四运动推崇白话文，认为白话文更贴近人民的生活，更容易传达思想。对传统文言文的抛弃，使得白话文逐渐成为新文学的主要表达语言，这对于普及文学，使之走向大众，具有重要的意义。

5．新文学理论的代表性人物

（1）陈独秀

陈独秀是五四运动时期新文学理论的重要代表人物之一，他在《新青年》杂志上发表了一系列文章，倡导新文学、新思想。他主张文学要独立于政治，提出文学要为人民服务，呼吁百花齐放，为后来的文学理论奠定了基础。

（2）鲁迅

鲁迅是五四运动后期新文学理论的杰出代表，他以雄辩的文字和锐利的批判精神成为中国现代文学的奠基人。鲁迅在《狂人日记》《阿Q正传》

等作品中揭示社会黑暗，对封建制度进行了深刻的批判。他的文学实践为新文学理论提供了强有力的支持。

6. 新文学理论的主张与特点

（1）文学独立性

新文学理论主张文学应当独立于政治、社会等外部因素，追求自身的独立性。文学的价值不仅仅是为了传播政治思想，还要注重其独特的审美、艺术价值。这种文学独立性的主张推动了文学从政治和社会中解脱出来，追求更为广阔的创作空间。

（2）百花齐放

新文学理论提倡百花齐放，鼓励各种文学流派的出现。不同的文学形式、风格、主题都应该有发展的空间，不受特定思想或规范的束缚。这使得新文学时期涌现了各种不同的文学实践，包括现实主义小说、象征主义诗歌、抒情散文等。

（3）语言革命与白话文

新文学理论进行了语言革命，主张使用白话文进行文学创作。对传统文言文的抛弃，使得文学更加贴近人民，更容易被广泛传播。白话文的推崇也拉近了文学与大众之间的距离，使文学不再是少数知识分子的专属领域。

7. 五四运动对新文学理论的启示

（1）文学与社会的关系

五四运动时期，人们开始认识到文学与社会的密切关系，文学应当关注社会现实，反映人民的生活状况。这一思想为新文学理论的崛起提供了思想基础，使得文学在后来的发展中更加关注社会问题，具有更为深刻的社会责任感。

（2）文学的多元化

五四运动推动了思想解放，人们开始追求个体的独立和自由，这也体现在文学创作中。新文学理论的崛起使得文学作品更加多元化，风格和题材更为丰富，反映了社会的多样性。

（3）文学创作的现实主义倾向

五四运动时期，人们对现实生活的关注使得现实主义成为新文学理论的核心思想之一。文学要关注社会问题，揭示社会的黑暗面，为社会的进步和改革贡献力量。这种现实主义的倾向在后来的文学创作中得以延续和发展。

8. 挑战与反思

（1）对传统文化的过度否定

在新文学理论的崛起中，一些文学家对传统文化持过度否定的态度，这可能使得文学创作丧失了对传统文化的深入理解和继承。对传统的过度排斥可能导致文学发展的断层。

（2）语言革命的争议

虽然新文学理论主张使用白话文，但这也引发了一些争议。有人认为过度推崇白话文可能导致文学作品失去了传统文言文的独特韵味，降低了文学的语言艺术性。

五四运动与新文学理论的崛起共同构成了中国现代文学史上的重要篇章。五四运动推动了中国社会思想的解放，新文学理论在这一时期崛起，为中国文学的现代化发展提供了坚实基础。这一时期的文学思潮深刻影响了后来的文学创作，使得中国文学逐步走向多元、现代、开放的方向。然而，对传统文化的过度否定、文学政治化的风险等问题也需要引起足够的重视和思考。在今天，我们仍然可以从五四运动和新文学理论的历史中汲取经验，推动文学的繁荣发展，促使文学在时代的潮流中保持活力。

第二节 鲁迅文学理论的贡献

一、鲁迅文学思想的形成

1. 概述

鲁迅（1881年9月25日—1936年10月19日）是中国现代文学史上最杰出的文学家之一，也是中国现代文学与思想解放的旗手。鲁迅的文学思想深刻地反映了中国社会变革的动荡与矛盾，其作品激起了人们对封建旧制度的思考，对未来走向提出了深刻的警示。本书将深入探讨鲁迅文学思想的形成，剖析其思想根源、主要观点以及对中国文学的深远影响。

2. 鲁迅的生平与时代背景

（1）生平经历

鲁迅原名周樟寿，后改名周树人，生于清朝末年，成长于充满变革与动荡的时代。他曾留学日本，深受西方文学、哲学的熏陶。回国后，他先后在北京大学和燕京大学任教，并积极参与社会运动，留下了许多深刻而富有激进思想的文学作品。

（2）时代背景

鲁迅的生活经历贯穿了清朝末期至民国初年，这一时期正是中国社会动荡、政治变革的时刻。辛亥革命后，封建制度的崩溃，社会风气的变革，为鲁迅的思想观念提供了丰富的土壤。同时，西方文化的冲击也深刻地影响了他的思考。

3. 思想根源：文学与社会的结合

（1）对传统文学的反思

鲁迅对传统文学的反思始于其对古典文学的深刻认识。他对古代经典文学进行了深入研究，但逐渐意识到传统文学形态的局限性。这使得他在文学创作中追求新的表达方式，超越传统文学的艺术形式，更贴近人民的生活。

（2）文学与社会责任

鲁迅认为文学应当关注社会现实，具有社会责任感。他不仅通过文学作品反映社会黑暗面，揭示社会问题，同时通过文学理论和评论对社会进行深刻的批判。他主张文学不仅仅是艺术表达，更是对社会的反思和启示。

（3）对人民的深刻关怀

鲁迅的文学思想根植于对人民的深刻关怀。他关注普通人的疾苦，反映社会下层的生活困境，通过作品表达对底层人民的同情和支持。他的文学作品强调人文关怀，使得他的思想具有强烈的人道主义色彩。

4. 鲁迅文学思想的主要观点

（1）文学的社会功能

鲁迅认为文学应当具有社会功能，不仅仅是为了艺术而存在，更是为了揭示社会现实，推动社会变革。他的文学批判不仅停留在文学作品本身，还延伸到对社会制度、文化观念的深刻反思。

（2）文学的社会责任

鲁迅主张文学要具有社会责任感。他认为作家应当担负起引导社会思考、促进社会进步的责任。文学家不应仅仅追求个人的创作成就，更应当积极参与社会的变革，为社会带来正能量。

（3）推崇白话文

鲁迅强烈推崇白话文，主张文学语言应当贴近人民的口音，使作品更易于被广大读者理解。他对文言文的批判并非简单的语言选择，更体现了他对文学普及、走向大众的追求。

（4）对封建文化的批判

鲁迅对封建文化进行了深刻的批判，揭示了封建制度的黑暗面。他通过文学作品对封建礼教、旧有观念进行犀利的剖析，呼吁人们摆脱传统的束缚，寻求新的文化观念。

5. 鲁迅文学思想的深远影响

（1）对现实主义文学的启示

鲁迅的文学思想对中国现实主义文学的发展产生了深远影响。他通过对社会黑暗面的揭示，强调文学要关注人民的生活状况，使得现实主义成为中国文学的重要流派。鲁迅的写实手法以及对底层社会的关注，激发了后来一系列现实主义文学作品的创作动力，推动了中国文学向现实主义迈进的步伐。

（2）文学与社会的深刻关联

鲁迅通过对封建社会的批判，强调文学与社会的深刻关联。他的文学作品不仅仅是艺术创作，更是对社会现实的关切和对社会问题的反思。这种文学与社会的紧密结合在后来影响了许多文学家，使他们在文学创作中更加关注社会的方方面面，促使文学更深层次地参与社会变革。

（3）对文学语言的革新

鲁迅的白话文推崇对文学语言产生了深远的影响。他主张文学要贴近人民的生活，语言应当贴近口语，易于被大众理解。这一主张对后来的文学创作产生了积极影响，促使文学语言更加通俗易懂，拉近了文学与读者之间的距离。

（4）对封建文化的负面启示

鲁迅对封建文化的深刻批判，对中国传统文化的影响也是不可忽视的。他的作品中揭示的封建社会的黑暗，使人们对传统文化进行反思，开始关注其中蕴含的不足和负面影响。这种负面启示促使文学界开始寻找新的文化观念，推动了中国文学走向现代化的步伐。

6. 鲁迅文学思想的局限性与争议

（1）对白话文的过分偏爱

尽管鲁迅的推崇白话文使得文学更为通俗易懂，但有人认为他对文言文过于批判，过于强调对白话文的追求，可能导致文学语言的单一化，丧失了一定的艺术表现力。

（2）过度悲观的倾向

鲁迅的作品常常充满悲观主义色彩，对社会现实和人性的揭示往往带有深沉的忧虑。这种过度悲观的倾向有时被指责为过于压抑人们的积极向上的力量，缺乏对美好的向往和追求。

（3）文学与政治的紧密联系

鲁迅的文学思想中，文学与政治关联紧密，他强调文学的社会责任。然而，有人认为这种紧密联系可能导致文学作品过度政治化，丧失了一定的审美独立性。

鲁迅作为中国现代文学的奠基人之一，其文学思想深刻影响了中国文学的发展方向。他通过对传统文学的反思、对社会的深刻关注，形成了独特的文学思想体系，为中国文学注入了强烈的社会责任感。鲁迅的文学思想既有启示，也有争议，但不可否认的是，他的作品和思想对中国文学现代化的进程起到了积极而深远的推动作用。

二、鲁迅文学理论的主要观点

1. 概述

鲁迅是中国现代文学的巨匠，他既是文学家、评论家、思想家，也是中国现代文学与思想解放的领军人物之一。鲁迅在其短暂而激烈的一生中，提出了许多深刻的文学理论观点，对中国文学产生了深远而持久的影响。本书将深入探讨鲁迅文学理论的主要观点，剖析其在文学、语言、社会等方面的思想，以及对中国文学现代化的推动作用。

2. 文学的社会功能

（1）文学的社会责任

鲁迅强调文学的社会功能，认为文学应当具有社会责任感。他提出

"文学为人民服务"的口号,主张文学要服务于人民、关注人民,通过作品反映社会问题、揭示社会黑暗面,引导读者思考社会变革的方向。

(2) 文学与社会的密切关系

鲁迅认为文学与社会密切相连,是社会发展和变革的产物。他指出文学作品是社会生活的镜子,通过作品可以看到社会的方方面面。因此,文学创作不仅仅是个体情感的抒发,更应当与社会相互联系,发挥积极的社会作用。

(3) 文学与时代的共鸣

鲁迅主张文学应当与时代共鸣,关注社会矛盾与冲突,反映时代的脉动。他认为作家应当深入社会底层,关注民生问题,使文学作品具有更广泛的社会反响。只有与时代同频共振,文学才能具有生命力和时代性。

3. 文学的人道主义关怀

(1) 对底层人民的同情

鲁迅的文学理论强调对底层人民的深刻关怀。他通过作品反映社会底层的疾苦,描绘普通人的生活,表达对贫苦人民的同情之情。他关注人性的真实状态,使文学作品充满人道主义的关怀和情感。

(2) 对社会不公的揭示

鲁迅的文学作品对土建社会不公现象进行了深刻揭示,他通过作品中的人物形象、情节安排,反映出封建制度的腐朽和社会的黑暗。他以真切的关怀揭示了社会底层人民的苦难遭遇,呼吁对社会不公进行深刻的反思和改革。

(3) 文学的人文关怀

鲁迅的文学关怀超越了社会现实,更包含对人类命运的深切思考。他在作品中对人性的探讨,表达了对人类命运的深刻关切,强调文学的价值应当体现人文主义的关怀和尊重。

4. 文学语言的推崇与革新

(1) 对文言文的反思

鲁迅对传统文学中的文言文形式进行了深刻的反思。他认为文言文在表达上繁琐晦涩，难以被广大民众理解。他主张文学语言应当贴近人民的口语，使得作品更具有亲和力和普及性。

（2）白话文的提倡

鲁迅提倡使用白话文进行文学创作，认为白话文更贴近人民的生活，更易于传达作者的思想。他主张文学的语言应当贴近人民的口音，使得作品更易被广大读者接受，推动了中国文学语言的现代化。

（3）语言革命的意义

鲁迅所倡导的语言革命不仅仅是在文学语言形式上的变革，更是对文学语言的社会化追求。他通过对语言的革新，使得文学更贴近社会现实，拉近了文学与社会、文学与读者之间的距离，使作品更具社会影响力。

5. 文学的艺术追求

（1）对艺术真实性的追求

鲁迅强调文学作品要具有真实性，反映社会真实的生活状况。他认为文学艺术不应当追求虚构与理想化，而是要真实地反映社会，反映人类的真实生存状态。他对社会的揭示和对人性的思考是建立在对真实的追求之上的。

（2）对文学的审美追求

尽管鲁迅强调文学的社会责任，但他并没有忽视文学的审美追求。他认为文学应当是一种高度艺术的表达，注重形式与内容的统一。他通过对文学语言、结构的精心雕琢，追求作品的审美价值。在揭示社会问题的同时，鲁迅注重通过艺术的形式使作品更具美感，使读者在欣赏作品的同时也能体味到文学的艺术魅力。

（3）对文学的创新与实验

鲁迅在文学创作中鼓励实验和创新。他提倡文学家要有不断创新的精神，尝试新的表达方式和艺术手法。他自己在文学创作中也进行了多次实验，如《彷徨》中的无标点符号、《狂人日记》中的独白形式等，这些实验性的尝试使他的作品更具独创性和前卫性。

（4）艺术与人民大众的结合

鲁迅强调文学的社会责任，但他同时认为文学作品要与人民大众结合，要追求在表达社会问题的同时，也要使广大读者能够理解和接受。他对白话文的提倡和对通俗文学的重视，体现了他对文学作品与广大读者之间联系的追求。

6. 文学与政治的关系

（1）文学独立性的强调

鲁迅强调文学的独立性，主张文学作品不应成为政治工具，而是应当具有独立的艺术价值。他反对文学被过度政治化，认为文学家首先是艺术家，应当有自己的审美追求和独立的创作立场。

（2）文学的社会批判

尽管强调文学的独立性，但鲁迅认为文学仍然需要对社会进行深刻的批判。他主张文学家要在作品中表达对社会不公和黑暗面的关切，通过文学作品引发社会思考，促进社会变革。在他看来，文学与社会虽有独立性，但二者之间仍然存在紧密联系。

（3）文学的社会作用

鲁迅强调文学的社会作用，认为文学不应当脱离社会现实，而应当为社会的变革和进步贡献力量。他主张文学要服务于人民、关注人民，通过作品反映社会问题，推动社会变革。在他看来，文学的社会作用是文学的重要价值之一。

鲁迅的文学理论是中国现代文学的瑰宝，他在文学创作和理论探讨中留下了丰富的思想宝藏。他提出的关于文学社会责任、人道主义关怀、语言革命、艺术追求等观点，不仅对当时中国文学产生了深远的影响，也为后来的文学创作提供了宝贵的启示。鲁迅在文学上的坚持和探索，使他成为中国文学史上的独特标志，他的思想仍然激励着新一代文学创作者，推动着中国文学的不断发展。

三、鲁迅对中国文学现代化的影响

1. 概述

鲁迅是 20 世纪初中国文学的重要代表人物之一。他的文学作品和文学理论对中国文学现代化的发展产生了深远的影响。本书将深入探讨鲁迅对中国文学现代化的影响，分析他在文学思想、创作实践、语言革命等方面的贡献，以及他对后来文学发展的启示。

2. 鲁迅的文学思想与现代性

（1）文学社会责任的强调

鲁迅强调文学的社会责任，倡导文学要关注社会问题，揭示社会的黑暗面，引导人们思考社会变革的方向。这种强烈的社会责任感是对传统文学局限的反叛，是中国文学朝向现代性发展的重要契机。

（2）人道主义关怀的表达

鲁迅的作品充满了对底层人民的深切关怀，他通过文学表达对人性的关切。这种人道主义关怀不仅是对社会底层苦难的揭示，更是对人性的深刻思考。这种关怀的表达使中国文学更具现代性，强调文学的人文关怀成为中国现代文学的重要特征之一。

（3）文学语言的现代革新

鲁迅提倡使用白话文进行文学创作，强调文学语言应当贴近人民的口语，易于被广大读者理解。他通过对传统文学语言的反思和对现代白话文的推崇，推动了中国文学语言的现代化。这一语言革命对中国文学现代化的进程产生了深远的影响。

3. 鲁迅的文学实践与创作

（1）对传统文学的颠覆

鲁迅在他的文学作品中对传统文学形式进行了颠覆。例如，他在《狂人日记》中采用独白形式，突破了传统的文学叙述方式，使作品更富有个性和独创性。这种对传统文学形式的颠覆为中国文学注入了现代的创作元素。

（2）现实主义的创作追求

鲁迅强调文学应当关注社会现实，他的作品以现实主义为基调，反映了社会的黑暗、底层人民的生活困境。他通过对社会的深刻观察和对人物的生动描写，使作品更具生活感和真实感，为中国文学现代化的发展提供了现实主义的范本。

（3）实验性创作的推崇

鲁迅鼓励文学家进行实验性的创作，他在自己的作品中进行了多次实验，如在《彷徨》中采用了无标点符号的写作方式。这种实验性的创作追求使得文学作品更富有创新性和前卫性，为中国文学现代化注入了新的活力。

4. 鲁迅的语言革命与现代文学语言

（1）对文言文的反思

鲁迅对传统文学中的文言文形式进行了深刻的反思。他认为文言文在表达上繁琐晦涩，难以被广大民众理解。这种对文言文的反思是对传统文学语言的一次革命，使文学语言更加贴近人民的生活。

（2）白话文的推崇

鲁迅提倡使用白话文进行文学创作，认为白话文更贴近人民的口语，易于被广大读者理解。他主张文学的语言应当贴近人民的口音，使得作品更易被广大读者接受。这一语言革命对中国文学语言的现代化产生了深远的影响。

（3）语言革命的深远影响

鲁迅的语言革命使得文学语言更加通俗易懂，拉近了文学与读者之间的距离。这种对语言的革新不仅影响了当时的文学创作，更为后来的文学发展打开了新的道路。现代白话文的推崇和使用成为中国文学现代化的一个关键节点。

5. 鲁迅的思想对后来文学的启示

（1）对社会责任的思考

鲁迅强调文学的社会责任，他的思想对后来文学家对社会问题的关注产生了深远的影响。许多后来的文学作品都在不同程度上关注社会问题，通过作品表达对社会不公和黑暗面的关切，推动社会变革。

（2）对个体命运的关怀

鲁迅的人道主义关怀在后来文学中得到继承和发展。许多作家受到鲁迅对底层人民命运的深刻关注的启发，通过作品表达对个体命运的深切关怀。这种关怀不仅体现在对社会问题的揭示上，更包含了对普通人生活、情感的细腻描写。

（3）对语言的创新追求

鲁迅提倡的语言革命对后来的文学创作者产生了深远的影响。许多作家在语言表达上进行了大胆的尝试和实验，推动了文学语言的现代化。对语言的创新追求使得文学更加贴近生活，也为文学带来了更多的表现力和创作可能性。

（4）对现实主义的影响

鲁迅强调文学要关注社会现实，反映真实生活。这一思想对后来现实主义文学的发展起到了引导作用。许多作家受到鲁迅现实主义的影响，通过作品真实地反映社会、关注底层人民，使中国现代文学更具社会关怀和现实感。

鲁迅对中国文学现代化的影响是深远而持久的。他通过对社会责任的强调、人道主义关怀的表达、语言革命的推崇、现实主义的创作追求等方面的贡献，为中国文学的现代化奠定了基础。鲁迅的文学思想和实践不仅在当时引起了巨大的反响，更为后来的文学发展提供了丰富的启示，影响了一代又一代的文学创作者，推动了中国文学走向现代。

第三节　20世纪文学批评的多元化

一、文学批评的学科多元化趋势

1. 概述

文学批评作为文学研究的重要分支，经历了多个阶段的发展和演变。近年来，随着社会、文化、科技的迅速变革，文学批评呈现出一种明显的学科多元化趋势。这一趋势不仅丰富了文学批评的研究内容，也使其更好地适应当代社会的复杂性和多样性。本书将深入探讨文学批评的学科多元化趋势，分析其主要表现、影响以及对文学研究的启示。

2. 学科多元化的表现

（1）文学与社会科学的交叉

学科多元化的趋势表现之一是文学批评与社会科学的交叉。文学批评研究关注文学作品与社会、文化背景之间的关系，探讨文学作品在特定社会语境中的产生和传播。社会学、人类学、历史学等学科的理论和方法被引入文学批评，使研究更具深度和广度。

（2）跨文化和跨媒体研究的兴起

学科多元化还表现为对跨文化和跨媒体研究的兴起。随着全球化的发展，文学批评开始跨不同文化和语境进行比较研究，关注不同文学传统之间的联系和互动。同时，新媒体时代的来临也催生了对文学与影视、音乐、游戏等跨媒体表达形式的研究，拓展了文学批评的研究领域。

（3）环境人文主义和生态批评的兴起

在面对全球性的环境问题和气候变化挑战时，环境人文主义和生态批评逐渐崭露头角。这些新兴的文学批评方法强调人与自然的关系，关注文学作品中对环境、自然的描绘和反思。它们试图通过文学来思考环境伦理、可持续发展等重要议题，为文学批评注入了更为前沿的社会责任和可持续发展的元素。

（4）后殖民批评和文化研究的崛起

后殖民批评和文化研究的崛起是学科多元化的又一体现。这一研究方向关注帝国主义、殖民主义对文学和文化的影响，探讨被殖民地的文学作品如何回应、抵抗殖民统治。文学批评逐渐转向关注被边缘化和压迫的群体的声音，推动了文学研究中对多元文化和多元声音的关注。

3. 学科多元化的影响

（1）丰富了研究视野

学科多元化使得文学批评的研究视野更为丰富。不再局限于文本内部的结构和形式，研究者可以更全面地考察文学作品与社会、文化、历史的关系，使文学研究更具深度和广度。

（2）提升了文学研究的实用性

通过与社会科学、环境科学等学科的交叉，文学研究开始具有更强的实用性。例如，环境人文主义和生态批评的兴起使得文学研究能够更好地回应社会对环境和可持续发展的需求，为社会问题提供文学的视角和解决思路。

（3）促进了国际学术交流

跨文化研究和文学批评的国际化促进了学术交流与合作。通过比较不同文学传统、语境中的文学作品，研究者更好地理解了文学的普适性和独特性。国际合作使得文学批评能够更好地融入全球学术体系，推动了文学研究的国际化进程。

（4）拓展了文学批评的社会影响

学科多元化使文学批评更紧密地与社会相连，对社会产生更直接的影响。通过关注社会问题、环境议题、跨文化对话等，文学批评变得更具社会参与性，为社会问题提供了不同层面的思考和反思。这使得文学批评在社会中的影响力不仅限于学术界，还能更好地为社会变革和进步做出贡献。

4. 对文学研究的启示

（1）注重多元视角的培养

学科多元化意味着文学研究者需要具备更为广泛的知识背景和研究方法。未来的文学研究者应该注重跨学科的学习和交流，培养自己具备跨文学、社会科学、自然科学的能力，以更全面的视角理解文学作品。

（2）加强国际学术交流

随着全球化的不断深化，加强国际学术交流对于文学批评的学科多元化至关重要。通过参与国际学术会议、合作项目，文学研究者可以更好地了解不同文学传统、文化语境中的文学研究方法，从而拓宽自己的研究视野。

（3）强调社会参与与责任

学科多元化使文学批评更加注重社会参与与责任。未来的文学研究者应当更积极地关注社会问题，通过文学的力量参与到社会变革的过程中。这需要文学研究者既有深厚的学术底蕴，又有对社会现实的敏感性和责任感。

（4）推动文学与其他学科的合作

文学批评的学科多元化促使不同学科之间的合作更为密切。未来的研究者可以加强与社会学、环境科学、文化研究等学科的合作，共同探讨跨学科研究的可能性，推动文学研究更好地为综合性问题提供解决方案。

学科多元化是文学批评发展的必然趋势，它为文学研究提供了更广阔的空间和更丰富的研究内容。通过与社会科学、环境科学、跨文化研究等学科的交叉，文学批评不仅能更全面地理解文学作品，也能更直接地回应社会问题。未来，文学研究者需要在传统文学批评的基础上，更好地融入多元的学科视野，推动文学批评不断创新，更好地服务于社会与人类的发展。

二、结构主义与形式主义在中国的传播

1. 概述

结构主义与形式主义是 20 世纪初期在西方兴起的两大文学批评流派，它们的出现标志着文学批评由传统的历史文学、哲学批评向更为系统和科学的方向发展。这两大流派强调对文本内部结构和形式的研究，对文学研究产生了深远的影响。本书将探讨结构主义与形式主义在中国的传播过程，分析其引入、发展、影响等方面的关键因素。

2. 结构主义与形式主义的基本概念

（1）结构主义

结构主义强调文本内部的结构和系统性。其核心思想包括结构的存在、结构的普遍性、符号系统的重要性等。结构主义的代表人物有克劳德·莱维－斯特劳斯、罗兰·巴特、弗拉基米尔·普罗普等。结构主义认为文学作品是由一系列相互关联的符号和结构组成的，通过对这些结构的分析可以揭示出作品深层的含义。

（2）形式主义

形式主义注重文学作品的形式和艺术构思。其核心思想包括以艺术形式为中心、关注作品的独立性、强调艺术性等。形式主义的代表人物有维克多·甘布洛夫、鲍里斯·埃菲莫维奇、罗曼·雅可布森等。形式主义认为文学作品应当脱离社会、历史的背景，独立存在，重视作品内在的艺术结构和表现形式。

3. 结构主义与形式主义在中国的引入

（1）早期引入

20 世纪初，随着新文化运动的兴起，中国的文学批评逐渐开启了现代

化的道路。在这个背景下,结构主义与形式主义的思想被引入中国。一些留学归国的学者,如胡适、丁玲等,将西方现代文学批评的新理念引入中国,其中就包括结构主义与形式主义的概念。

(2)文学理论翻译与传播

20世纪30年代至40年代,一批西方文学理论著作开始被翻译成中文,为中国学者了解结构主义与形式主义奠定了基础。例如,莱维-斯特劳斯的《结构人类学》、甘布洛夫的《文学形式的问题》等作品相继引入,为中国的文学批评提供了新的思考路径。

(3)新文化运动对思潮的吸纳

新文化运动是中国现代文学发展的重要时期,也是结构主义与形式主义在中国传播的重要阶段。在这一时期,新文化运动的代表人物如胡适、郭沫若等开始关注西方现代文学理论,其中就包括结构主义与形式主义的观念。这为中国的文学批评走向现代化奠定了基础。

4. 结构主义与形式主义在中国的发展

(1)结构主义的发展

在20世纪50年代至70年代,中国的结构主义研究逐渐兴盛。研究者主要关注文本的结构、符号学、语言学等方面,试图通过对文学作品内部结构的剖析,揭示其中的深层含义。然而,由于时代背景的限制,结构主义的研究在某种程度上受到了一定的制约。

(2)形式主义的发展

形式主义在中国的发展相对较为有限。由于形式主义相对于社会现实的疏离,其在中国的应用较为局限。然而,一些学者仍然尝试通过对艺术形式、艺术构思的研究,深化对文学作品的理解。

(3)结构主义与形式主义的结合

在中国,结构主义与形式主义的思想往往不是孤立存在的,而是与其他文学批评理论相结合。在一些学者的研究中,结构主义与形式主义的思想与马克思主义、后现代主义等相互交融,形成了更为复杂的文学批评观念体系。

5. 结构主义与形式主义的影响

(1) 对文学批评方法的影响

结构主义与形式主义在中国的传播对文学批评方法产生了深远的影响。它们强调对文本内部结构的关注,促使中国的文学研究者更加注重对作品内在规律的发现与分析,推动了文学批评方法的现代化和科学化。通过结构主义与形式主义的引入,中国的文学批评逐渐摆脱了传统的历史文学研究的束缚,更注重对文学作品内在结构和形式的深入挖掘。

(2) 对文学研究话语体系的重塑

结构主义与形式主义的传播在一定程度上重塑了中国的文学研究话语体系。过去以来,中国的文学研究受到传统文学观念和马克思主义文艺观的影响较多,而结构主义与形式主义的引入为中国的文学研究注入了更为多元和国际化的元素,使得文学研究在理论层面更加开放和丰富。

(3) 促进了跨学科研究的发展

结构主义与形式主义的传播促进了文学与其他学科的跨学科研究。由于这两个流派强调对结构、形式的研究,文学研究者更容易与语言学、哲学、心理学等领域展开合作,形成更为综合性的研究方法。这样的跨学科研究有助于拓宽文学研究的视野,丰富了研究内容。

(4) 对文学创作的启发

结构主义与形式主义的思想在一定程度上也对中国的文学创作产生了启发。作为文学批评的一种方法论,结构主义与形式主义的理念强调文学作品内在的结构和形式,这种关注对作家们在构思和创作中起到了一定的激励作用。一些作家开始更加注重文本的语言、结构的设计,追求艺术的独立性和表现形式的创新。

6. 面临的挑战与反思

（1）对社会现实关注不足

结构主义与形式主义强调对文本内在结构和形式的研究，但在对社会现实的关注上相对疏漏。中国的文学批评者在引入这两个流派的同时，也面临如何与社会现实问题结合的挑战。在后来的发展中，一些文学研究者开始探讨文学作品与社会、历史、文化之间的关系，追求更为综合的研究方法。

（2）对文学多样性的局限理解

结构主义与形式主义在强调普遍结构的同时，也可能忽视了不同文学作品之间的多样性。中国文学的多元性、地域性、民族性等方面的特点未必能够被这两个流派所全面理解。因此，文学研究者需要在继承结构主义与形式主义优点的基础上，更加注重对文学多样性的理解。

（3）受限于语境的理论发展

结构主义与形式主义的理论发展主要发生在 20 世纪中期，其语境主要集中在西方。这两个流派的理论框架和概念在中国的传播过程中，也受到了时代、社会背景等因素的影响。因此，在运用这两个流派的理论时，需要充分考虑中国文学的特殊性和发展阶段，以避免生搬硬套、盲目套用。

结构主义与形式主义作为西方文学批评的两大流派，在中国的传播过程中起到了推动文学研究现代化的作用。这两个流派的引入不仅为中国的文学批评注入了新的理论思想，也促进了文学研究方法的多元化和国际化。然而，在运用这两个流派的理论时，需要充分认识其在中国语境中的局限性，注重与社会现实的结合，更好地为中国文学研究的发展贡献力量。

三、文学批评多元化对文学理论的挑战

1. 概述

文学批评的多元化是指在研究文学作品时采用多种不同的理论和方法。

随着时间的推移，文学理论呈现出多元的趋势，不再受限于单一的范式。这种多元化不仅丰富了文学研究的内容，也挑战了传统的文学理论框架。本书将探讨文学批评多元化对文学理论的挑战，分析其在理论体系、方法论和实践中的影响。

2. 文学批评的多元化趋势

(1) 理论体系的多元化

文学批评多元化体现在理论体系的多样性。传统的文学理论以结构主义、形式主义为主，但随着时间的推移，后现代主义、后结构主义、女性主义、后殖民理论、心理学文学批评等理论体系纷纷崭露头角，各自提出对文学作品的独特解读方式。

(2) 方法论的多元化

文学批评多元化还表现在研究方法的多元性上。从传统的文本分析到历史文化批评，再到跨文化研究、环境文学批评等，文学研究者借助不同的方法来解读文学作品，突破了单一研究方法的限制，使得文学批评更具深度和广度。

(3) 实践的多元化

文学批评多元化的趋势还体现在实际研究与创作的多元性上。作家在创作中不再受限于特定的文学理论，而是可以自由地借鉴、融合多种理论观念，创造出更为丰富和多样的文学作品。同时，文学批评者也更加注重实际文学作品的研究，强调理论与实践的密切结合。

3. 多元化对文学理论的挑战

(1) 挑战传统文学理论框架

文学批评的多元化打破了传统的文学理论框架，使得原有的文学理论观念不再能够全面解释和涵盖文学现象。传统的文学理论体系可能无法适应新兴的文学研究领域，面临被边缘化的风险。

（2）对学科体系的冲击

文学批评多元化也对学科体系提出了挑战。传统上，文学理论主要被纳入文学学科，而多元化的发展使得文学理论与其他学科的交叉更加频繁。这种交叉可能让文学理论逐渐脱离传统的学科体系，与哲学、社会学、文化研究等学科形成更为紧密的联系。

（3）面临复杂性和不确定性

多元化使得文学理论的发展变得更加复杂和不确定。不同的理论体系之间可能存在矛盾，而实际研究中的文学作品也可能涉及多种文化、语境和背景。这种多元性可能使得文学理论在应对复杂现实时显得力不从心，需要更加灵活和开放的态度。

4．多元化对文学研究的推动

（1）激发了创新思维

文学批评的多元化推动了文学研究的创新思维。各种新兴理论的涌现激发了研究者对文学现象更为深入和全面的思考，促使他们在研究方法、视角选择上更为开放，从而推动了整个领域的创新。

（2）丰富了研究内容

多元化使得文学研究的内容更加丰富多彩。不同的理论体系和方法为研究者提供了更多的选择，可以更全面地解读文学作品。这样的多元性有助于深化对文学作品内在和外在因素的理解，为研究者提供更广阔的研究领域。

（3）强调了跨学科研究

多元化的趋势强调了文学研究与其他学科的跨学科合作。文学理论不再孤立于文学学科，而是更多地融入到哲学、社会学、心理学、人类学等学科的研究中。这种跨学科的合作有助于打破学科壁垒，促进知识的交流和共享。

5．面临的挑战和应对之策

（1）挑战：理论体系碎片化

随着文学批评的多元化，理论体系呈现碎片化的趋势，各种理论互相交叉、渗透，形成了复杂的学术格局。这可能导致理论之间的冲突和混淆，使得研究者在选择理论时感到困扰。

应对之策：研究者需要具备扎实的学科素养，了解不同理论体系之间的内在逻辑和联系，以便在具体研究中有针对性地选择、整合理论。此外，学术界需要加强对多元理论的系统性总结和整合，以建立更为完善的学术框架。

（2）挑战：实践中的复杂性

文学作品本身就具有复杂性，而不同理论和方法的多元运用增加了实践中的复杂性。在具体研究过程中，研究者可能面临理论冲突、观点混淆等问题。

应对之策：研究者需要在实践中灵活运用多元理论，根据具体研究问题选择适当的理论和方法。同时，倡导在研究中注重理论的交叉应用，通过多元理论的共同发力来解读文学作品，提高研究深度和广度。

（3）挑战：教学与传承问题

多元化的文学理论使得教学与传承面临新的挑战。传统的文学理论体系教学可能不再满足学生对多元化知识的需求，而如何整合、更新教学内容成为亟待解决的问题。

应对之策：高校和研究机构应调整文学理论课程，更加注重多元理论的教学，让学生能够接触到更多理论观念。同时，倡导在教学中引入实际案例，让学生能够通过实际研究更好地理解和运用多元文学理论。

6. 多元化的未来发展趋势

（1）跨学科整合

未来，文学批评的发展趋势将更加强调跨学科整合。不同学科之间的合作将更为紧密，文学理论可能与哲学、社会学、科学等领域形成更为深刻的交叉，形成更为综合性的理论体系。

（2）数字化与科技化

随着数字化和科技化的发展，文学研究将更多地利用计算机、人工智能等技术手段进行分析。这将使得研究更为系统、精准,同时也有望为多元理论的发展提供新的思路和方法。

(3) 全球化视野

未来文学理论的发展将更加强调全球化视野。不同文学传统之间的对话和交流将更为频繁,文学研究将更多地关注跨文化、国际化的问题,促使理论观念更好地适应多元文学环境。

文学批评的多元化为文学理论的发展注入了新的活力,丰富了研究内容,推动了创新思维。然而,多元化也带来了一系列的挑战,需要研究者、教育机构和学术界共同努力来应对。未来,文学理论的发展趋势将更加多元、开放,既需要保留传统的精华,又要勇于接纳新的理论观念,以更好地应对文学研究的复杂性和多样性。

第四节　文学与社会主义现实主义理论

一、社会主义现实主义理论的形成

1. 概述

社会主义现实主义理论是20世纪社会主义文学理论的重要组成部分,具有深厚的理论渊源和实践基础。它在社会主义国家的文学创作中起到了重要的指导作用,形成于社会主义建设的历史进程中。本书将探讨社会主义现实主义理论的形成过程,分析其理论渊源、主要观点以及在文学实践中的应用。

2. 理论渊源

(1) 马克思主义文艺理论

社会主义现实主义理论的理论渊源可以追溯到马克思主义文艺理论。

马克思主义文学理论为社会主义文学理论的形成提供了理论基础。马克思主义文艺理论关注社会现实，追求揭示社会本质，强调文学艺术的社会责任。

（2）社会主义现实主义文学的实践

社会主义现实主义理论的形成还紧密联系着社会主义国家在20世纪的社会变革和建设实践。在社会主义革命和建设的过程中，文学被认为是服务于人民、服务于社会主义事业的重要工具。文学的创作、传播和接受需要符合社会主义核心价值观，成为人民群众的精神工具。

3．理论主张

（1）对现实的忠实反映

社会主义现实主义理论强调文学艺术对社会现实的忠实反映。它认为文学艺术应当深刻描绘社会生活，展现人民群众的生活状态，反映社会的矛盾和斗争。通过对现实的真实描写，使作品更具社会关怀和生活感。

（2）社会性与人民性

社会主义现实主义理论强调文学艺术的社会性和人民性。它主张文学作品要服务于人民、服务于社会主义事业，具有深刻的社会价值。作品应当关注人民群众的需求，通过真实、感人的艺术形式表达人民的愿望、幸福和理想。

（3）正面的社会意义

社会主义现实主义理论主张文学艺术应当具有正面的社会意义。作品不仅要揭示社会问题，还应当通过对人物的塑造、情节的安排等方式，积极引导人们树立正确的社会观念，推动社会主义事业的发展。

4．发展历程

（1）早期阶段

社会主义现实主义理论在20世纪初期的苏联首次被正式提出。苏联文学家与评论家在面对革命后社会变革的过程中，提出了文学艺术要关注社会现实，服务于社会主义建设的理念。这一时期的理论主张主要体现在对社会主义现实的真实描绘上，强调文学的社会责任。

（2）战后阶段

第二次世界大战后，社会主义现实主义理论在社会主义国家得到更为广泛的传播。苏联、中国、东欧等地的文学家纷纷倡导社会主义现实主义，认为文学应当为社会主义事业服务，通过对社会主义生活的描写，激发人们的社会责任感。

5．应对挑战与理论调整

（1）挑战的呈现

对社会主义现实主义理论的挑战主要表现在对传统文学观念的否定、对经典作品的抨击以及对文艺工作者的严重打压。

（2）理论的调整

社会主义现实主义理论在中国经历了一系列的反思和调整。在1978年党的十一届三中全会后，社会主义文学理论逐渐回归理性，逐渐明确文学艺术的独立性和创造性，不再强调对现实的过于直接的反映，而是更注重艺术表达和审美追求。

6．实践中的应用

（1）文学作品的创作

社会主义现实主义理论在实践中主要体现在文学作品的创作上。在理论的指导下，社会主义国家的文学作家致力于通过作品反映社会现实，表达社会主义理念。

（2）文学批评与评价

社会主义现实主义理论也在文学批评和评价中发挥着重要的作用。文学批评家通过对作品的分析和评价，检验其是否符合社会主义现实主义的理论要求，以及是否对社会主义事业有积极的促进作用。

7. 评价与反思

（1）正面评价

社会主义现实主义理论在推动社会主义国家文学发展、引导文学创作方向方面发挥了积极的作用。它强调文学的社会责任，使文学作品更加紧密地与社会相结合，具有鲜明的社会主义特色。

（2）反思与批评

然而，社会主义现实主义理论也受到一些批评。在其过于强调对社会现实的直接反映时，可能导致文学作品在表达形式上过于单一，缺乏创造性。此外，理论在特定历史时期受到的过度政治化和意识形态的干扰，使其受到了一些非议。

社会主义现实主义理论的形成是社会主义文学理论体系的重要组成部分，它在推动社会主义国家文学发展、引导文学创作方向等方面发挥了积极作用。然而，其在特定历史时期的过度政治化和受到的过度批判也使其受到了一些争议。在今天，我们可以在批判继续改进的同时，充分发扬社会主义现实主义理论中对人民、对社会的关怀精神，为文学艺术的发展提供积极的借鉴。

二、文学创作在社会主义现实主义理论指导下的发展

1. 概述

社会主义现实主义理论是社会主义文学理论的基石之一，它在20世纪初期由苏联提出，并在社会主义国家迅速传播和发展。作为一种文学创作的指导思想，社会主义现实主义理论强调文学的社会责任，要求文学作品深刻反映社会现实，服务于社会主义事业。本书将深入探讨社会主义现实主义理论对文学创作的影响和引导作用，以及在实践中的发展历程和成就。

2. 社会主义现实主义理论的核心观点

（1）对社会现实的忠实反映

社会主义现实主义理论强调文学应当忠实地反映社会现实，揭示社会生活的真相。作品要以真实的社会画面为基础，通过对人物、环境、事件的描写展示社会的全貌，使读者更好地理解社会状况。

（2）社会性与人民性

社会主义现实主义理论主张文学作品应当具有浓厚的社会性和人民性。文学要关注人民的生活、追求、困境，作品中的人物形象和情节应当贴近人民群众，以人民为中心，通过作品表达对人民的理解和关怀。

（3）正面的社会意义

社会主义现实主义理论强调文学作品应当具有正面的社会意义。作品要反映社会主义制度的优越性，通过对先进人物和典型事件的塑造，引导读者正确理解社会主义的价值观，推动社会主义事业的发展。

3. 社会主义现实主义理论对文学创作的指导作用

（1）铺就社会主义文学的道路

社会主义现实主义理论为社会主义文学的发展铺就了坚实的理论基础。在这一理论的指导下，社会主义国家的文学作家被引导走上一条服务于社会主义建设的创作之路，使文学成为社会主义事业的重要组成部分。

（2）塑造积极向上的文学形象

社会主义现实主义理论要求文学作品具有积极向上的社会意义，这在文学创作中促进了对积极人物形象的塑造。通过对先进人物的生动描写，文学作品向读者传递正能量，弘扬社会主义的先进价值观。

3.强调社会责任感

社会主义现实主义理论强调文学的社会责任感，使作家在创作中更加关注社会问题，关心人民生活，反映社会的深刻问题，塑造正面形象。文学作品成为社会问题的声音，引起社会的关注与反思。

4. 社会主义现实主义理论在实践中的发展历程

（1）早期阶段

社会主义现实主义理论在早期主要集中在对社会主义国家社会建设的理论阐述上。苏联文学理论家如高尔基、莫洛托夫等人提出了社会主义现实主义的基本理念，强调文学作品要服务于社会主义的伟大事业。

（2）社会主义国家的传播

社会主义现实主义理论在苏联的影响下逐渐传播到其他社会主义国家。中国、东欧诸国的文学理论家开始学习和借鉴这一理论，将其引入本国的文学创作和批评中，形成了各具特色的社会主义现实主义文学。

（3）文学创作中的理论创新

随着社会主义国家社会制度的发展和变革，社会主义现实主义理论也在文学创作中发生了一定的理论创新。逐渐有文学理论家提出在社会主义现实主义的基础上更加注重文学的独立性和创新性，鼓励作家表达更加真实、深刻的社会观察。

5. 社会主义现实主义理论在文学创作中的应用

（1）对社会现实的深刻描写

社会主义现实主义理论要求文学作品对社会现实进行深刻描写，作品中的人物形象、环境描绘、情节安排等方面都要贴近实际，真实反映社会主义社会的全貌。

（2）强调人物的社会性

社会主义现实主义理论强调文学作品中人物的社会性，要求人物形象具有典型性和代表性。通过对人物的刻画，作品能够更好地体现社会的特点和人民的风貌

（3）社会主义核心价值观的宣传

社会主义现实主义理论要求文学作品宣传社会主义核心价值观。作品中的情节和人物应当体现社会主义的正面价值观，强调团结、奋斗、公平

等社会主义核心理念，以引导读者积极向上的价值取向。

（4）关注社会问题

社会主义现实主义理论要求文学关注社会问题，通过作品对社会存在的问题进行反映和批判。这包括对社会不公、阶级矛盾、道德困境等方面的关切，以期引发社会的反思和改进。

（5）塑造积极人物形象

社会主义现实主义理论鼓励文学作品塑造积极向上的人物形象。通过对先进人物的生动描写，作品可以传递出对社会主义先进性的认同和追求，激励读者向这些典型人物学习，推动社会主义事业的发展。

6. 社会主义现实主义理论在文学创作中的挑战与反思

社会主义现实主义理论有时倾向于强调对社会现实的直接反映，可能在一定程度上限制了个体创新和想象的表达。这可能使得一些文学作品显得过于注重社会的表面，而忽略了对个体内心世界和独立思考的关注。

7. 社会主义现实主义理论的未来发展

（1）开放性与包容性

未来社会主义现实主义理论可以更加注重开放性与包容性。这包括对不同文学风格和创作手法的包容，以及对不同价值观和思想观念的尊重。这样的理论发展可以推动文学更加丰富多样地反映社会。

（2）强调文学的独立性

社会主义现实主义理论在未来的发展中可以更加强调文学的独立性和创新性。这包括鼓励作家在文学创作中表达独立的思想、审美观点，同时在服务社会主义事业的同时保持对文学艺术的追求。

（3）多维度的社会观察

未来，社会主义现实主义理论可以更加注重多维度的社会观察。这包括对社会结构、文化多样性、社会阶层等方面的更为全面的观察和反映，使文学作品更加丰富和深刻。

社会主义现实主义理论作为社会主义文学的理论基石，对文学创作产生了深远的影响。在其指导下，社会主义国家的文学走上了服务社会主义建设的道路，强调对社会现实的忠实反映和积极向上的社会意义。然而，在实践中也面临一些挑战，如创作受限、单一价值观等问题。未来，社会主义现实主义理论可以在保持对社会现实关注的同时，更加注重文学的独立性和创新性，促使文学作品更好地反映社会的多样性和复杂性。这样的发展将有助于社会主义文学更好地适应时代的发展，为社会主义事业提供更为丰富和深刻的文学表达。

第五节　文学理论在文学改革中的角色

一、文学改革的动因与背景

1. 概述

文学改革是指对文学体制、文学创作方法、文学思潮等方面进行重大变革的过程。这一过程往往在特定的历史时期和社会背景下发生，受到政治、经济、文化等多方面因素的影响。本书将深入探讨文学改革的动因与背景，以期理解文学改革在不同时期的发展脉络与影响。

2. 早期文学改革的背景

（1）封建制度下文学的僵化

在封建社会，文学往往受到严格的礼教和制度束缚，它的功能主要是服务于统治阶级的意识形态，而丧失了对人民群众生活的深入反映。传统文学的僵化和固守成了一种制约，让人们开始意识到对文学的改革是必要的。

（2）社会观念的转变

随着社会经济结构的发展和社会观念的转变，人们开始对封建主义的体制产生怀疑。对于社会问题、人民生活等更加真实和深刻的反映成为当时文学的需求。这种社会观念的变迁推动了对传统文学模式的重新审视和改革。

3．文学改革与启蒙思想的结合

（1）启蒙思想的影响

启蒙思想的传入为文学改革提供了理论支持。启蒙思想强调理性、自由、平等，主张通过教育和文化的手段推动社会的进步。这种思想激发了文学家对传统束缚的反感，促使他们寻求一种新的文学表达方式。

（2）文学与社会改革的紧密联系

在一些国家，文学改革与社会的政治改革、民主运动密切相关。文学家通过文学作品对社会现象进行观察和批判，成为推动社会变革的有力力量。这种紧密联系推动了文学改革的深入。

4．社会主义时期的文学改革

（1）革命与文学的交融

社会主义革命的兴起为文学改革提供了契机。在社会主义时期，文学不再是为少数人服务的精英之物，而是要服务于整个人民群众。文学改革成为推动社会主义事业、传播社会主义思想的一种手段。

（2）文学风格与审美标准的变革

社会主义时期，文学改革还体现在文学风格和审美标准的变革上，强调以人民为中心的创作理念，倡导文学作品具有社会责任感和正面社会意义，推动了文学审美标准的更新。

5．文学改革与后现代主义的崛起

（1）对传统观念的颠覆

后现代主义对传统文学观念进行了彻底的颠覆，这种思潮推动了文学改革，让文学摆脱了传统的叙事模式，尝试更多元化、多样性的表达方式。

（2）对权威和权力的怀疑

后现代主义强调对权威和权力的怀疑，使文学家更加勇于对社会现象、权威机构进行批判。这种思潮在文学改革中推动了更加大胆和独立的创作。

6. 文学改革的动因与背景对比

（1）不同历史时期的社会背景

早期文学改革的动因与背景与社会主义时期和后现代主义时期有很大不同。早期文学改革主要是在封建制度下，受到礼教束缚，社会观念转变，以及启蒙思想的影响下发生的。而社会主义时期的文学改革则紧密结合于社会主义革命，推崇以人民为中心的创作理念，服务于社会主义建设。后现代主义时期的文学改革则更多地表现为对传统观念的颠覆和对权威的怀疑，倡导更多元化、多样性的表达方式。

（2）对文学角色的认识

在早期文学改革中，人们开始认识到文学在社会中的角色需要更为深刻地被反映，同时受到封建制度下文学僵化的影响。社会主义时期的文学改革则更强调文学的社会责任感，将文学纳入社会主义建设的大框架中。而后现代主义时期的文学改革则更注重文学的自由性和创新性，强调文学的多样性和反传统性。

3. 对文学表达方式的期待

在早期文学改革中，人们对文学表达方式的期待主要是通过对社会现实的深刻描写，使文学更好地反映人民群众的生活状况。社会主义时期则期待文学通过正面的社会意义和对社会主义核心价值观的宣传，为社会主义事业服务。而后现代主义时期则希望文学通过对传统观念的颠覆和多元化的表达方式，推动文学形式的创新。

文学改革是在不同历史时期和社会背景下发生的，其动因和背景各异，反映了社会的变迁和人们对文学角色的不同认识。早期文学改革源于对封建制度下文学僵化的反感，社会主义时期的文学改革则紧密结合于社会主义革命，服务于社会主义建设，而后现代主义时期的文学改革更注重对传统观念的颠覆和文学形式的多样化。

在各个时期，文学改革都是社会变革的一部分，反映了人们对文学角色的不同期待和对社会的不同理解。通过对文学改革的动因与背景的深入分析，我们可以更好地理解文学发展的历史脉络，同时也为当代文学面临的挑战和机遇提供一定的启示。文学改革不仅是文学自身发展的过程，更是社会进步和文明演进的一部分。

二、文学理论在文学改革中的引领

1. 概述

文学理论在文学改革中扮演着引领和推动的重要角色。作为对文学创作、表达和思考的理性反思，文学理论既在不同时期为文学提供了新的思维工具，又在文学改革中引领着文学走向新的方向。本书将深入探讨文学理论在文学改革中的引领作用，分析其在不同时期的贡献和影响。

2. 文学理论在早期文学改革中的引导作用

（1）古典文学观念的挑战

早期文学改革时，古典文学观念对文学创作有着明显的束缚。文学理论家通过对古典文学观念的批判，提出了新的文学理念，鼓励作家从新的角度审视和表达社会生活。

（2）启蒙思想的推动

启蒙思想在早期文学改革中发挥了重要作用。文学理论家运用启蒙思想的理念，主张通过文学传播知识、启迪思想，推动社会的进步。这为文学改革提供了思想的基础和动力。

3. 社会主义时期文学理论的引导

（1）社会主义文学观的确立

社会主义时期，社会主义文学观成为文学理论的核心。社会主义文学观强调文学的社会责任，提倡文学为人民服务，为社会主义事业服务。文学理论通过对社会主义文学观的阐释,引导作家在创作中关注社会现实,反映社会主义核心价值观。

(2)文艺理论对文学改革的指导

社会主义时期,文学理论家提出文艺要为社会主义建设服务,文学的表达方式要符合社会主义的审美标准。文学理论的引导使得文学在创作中更加注重社会主义核心价值观的传播,推动了社会主义时期文学改革的深入。

4. 后现代主义对文学改革的冲击

(1)对传统文学观念的颠覆

后现代主义在文学理论上对传统文学观念进行了彻底的颠覆。它拒绝了大一统的真理,反对固定的文学形式和结构,鼓励对多元化、多样性的表达方式的探索。文学理论在此背景下推动了文学改革的创新。

(2)对权威和权力的怀疑

后现代主义强调对权威和权力的怀疑,提倡对社会现象的批判和反思。文学理论通过对后现代主义思想的借鉴,推动了文学改革中对传统权威和权力结构的挑战,使文学更具反叛性和批判性。

5. 文学理论在文学改革中的启示

(1)多元化的文学观念

从早期文学改革到社会主义时期再到后现代主义时期,文学理论的演变表明文学观念应该是多元化的。不同的时期需要不同的文学理念来引导文学的发展,促使文学更好地适应社会的变迁。

(2)文学与社会的互动

文学理论的发展也强调了文学与社会的互动关系。文学不仅是对社会现象的反映,更是社会变革的推动者。文学理论的引导作用使得文学更加深刻地参与到社会的发展过程中。

(3)创新与批判的平衡

文学理论的发展揭示了创新与批判的平衡。在文学改革中,文学理论引导作家通过创新表达方式，同时对社会现象进行批判。这种平衡有助于文学既能保持新颖性，又能保持对社会的敏感性。

6. 文学理论的限制与挑战

不同的文学理论存在相对性，它们在特定时期和社会背景下适用。但随着社会的变迁，某些理论可能变得相对陈旧，无法完全适应当下的文学发展需要。

文学理论在文学改革中扮演着引领和推动的关键角色。文学理论在不同时期的发展，反映了社会的变革和人们对文学角色的不同期待。从早期文学改革对古典文学观念的挑战，到社会主义时期对社会主义文学观的确立，再到后现代主义对传统观念的颠覆，文学理论不断地引导着文学朝着新的方向发展。这一发展过程不仅为文学提供了新的思想工具，也为文学改革提供了理论基础。

第四章 中国当代文学理论新动向

第一节 后现代主义与文学理论

一、后现代主义的核心概念

1. 概述

后现代主义是20世纪中后期兴起的一种文化思潮,对于文学、艺术、哲学和社会科学等领域都产生了深远的影响。后现代主义的核心概念围绕着对现代主义的批判和对传统观念的颠覆展开,强调对多元性、相对性和权力结构的怀疑。本书将深入探讨后现代主义的核心概念,包括其起源、核心思想、对权威的挑战以及在文学、艺术和社会领域的应用。

2. 后现代主义的起源

(1)背景和前现代主义的对立

后现代主义的起源与20世纪中期的社会、政治和文化环境密切相关。在这个时期,人们逐渐对现代主义的理念产生怀疑。现代主义曾试图通过理性、科学和技术的进步解决社会问题,但在两次世界大战后,人们开始反思现代主义所带来的问题,对这种理性主义的信仰产生了动摇。

第四章　中国当代文学理论新动向

（2）对现代主义的反叛

后现代主义的兴起可以看作是对现代主义的反叛。现代主义强调普遍性的真理、绝对性的价值和单一的表达方式，而后现代主义则开始关注多元性、相对性和文化的差异。这种反叛的情绪体现在文学、哲学、艺术等领域的变革中。

3．后现代主义的核心思想

（1）多元性和相对性

后现代主义强调文化的多元性和相对性。它拒绝了对于普遍性真理和绝对价值的追求，认为真理和价值是相对于不同的文化、历史和个体而言的。这一思想影响了后现代主义在文学和艺术中的表现方式，使其更加注重多元文化的表达。

（2）反传统和颠覆结构

后现代主义倾向于反传统和颠覆结构。传统的权威、规范和结构被视为束缚创造力的桎梏。后现代主义的作品通常打破线性叙事、颠覆固定的语言结构，通过碎片化、断裂性的表达方式来呈现更为复杂、多元的现实。

（3）认知的限制和分裂性的主体

后现代主义关注认知的限制和主体性的分裂，认为人的感知和理解受到语言、文化、社会结构的制约，认知并非客观而是相对的。主体性的分裂则表现为对个体自我身份的怀疑，拒绝简单的、单一的身份认同。

4．对权威的挑战

（1）文化霸权和权力结构

后现代主义对文化霸权和权力结构提出了质疑。传统上，权威和文化标准由一小部分人或团体主导，而后现代主义强调文化的多元性，拒绝单一文化标准的主导。这种对权威的挑战体现在对主流文化、历史叙述和权力结构的批判中。

（2）大众文化的重视

后现代主义关注大众文化，并赋予它同等的重要性。它拒绝将高艺术和大众文化划分为对立的领域，认为大众文化中蕴含着丰富的意义，值得深入挖掘。这种观点挑战了传统文化界限的设定，提倡文化的平等和包容。

5．后现代主义在文学中的体现

（1）叙事的碎片化

后现代主义文学常采用碎片化的叙事结构，打破了传统的线性叙事模式。通过不同时间、空间和人物的碎片化呈现，体现了对现实复杂性的关注。

（2）超验现实主义

后现代主义文学中常出现超验现实主义的元素，通过夸张、变形和对传统写实的挑战，表达对现实的怀疑和对虚构的追求。这种手法强调文学的创造性和非现实的可能性。

（3）元小说和自指性

后现代主义文学中常出现对元小说和自指性的运用。小说自身成为叙事的对象，作品通过对文学形式的反思和自我揭示，引导读者对叙事的思考。

6．后现代主义在艺术中的表现

（1）拼贴和混搭

后现代主义艺术中常见拼贴和混搭的手法。艺术家通过将不同的图像、符号和样式混合在一起，打破传统艺术的规范，创造出更具多元性和反叛性的作品。这种混搭的手法旨在突显文化的复杂性和多样性。

（2）虚构和非现实元素

后现代主义艺术常包含虚构和非现实的元素，强调对传统现实的颠覆和重新构建。艺术家通过夸张、变形和对色彩的大胆运用，创造出超越常规视觉经验的作品，引发观者对于艺术和现实关系的思考。

（3）反思审美标准

后现代主义艺术倾向于反思传统的审美标准。艺术家拒绝受到传统美学规范的拘束，追求更加自由和开放的审美观念。这种反思审美标准的态度使得艺术作品更具创新性和挑战性。

7．后现代主义对社会科学的影响

（1）文化研究的崛起

后现代主义的兴起促进了文化研究的发展。研究者开始关注文化的多元性、流动性和相对性，拒绝对单一文化标准的过度依赖。文化研究通过对各种文化现象的分析，拓展了对社会的理解。

（2）身份意识的崛起

后现代主义对身份认同的怀疑推动了身份意识的崛起。研究者开始关注个体身份的多元性和复杂性，强调性别、种族等因素在塑造个体身份中的重要性。这种关注使得社会科学更加关注权力结构对于个体的影响。

（3）对历史的再审视

后现代主义的思想对历史学产生了深远的影响。历史研究者开始质疑对历史事件的传统叙述，强调历史是主观构建的产物。这种对历史的再审视推动了历史学术界的变革，使历史研究更加注重多元叙事和边缘历史的挖掘。

8．后现代主义的争议与批评

（1）对相对主义的批评

后现代主义的相对主义观点受到了批评。一些学者认为过度强调相对性可能导致一切都是主观的，难以建立价值观念和道德规范。他们主张在批判传统的同时，也要寻求一种更为稳固的认知和价值基础。

（2）对碎片化的批评

后现代主义文学和艺术中常见的碎片化表达方式也受到一些批评。批评者认为过度的碎片化可能导致作品难以理解，使得观众难以获得清晰的信息。他们主张在创新的同时，也要考虑观众的理解和接受能力。

（3）对文化标准的质疑

后现代主义对文化标准的质疑引发了一些担忧。一些人认为过度的文化多元性可能导致文化价值的淡化，使得社会失去了一种共同的文化认同。他们主张在推崇多元文化的同时，也要保留对于文化传统的尊重。

后现代主义作为20世纪中后期兴起的一种文化思潮，在文学、艺术和社会科学等领域都产生了深远的影响。其核心概念包括对现代主义的反叛、对多元性和相对性的强调、对权威的挑战，以及对文学、艺术和社会科学的应用。尽管后现代主义受到了一些争议和批评，但其为思想解放、文化多元性和社会结构的重新审视提供了新的视角和思路。在当代社会，后现代主义的思想仍然在影响着我们对于现实世界的理解和思考。

二、后现代主义对文学理论的冲击

1. 概述

后现代主义作为20世纪中后期兴起的一种文化思潮，对文学理论产生了深刻的冲击。其核心理念强调对现代主义的批判，突出多元性、相对性和对权威的怀疑。本书将探讨后现代主义对文学理论的冲击，包括其核心观念、对叙事结构的颠覆、对作者角色的重新定义以及在文学创作中的具体影响。

2. 后现代主义的核心观念

（1）对现代主义的批判

后现代主义崛起的背景在于对现代主义的怀疑和反叛。现代主义强调普适的真理、绝对的价值和线性的叙事结构，而后现代主义对这些理念提出挑战，强调文化的多元性、相对性和非线性的叙事。这种对现代主义的批判为后现代主义的核心观念奠定了基础。

（2）多元性和相对性

后现代主义强调文学作品中存在的多元性和相对性。文学不再被视为单一的、普适的表达，而是被看作是受到文化、语境和观众角度影响的相对产物。这一观念对传统文学理论中关于文学对象和文学评价的观点提出了挑战。

3．对叙事结构的颠覆

（1）非线性叙事

后现代主义文学作品常常采用非线性的叙事结构。传统的线性叙事模式被打破，故事情节不再按照时间顺序展开，而是以碎片化、交叉和倒叙等形式呈现。这种非线性的叙事方式使读者更加主动地参与到故事中，提供了更多的解读可能性。

（2）反叙事和自指性

后现代主义文学作品中常见反叙事和自指性的元素。作家通过直接插入对叙事过程的反思、对故事本身的评论，甚至将自己作为虚构人物加入到作品中，打破了作者与作品之间的传统边界。这种自指性强调了文学作品的构建过程和文学本身的虚构性。

4．对作者角色的重新定义

（1）消解作者权威

后现代主义消解了作者的绝对权威。在传统上，作者被视为作品的创造者和权威的源泉，但后现代主义拒绝将作者视为一个单一、稳定的实体。文学作品的意义不再仅仅取决于作者的意图，而是在读者与文本的互动中共同构建的。

（2）具象作者的兴起

在后现代主义文学中，具象作者（implied author）的概念兴起。具象作者指的是从文本中读者所构建出的作者形象，而非真实存在的作者。这一概念强调了读者在理解文学作品时的主观参与，推动了对作者角色更为多元和开放的理解。

5. 在文学创作中的具体影响

（1）多元的文学语言

后现代主义推动了文学语言的多元化。作家在表达方式上更加注重语言的灵活性和创新性，采用丰富多样的文学手法，包括流行语的运用、多语言混搭等，以更好地反映复杂多变的现实。

（2）文学形式的创新

后现代主义文学作品常常在形式上进行大胆的创新。小说的结构不再受到传统规范的拘束，出现了以碎片化、模拟文件、对话等形式为特征的作品。这种文学形式的创新拓展了文学的边界，使作品更具实验性和挑战性。

（3）文学主题的多元化

后现代主义突破了传统文学的主题限制，使文学作品的主题更加多元化。作家关注社会的边缘群体、权力关系、性别议题等，拓展了文学创作的领域，使文学更具社会关怀和批判性。

6. 后现代主义对文学理论的争议

（1）文学相对主义的批评

后现代主义的文学相对主义观点受到批评。一些学者认为，过度的相对主义可能导致文学失去了客观标准和价值取向，使得评价和解读变得任意化。他们主张在强调多元性的同时，仍应保持对文学作品质量和普适性的关注。

（2）文学形式创新的争议

后现代主义对文学形式的创新也引发了一些争议。一些评论家认为，过度的文学形式创新可能导致作品难以理解，使得文学的传达效果降低。他们关切作品的可读性，认为作品应该在追求新颖性的同时，保持与读者的有效沟通。

（3）对作者角色重新定义的反思

后现代主义对作者角色重新定义的观点也引发了一些反思。一些学者认为，消解作者权威和强调读者构建的具象作者，可能导致文学作品的解读过度主观化，失去了对作者原意的尊重。他们主张在强调读者参与的同时，仍需考虑作者在创作中的独特贡献。

后现代主义对文学理论的冲击是文学发展中一次深刻的变革。通过对现代主义的批判，后现代主义强调多元性、相对性和对权威的怀疑，从而推动了文学创作和理论的多方面变革。其对叙事结构的颠覆、对作者角色的重新定义以及在文学创作中的具体影响，都为文学提供了更为开放和多元的视野。然而，后现代主义也引发了一系列争议，如相对主义的批评、文学形式创新的争议以及对作者角色重新定义的反思。在综合考量各种观点的基础上，人们可以更全面地理解后现代主义对文学的冲击，认识到其中既有推动文学进步的力量，也有需要深入反思的问题。在当代文学发展中，后现代主义的影响依然深远，同时也催生了新的文学思潮和理论，推动着文学的不断创新和发展。

三、中国后现代文学的兴起与发展

1. 概述

后现代主义思潮在 20 世纪中后期迅速兴起，对全球文学产生了深远的影响。中国作为一个多元文化的国家，在社会经济变革的背景下，也迎来了后现代文学的兴起。本书将探讨中国后现代文学的兴起与发展，着重分析其在思想观念、文学风格和文学主题方面的特点。

2. 时代背景与社会变革

（1）改革开放与现代性冲击

中国的后现代文学兴起与改革开放政策的实施密切相关。1978 年以来，中国经济发展迅猛，人们的思想观念、生活方式都发生了深刻的变化。这种现代性的冲击催生了一种对传统观念的质疑和对新时代语境的反思，为后现代思潮在中国的传播创造了条件。

（2）文学的全球化与信息时代的到来

全球化与信息技术的飞速发展也为中国后现代文学的兴起提供了土壤。中国文学开始接触到更多国际文学思潮，文学交流变得更加频繁，作家们更容易获取来自全球的文学信息。这种全球性的文学交流为中国后现代文学的多元化提供了基础，作家们开始尝试吸收和融合西方后现代主义的思想。

3．思想观念的嬗变

（1）对传统观念的质疑

中国后现代文学的兴起表现为对传统观念的质疑。作家们开始反思传统文化、伦理道德和权威体制，挑战传统的文学语言和叙事模式。对于历史、家族、国家等议题的重新审视成为后现代文学的一个重要方向。

（2）对现代性的焦虑

随着现代性的冲击，中国社会逐渐进入现代化的轨道，但与此同时，现代性也带来了一系列问题和焦虑。后现代文学在表达对现代性的反思中，反映了作家们对快速发展所带来的困扰、失落感和文化认同的迷茫。

4．文学风格的多元化

（1）叙事结构的碎片化

后现代文学以碎片化的叙事结构为特点。传统的线性叙事被打破，作品呈现出碎片化、交叉和断裂的叙述方式。这种叙事结构的碎片化反映了社会的多元性和复杂性，使读者更主动地参与到故事中。

（2）语言的实验性

后现代文学对语言进行了大胆的实验，打破传统文学语言的规范。作家们尝试运用流行语、方言、网络用语等丰富多样的语言元素，以更贴近当代社会生活的方式表达情感和思想。

（3）元小说和自指性

元小说和自指性成为中国后现代文学的显著特点。作家通过对文学形式的反思和自我揭示，将小说的结构呈现得更为复杂，使作品既是文学的表达，也是对文学本身的反思。

5. 文学主题的多元化

中国后现代文学还关注城市化和现代生活的主题。作家们通过对城市化进程的描绘，探讨现代社会中个体的生存状态和城市文化对人们生活的影响。这使得后现代文学更贴近时代的脉搏，反映了城市化背景下人们生活的多样性和复杂性。

6. 典型作家及其代表作品

（1）莫言《红高粱家族》

莫言被认为是中国后现代文学的代表性作家之一。他的代表作《红高粱家族》以其浓厚的地方色彩、复杂的家族关系和对权力的揭示而引起广泛关注。小说中采用了非线性的叙事结构，将历史与家族、爱情等元素交织在一起，突显了对传统观念的质疑和对权力的反思。

（2）余华《活着》

余华的《活着》是中国后现代文学的又一杰出代表。小说通过一个普通人的命运，生动展现了中国近现代历史中的巨大变革。余华以其简练的语言、深刻的洞察力和对人性的深刻揭示，表达了对命运的反思和对现代化进程中所带来的苦难的关切。

7. 后现代文学的争议和反思

（1）文学语言的实验性引发争议

后现代文学对语言的实验性尝试常常引发一些争议。一些评论家认为，过度的实验性可能导致作品难以理解，使得普通读者难以接受。在推崇实验性的同时，也需要考虑作品的可读性和传达效果。

（2）对传统观念的过度反叛

一些批评认为，部分后现代作品对传统观念的过度反叛可能导致作品过于激进，难以与传统文化建立对话。在打破传统的同时，也需要保持对文化传统的尊重，以促进文学的持续发展。

（3）主题过度沉浸在个体经验

有人指出，部分后现代文学作品过度沉浸在个体经验和感受中，缺乏对社会整体问题的关注。在关注个体命运的同时，文学作品也应该对社会现象和问题有所反思，以提升作品的社会意义。

中国后现代文学的兴起与发展是中国文学史上一次重要的思想解放和文学风格的多元创新。在社会变革和全球化的浪潮中，作家们通过对传统观念的质疑、对语言的实验、对城市化和现代生活的关注，表达了对时代的独立思考和对人性的深刻洞察。莫言、余华等一系列杰出的作家，通过其代表作品为中国后现代文学树立了鲜明的风格和思想标志。尽管后现代文学也引发了一些争议，但它作为一种文学思潮，为中国文学注入了新的活力，推动着文学不断前行，更好地适应当代社会的需求。在今后的文学创作中，中国后现代文学将继续为探讨现代社会的复杂性和多样性提供独特的视角。

第二节　后结构主义在中国的引入与发展

一、后结构主义的基本原则

1. 概述

后结构主义是20世纪中后期在结构主义基础上发展起来的一种文学理论和哲学思潮。与传统结构主义关注体系、结构和语言规则不同，后结构主义在理论框架上更加注重独立的个体、权力关系、异质性和文本的开放性。本书将深入探讨后结构主义的基本原则，包括对结构主义的批判、对权力关系的关注、对异质性的强调以及对文本解读的开放性。

2．对结构主义的批判

（1）结构主义的局限性

后结构主义在发展过程中对结构主义进行了批判，认为结构主义存在一定的局限性。结构主义主张存在一个普适的结构和规律，强调体系和模式的普遍性，而这种普遍性往往忽略了个体差异和历史变迁。后结构主义认为，结构主义对于多样性和历史变迁的忽视使其难以解释现实世界的复杂性。

（2）反对二元对立

结构主义在处理概念时常常采用二元对立的方式，将事物划分为对立的对等范畴。后结构主义批评这种对立的二元性，认为这种划分方式过于简化复杂的现实，无法真实反映事物的多样性和交织关系。后结构主义强调复杂性和多元性，拒绝简单的二元对立。

3．对权力关系的关注

（1）关注权力结构

后结构主义在理论探讨中更加关注权力关系。它认为，结构主义忽视了社会中存在的权力结构和权力关系，而权力关系对于理解文本和社会现象至关重要。后结构主义强调权力是社会组织的关键元素，影响着个体的地位和文本的产生。

（2）揭示权力隐喻

后结构主义通过揭示文本中的权力隐喻，探讨文本背后的权力关系。它关注文本中的权力运作、权谋和权力争夺，认为文本的产生和解读都受到权力关系的影响。

4. 对异质性的强调

（1）拒绝规范化

后结构主义拒绝将事物规范化，强调事物的异质性。它认为，结构主义过于强调普适的规律和体系，而这种规范化使得文本和社会现象的多样性被忽视。后结构主义强调每个个体和每个文本都是独特的，不可被简单地纳入一般性的规律中。

（2）注重边缘群体

后结构主义关注边缘群体和边缘文化，认为这些边缘群体和文化常常被忽视，但它们的存在和表达同样具有重要性。通过对边缘的关注，后结构主义试图呈现社会的多元性和复杂性，使被边缘化的群体在理论中得以体现。

5. 对文本解读的开放性

（1）解构文本

后结构主义倡导对文本进行解构，挑战传统的文本解读方式。它认为文本并非封闭、稳定的实体，而是充满着多义性和开放性。通过解构文本，后结构主义试图揭示文本中的隐含冲突、意义多元性和多层次的词汇网络。

（2）多元文本解读

后结构主义提倡多元的文本解读方式。它强调文本的开放性，认为文本不应被固定在某一种解读上。不同的阅读者和解读者在不同的文化、历史语境中可能产生不同的理解，这种多元性使得文本的意义不断被重新构建。

6. 后结构主义与文学理论

（1）语言的不稳定性

后结构主义对语言的不稳定性进行了深刻的思考。它认为语言是不断变化和演变的，不存在固定的语言规则。后结构主义文学理论试图揭示语言的流动性和多义性，拓展了传统文学理论对语言的理解。

（2）解构主义与文学

解构主义是后结构主义中的一个分支，强调对文本的解构和多元解读。解构主义关注文本中的矛盾、边缘和异质性，试图打破传统文学理论对于意义稳定性的假设。在文学创作中，解构主义的思想促使作家们在表达上更加开放，更注重对语言的灵活运用，以及对多义性的探索。

（3）文本的多样性与开放性

后结构主义强调文本的多样性和开放性，反对对文本进行统一化的解释。这一理念对文学理论的发展产生了深远影响。作家们开始尝试使用多元的叙事结构、语言元素，挑战传统的文学规范，使作品更具创新性和前瞻性。

7. 后结构主义的争议与反思

（1）过度强调多义性的争议

一些批评者认为后结构主义过度强调文本的多义性，可能导致对文本意图的忽视。过于注重读者的主观解读，可能削弱了作品本身的独立性和作者的意图。这引发了对后结构主义对文本开放性的批判。

（2）对文本稳定性的挑战

后结构主义的理念挑战了文本的稳定性，但这也引发了一些人的担忧。一些批评者认为，对文本过度的解构可能导致文学的混乱和无序，使得读者难以建立对文学作品的稳定理解。

（3）对社会现实的关注不足

有人指出，后结构主义过度关注文本内部的结构和语言运作，而对社会现实的关注相对不足。这使得后结构主义在处理社会问题等方面存在一定的局限性。一些学者提出，后结构主义应更多关注文本与社会的互动关系。

后结构主义在20世纪后期产生，并对文学理论和哲学领域产生深远影响。通过对结构主义的批判、对权力关系的关注、对异质性的强调以及对文本解读的开放性，后结构主义为文学理论提供了全新的视角。尽管其理念在学术界产生了积极的影响，但也面临一些争议，如对文本多义性的强调是否过度、对文本稳定性的挑战是否合理等问题。在今后的研究和应用中，需要更加全面地考虑文学作品的复杂性，既注重个体差异和文本的开放性，也保持对作者意图和文本稳定性的适度关注，以促进文学理论的发展和繁荣。

二、后结构主义对文学解读的启示

1. 概述

后结构主义作为对结构主义的批判和发展，为文学解读提供了全新的思路和观念。通过对权力关系、异质性、开放性等方面的强调，后结构主义为文学解读提供了更为多元和灵活的框架。本书将深入探讨后结构主义对文学解读的启示，包括对文本的多义性关注、对权力关系的解析、对异质性的重视以及对开放性的探讨。

2. 文本的多义性关注

（1）文本解读的开放性

后结构主义认为文本具有多义性，它的意义并非固定不变的，而是开放和多样的。这为文学解读带来了一种全新的开放性。传统的文学解读常常试图找到一种统一的、稳定的解释，而后结构主义鼓励我们接受文本多义性的现实，认识到不同读者和不同时空背景下对文本的解读可能截然不同。

（2）解构文本的意义

后结构主义提出解构文本的观点，主张通过揭示文本内部的矛盾、边缘和异质性来解构其意义。这种解构并非摧毁文本，而是揭示其复杂性和多样性，使读者能够更全面地理解文本的内在结构和意义。

第四章　中国当代文学理论新动向

3．对权力关系的解析

后结构主义认为文本的生成和解读都与权力关系密切相关。文本中的语言运作和权力关系相互交织，因此要深入理解文本，必须分析其中的权力结构。这为解读文学作品提供了一种新的视角，使我们能够看到文本背后的权谋和权力争夺，从而更全面地理解文学作品。

4．对异质性的重视

（1）拒绝文本规范化

后结构主义拒绝将文本规范化，主张接纳文本的异质性。文本中的语言、结构和意义都是多元和多样的，每个文本都有其独特的特征。在文学解读中，应该摒弃对文本的过度规范化，以更加开放的心态接纳文本的异质性。

（2）多元解读的可能性

后结构主义鼓励多元的文本解读方式，认为一个文本可能有多种合理的解释。这为解读提供了更多的可能性，使读者能够根据自己的经验、文化背景和观点来理解文本。多元解读的概念使文学解读不再是一成不变的，而是富有变化和创新的过程。

5．对开放性的探讨

（1）解构主义与文学创作

解构主义强调文本的开放性，认为文学作品并非封闭、稳定的实体。这一理念对文学创作产生了深远的影响。作家们开始尝试使用多元的叙事结构、语言元素，挑战传统的文学规范，使作品更具创新性和前瞻性。

（2）读者的参与

后结构主义提倡文本的开放性，鼓励读者参与到文学解读的过程中。读者不再是被动接受文本的对象，而是可以通过自身的理解和解读，为文本赋予新的意义。这种开放性促使文学解读不再是单向的，而是一种互动的过程。

6. 对文学教育的启示

（1）培养批判性思维

后结构主义的文学解读强调多义性、异质性和开放性，要求读者在阅读过程中保持批判性思维。在文学教育中，应该培养学生具备审视文本的能力，不仅仅接受表面的文字意义，而是能够深入挖掘文本背后的多重层次和可能的解读。

（2）强调文本与社会联系

后结构主义关注文本与社会权力关系的交织，这为文学教育提供了更为综合的视角。教育者可以引导学生思考文学作品与社会、历史、文化的关系，从而更全面地理解文本的内在意义。这有助于培养学生对社会的敏感性和批判性思维。

（3）倡导多元文学观

后结构主义的多元解读理念强调了文学作品的多义性，这对于培养学生具备开放、包容的文学观念至关重要。在文学教育中，应该鼓励学生尊重不同的解读方式，接纳多元的文学观，以促使学生形成更为宽容和开明的文学态度。

7. 对文学研究的启示

（1）综合性研究方法

后结构主义的理念鼓励对文本进行综合性的研究，涉及文本内部的结构、语言运作、权力关系等多个方面。在文学研究中，研究者可以采用多元的研究方法，从不同维度探讨文学作品的内涵，以更全面地理解文学作品。

（2）深入社会与历史背景

后结构主义强调文本与社会、历史的关系，这启示研究者在进行文学研究时需要深入考察作品所处的社会和历史背景。通过对作品所反映时代背景的深入分析，研究者能够更好地理解作品的文化内涵和社会影响。

（3）参与式研究方法

后结构主义强调读者的参与和解读过程的开放性，这为研究者提供了参与式研究的可能性。通过与读者的互动,研究者能够深入了解不同读者的解读经验,从而更好地理解文学作品在不同文化和语境中的多样性。

8．对文学创作的启示

(1) 创新叙事结构

后结构主义鼓励对文本的解构和对异质性的重视,这为文学创作者提供了尝试创新叙事结构的机会。作家们可以通过灵活运用叙事手法,打破传统的线性结构,创造更为复杂和富有层次感的叙事形式。

(2) 探索文本的多层次意义

后结构主义的多义性理念启示作家在创作过程中要更为关注文本的多层次意义。创作者可以有意识地在作品中留下一些模糊的、引人思考的空间,使得读者能够从不同角度去解读和理解作品。

(3) 关注社会问题

后结构主义强调文本与社会权力关系的关联,这启示作家在创作中要更为关注社会问题。

后结构主义为文学解读提供了一种全新的理论视角,通过对多义性、权力关系、异质性和开放性的关注,拓展了传统文学理论的范畴。在文学教育、研究和创作中,可以更好地理解和应用后结构主义的理念,使得文学领域更加富有活力和创新性。在面对文学作品时,我们应该以更为开放的心态去接纳多元的解读,同时在阅读、研究和创作中注重文本的社会联系,以期更好地理解和传承文学的丰富传统。

三、后结构主义在中国文学研究中的应用

1．概述

后结构主义作为文学理论的一种重要流派,自 20 世纪后期起在国际学术界崭露头角。其强调文本的多义性、权力关系、异质性和开放性等概念,

对文学研究提出了全新的思考框架。在中国，后结构主义的引入和应用，为传统文学研究带来了深刻的变革。本书将探讨后结构主义在中国文学研究中的应用，着重分析其在文学批评、文本解读、文学史研究等方面的贡献与影响。

2. 后结构主义在中国文学批评中的贡献

（1）解构主义的引入

后结构主义的一大分支——解构主义，在中国文学批评领域引起了广泛关注。解构主义对传统文学理论的挑战，使得研究者们开始重新审视文本的稳定性和意义的固定性。通过对文本的解构，中国的文学批评者开始探讨文本内部的矛盾、边缘和异质性，使得文学研究呈现出更为多元和开放的局面。

（2）文本的多元解读

后结构主义倡导文本的多元解读，强调读者在解读过程中的主动参与。在中国的文学批评中，这一理念推动了对文本解读方法的创新。研究者们更注重读者与文本的互动，鼓励不同的解读方式，使得同一文本产生不同层次的理解，促使文学批评更具有多元性。

（3）权力关系的审视

后结构主义关注文本与社会权力关系的交织，这一关注点对中国文学批评产生了深远影响。研究者开始关注文本中体现的权力结构，揭示文学作品背后的社会现实和权力争夺。这使得中国文学研究更加关注文学作品与社会、政治、历史的互动关系，呈现出更为深刻的社会批评。

3. 后结构主义在文本解读中的应用

（1）多义性的认知

后结构主义强调文本的多义性，这一观念在文本解读中得到广泛应用。中国的研究者开始通过深入解析文本，挖掘其中的多层次含义。文学作品不再被简单地解读为某一特定的主题，而是被视为一个开放的语境，允许不同层次的解读同时存在。

（2）解构文学作品

解构主义的理念鼓励对文学作品进行解构，揭示其中的矛盾和异质性。在中国的文学研究中，研究者们通过对经典文学作品的解构，使得这些作品被重新审视，并呈现出新的意义。这为中国文学作品的再评价和再创作提供了新的可能性。

（3）参与式解读

后结构主义强调读者的参与和解读过程的开放性，这一理念在文本解读中得到了贯彻。中国的研究者开始更加关注读者的主观参与，通过调查、讨论等方式收集不同读者的解读经验，丰富了文学作品的解读层面，使得解读过程更富有活力。

4. 后结构主义在文学史研究中的应用

（1）文学史的再审视

后结构主义对文学史研究提出了挑战，使得中国研究者重新审视传统文学史的编纂和解读。在这一新的视角下，文学史不再被看作线性发展的历史进程，而是被视为一个复杂、交织的网络。后结构主义强调历史文本的多义性和开放性，促使研究者重新思考文学作品在历史脉络中的地位和作用。这种重新审视使得文学史研究更注重文本内部的复杂关系、社会背景的变迁以及不同历史时期对文学作品的不同解读。

（2）文学史的社会联系

后结构主义关注文本与社会权力关系的关联，使得中国的文学史研究更关注文学作品在社会中的地位和作用。研究者们开始通过对文学史中不同时期作品的权力关系的分析，揭示文学作品在特定社会背景中的社会功能和影响。这使得文学史研究更具社会批评的视角，拓展了对文学史的理解。

（3）边缘文学的重视

后结构主义强调对边缘群体和边缘文化的关注，这在文学史研究中引起了对边缘文学作品的重视。中国的研究者开始关注那些在传统文学史中可能被忽视的文学作品,揭示边缘文学的独特之处以及其对整个文学史的贡献。这使得文学史研究更加全面、多元。

5. 后结构主义在文学创作中的影响

(1) 叙事结构的创新

后结构主义的解构理念对文学创作提出了挑战,同时也为作家们提供了新的可能性。作家们开始尝试打破传统的线性叙事结构,采用多元的叙述手法,创造更为复杂和富有层次感的叙事形式。这使得中国文学创作呈现出更为创新和富有实验性的特点。

(2) 多元意义的追求

后结构主义强调文本的多义性,这对作家们在创作中的意义追求产生了深远影响。作家们开始更注重作品中不同层次的意义,通过模糊的语言和开放的结构,使得文学作品可以容纳不同读者的不同解读。这种多元意义的追求丰富了文学作品的内涵,使其更具深度和广度。

(3) 对社会问题的关切

后结构主义的关注点之一是对社会问题的关切,这促使作家们在创作中更加关注社会现实、权力关系。文学作品成为反映社会问题的重要渠道,通过作品中的描写和讨论,作家们试图引发读者对社会现象的思考和关注。

6. 挑战与反思

(1) 可能过度强调多义性

后结构主义强调文本的多义性,但在应用中也可能面临过度强调的问题。过度注重多义性可能导致对文本意图的忽视,使得文学作品的本意被淡化。在应用后结构主义理念时,需要平衡多义性和文本本身的内在逻辑。

(2) 对文学稳定性的挑战

后结构主义的解构理念对文学作品的稳定性提出了质疑。然而,在实际研究中,有人担忧解构过程可能导致文学作品的混乱和无序,使得文学的传统价值受到挑战。因此，如何在解构中保持对文学稳定性的关注成为一个需要思考的问题。

后结构主义在中国文学研究中的应用为传统文学理论和研究方法带来了深刻的变革。通过对解构主义的引入，文学作品的多义性得到了更为深入的研究，文学批评更加关注社会权力关系和边缘文学的研究也得到了推动。然而，如何在应用后结构主义的理念时保持平衡，既发掘文本的多重层次，又不失对文学稳定性的关注，是今后研究者们需要面对的挑战。在未来的文学研究中，可以继续深化对后结构主义理念的理解，结合中国文学的特点，拓展后结构主义在文学研究中的应用，以推动文学研究更为全面和深入。

第三节 文学批评中的女性主义视角

一、女性主义文学理论的兴起

1. 概述

女性主义文学理论作为一种独特的文学批评方法，旨在关注女性在文学中的地位、形象和声音，并探讨性别对文学创作和解读的影响。其兴起不仅标志着文学理论领域的一次革命，也在广泛的文学研究中引起了深刻的变革。本书将探讨女性主义文学理论的起源、核心观点以及对文学研究和创作的深远影响。

2. 背景和起源

（1）第二波女性主义运动

女性主义文学理论的兴起与第二波女性主义运动密不可分。20世纪60年代末到80年代初，女性开始集体发声，要求平等权利、性别正义和社会变革。这一时期的女性主义运动推动了女性主义文学理论的崛起，使之成为女性主义运动的理论支撑和文化表达。

（2）文学中的女性边缘化

女性长期以来在文学作品中的边缘化是女性主义文学理论产生的重要背景。传统文学中，女性形象往往受到刻板印象的限制，被定义为次要、被动、附庸于男性角色。女性主义文学理论试图扭转这一局面，为女性发声，探讨她们在文学中的真实存在。

3. 核心观点

（1）女性的文学历史

女性主义文学理论首先关注女性的文学历史，试图挖掘和恢复被边缘化的女性作家和作品。通过重新解读文学史，女性主义理论强调女性创作者的贡献，使她们的作品脱离被遗忘的命运，重塑文学传统。

（2）对女性形象的批判

女性主义文学理论对文学中的女性形象进行批判性分析。它挑战传统文学中对女性的刻板印象，揭示女性在文学作品中的复杂性和多样性。通过对女性形象的解构，女性主义文学理论促使社会对性别角色的思考和重新评价。

（3）性别和权力关系

女性主义文学理论深入探讨性别与权力的关系。它关注女性在文学创作和阐释中所面临的权力结构，揭示社会对女性的规范和压迫。通过性别和权力关系的分析，女性主义文学理论为性别平等的实现提供了理论基础。

4. 影响文学研究的方向

（1）文学批评方法的多元化

女性主义文学理论的兴起促使文学研究方法呈现多元化。它不仅关注传统文学作品中的女性形象，还探索了女性主义科幻、女性主义后现代主义等分支。这使得文学批评不再局限于传统的视角，而是更加开放和包容。

（2）文学作品中的女性视角

女性主义文学理论引导人们更关注文学作品中的女性视角。通过女性主义的解读，文学作品中的女性形象不再是被动的客体，而成为能动的主体。这种关注改变了读者对文学作品的理解，也启发了更多女性创作者表达自身声音。

（3）揭示女性经验

女性主义文学理论强调揭示女性的生活经验，包括对家庭、职场、身体等方面的思考。这使得文学作品不仅仅是艺术表达，更成为记录和反映女性生活的重要载体。女性主义文学理论拓展了文学研究的范围，使之更贴近社会现实。

5．对文学创作的启示

（1）超越性别刻板印象

女性主义文学理论鼓励作家超越性别刻板印象，创造真实而复杂的女性角色。作家们通过深入挖掘女性的心理、人性和个体经验，使女性角色更具立体感，摆脱传统对女性的简化和固化。

（2）关注女性权利与自由

女性主义文学理论敦促作家关注女性在社会中的权利与自由问题。作品可以探讨女性在家庭、职场中的地位，呼吁对性别歧视的反思。这种关注使得文学作品能够更积极地参与社会变革的进程。

（3）呈现女性社群

女性主义文学理论鼓励创作者呈现女性社群的真实面貌。作品中的女性角色不再孤立存在，而是嵌入到一个更广泛的社会和文化网络中。作家们通过描绘女性之间的关系、友谊和互助，展现了女性社群的力量和多样性。这样的创作不仅为读者提供了更为真实和丰富的文学体验，也促进了对女性社会地位的深入思考。

6. 批评与反思

（1）批评

尽管女性主义文学理论为文学研究和创作带来了积极变革，但也面临一些批评。一些人认为女性主义文学理论过于关注女性经验，可能在某种程度上限制了文学的多样性。此外，对于不同文化和社会背景下女性经验的差异，女性主义文学理论在跨文化对比中可能存在一定的局限性。

（2）反思

女性主义文学理论也在不断反思自身的理论框架。随着时代的发展，新的女性主义观点不断涌现，强调包容性、多元性和交叉性。这种反思有助于女性主义文学理论更好地适应社会的变化，更全面地关注性别议题。

女性主义文学理论的兴起是文学理论发展的一次重要转折。通过关注女性在文学中的地位、形象和经验，女性主义文学理论不仅为传统文学研究提供了新的视角，也推动了文学创作的多样性和包容性。其强调女性经验的独特性、女性形象的复杂性以及性别与权力关系的交织，使人们对文学作品有了更为深入的理解。然而，女性主义文学理论也需要不断反思和发展，以更好地适应多元文化和社会的需求。在未来，女性主义文学理论将继续在文学研究和创作中发挥积极作用，为构建更加平等、包容的文学世界做出贡献。

二、中国女性主义文学批评的发展

1. 概述

中国女性主义文学批评作为中国文学理论领域的重要分支，在近几十年间经历了深刻的发展和变革。随着社会变革和女性觉醒的浪潮，中国女性主义文学批评逐渐崭露头角，为关注女性经验、性别平等等议题提供了独特的视角。本书将追溯中国女性主义文学批评的发展历程，分析其核心观点、对文学研究和创作的影响，并探讨其未来的发展趋势。

2．背景与起源

（1）社会变革与女性觉醒

中国女性主义文学批评的发展紧密关联于社会变革和女性觉醒的历史背景。20世纪初，随着新文化运动的兴起，中国社会经历了一场对传统观念的冲击，也促使了女性思想的解放。1949年中华人民共和国成立后，女性在社会地位上取得了一些进步，但仍受到传统观念和制度的束缚。改革开放以来，中国社会经历了巨大的变革，女性问题逐渐成为社会关注的焦点，女性主义文学批评应运而生。

（2）文学与女性主义的结合

女性主义思想与文学的结合为中国女性主义文学批评的发展提供了理论基础。女性作家们开始关注女性在文学作品中的形象和地位，并通过文学作品表达对性别不平等的反思。这为女性主义文学批评提供了源源不断的研究素材，也使得理论探讨更贴近文学创作的实际。

3．核心观点

（1）重塑女性形象

中国女性主义文学批评强调对女性形象的重新解读和塑造。通过对文学作品中女性角色的批评性分析，女性主义文学批评者试图打破传统对女性的刻板印象，展示女性的多样性、复杂性和力量。在此过程中，强调女性的自主性和独立性成为核心观点之一。

（2）对性别权利关系的批判

中国女性主义文学批评关注性别权利关系的构建和运作。通过对文学作品中性别关系的深入分析，女性主义文学批评者揭示了社会对女性的歧视和压迫，反思了传统文学中存在的性别偏见。这为中国社会对性别平等的追求提供了理论支持。

（3）推动女性话语权

女性主义文学批评强调推动女性话语权的重要性。通过关注女性作家的作品，女性主义文学批评者试图为女性赋予更多的话语权，使女性的声音在文学领域中更为突出。这一观点直接促进了女性文学的崛起，也为更多女性创作者提供了表达自己的平台。

4．影响文学研究的方向

（1）文学研究方法的创新

中国女性主义文学批评在文学研究方法上进行了创新，强调从女性角度出发，重新审视文学作品。批评者们使用女性主义理论工具，如女性主义批评、女性主义后现代主义等，对传统文学进行解构和重新构建，使文学研究更具多元性和包容性。

（2）关注女性作家的作品

女性主义文学批评的兴起使得关注女性作家的作品成为研究的重要方向。通过对女性作家的文学作品进行深入分析，揭示了女性创作者在文学中的独特贡献，也使得女性文学在文学研究中占据重要地位。

（3）跨学科研究的拓展

女性主义文学批评在中国促进了跨学科研究的拓展。性别问题与文学创作的关系不仅仅局限于文学领域，女性主义文学批评者开始与社会学、文化研究、心理学等学科进行交叉对话。这种跨学科研究使得对性别问题的理解更为全面，也拓宽了研究的视野。

5．对文学创作的启示

（1）打破传统性别框架

中国女性主义文学批评鼓励作家打破传统性别框架，呈现更为真实和多样的女性形象。作家们通过对女性角色的深入刻画，超越传统的刻板印象，创造了更具个性和复杂性的文学形象。

（2）强调女性主体性

女性主义文学批评强调女性的主体性，鼓励作家表达女性独特的生活经验和情感。作品中的女性主角不再仅仅是男性主角的陪衬，而是具有自己的目标、动机和内心世界。这种强调女性主体性的创作启示了文学作品更为深刻的人性描绘。

（3）提倡女性团结

女性主义文学批评呼吁女性之间的团结和互助，作家们通过描绘女性之间的关系，强调女性社群的力量。这种创作启示了女性之间的相互支持和理解是推动社会进步的关键之一。

6. 挑战与反思

（1）文学研究的局限性

一些批评认为女性主义文学批评在一定程度上存在局限性，过度强调性别议题可能使其忽略其他重要的文学要素。因此，在女性主义文学批评的发展中，需要更加全面地考虑文学作品

（2）跨文化视野的不足

中国女性主义文学批评在一定程度上缺乏跨文化的视野。由于不同文化背景下女性经验的多样性，女性主义文学批评需要更加开放地接纳跨文化研究，以更好地理解和解释不同文学传统中的性别议题。

7. 未来发展趋势

（1）融入更多文学流派

未来，女性主义文学批评有望融入更多文学流派，如后现代主义、后结构主义等，以更好地适应当代文学的发展。这将使女性主义文学批评更具灵活性和包容性。

（2）推动性别平等议题

女性主义文学批评将继续推动性别平等议题，关注女性在文学领域和社会中的地位。未来的研究可能更加关注性倾向议题，拓展对性别多元性

的理解。

(3) 加强国际交流

为了更好地理解全球范围内的女性文学和性别议题,中国女性主义文学批评家需要加强与国际同行的交流与合作。这有助于拓宽视野、汲取其他文学传统的经验,并推动全球性别平等事业的发展。

中国女性主义文学批评的发展经历了从起步阶段到逐渐成熟的过程,为文学研究和创作注入了新的思想和能量。在未来,女性主义文学批评将继续发挥重要作用,推动性别平等议题在文学领域的深入讨论。通过更多的创新和国际交流,女性主义文学批评将为中国文学理论的多元化和丰富性做出更大贡献。

三、女性主义对文学观念与创作的影响

1. 概述

女性主义作为一种社会理论和运动,对文学领域产生了深远而积极的影响。通过批判性的思考和对性别议题的关注,女性主义改变了传统文学观念,激发了对女性经验的关注,塑造了更为多元和真实的文学形象。本书将探讨女性主义对文学观念和创作的影响,从文学理论的演变、女性形象的重构,到女性作家的崛起,全面解析女性主义在文学领域的重要作用。

2. 文学理论的演变

(1) 批判性的性别观念

女性主义对文学理论的首要贡献之一是批判性的性别观念的引入。传统文学理论往往以男性的经验和视角为主导,女性主义通过对这种偏见的揭示,使人们开始关注女性在文学中的边缘化。性别不再被视为中性或默认,而是成为解读文学作品的一个重要角度。

（2）女性主义文学批评方法的兴起

女性主义文学批评方法的兴起是女性主义对文学理论的深刻影响之一。通过分析文学作品中的性别角色、权力结构和女性经验，女性主义文学批评者提供了一种独特的理论框架，揭示了文学作品中存在的性别偏见和压迫。这种方法为更全面、公正地理解文学作品提供了新的途径。

3. 女性形象的重构

（1）打破传统女性刻板印象

女性主义在文学中的影响之一是打破了传统女性刻板印象。传统上，女性在文学作品中往往被描绘为被动、柔弱、附庸于男性的形象。女性主义的兴起使得作家们开始关注并重新塑造女性角色，使她们更具有独立性、自主性和复杂性。

（2）强调女性主体性

女性主义强调女性的主体性，使女性不再被视为客体或附属于男性的存在。在文学创作中，这意味着女性作家更加注重表达女性个体的独特经验、情感和思想，通过她们的作品传递出女性独有的声音和视角。

（3）揭示女性社群的力量

女性主义文学作品揭示了女性社群的力量。通过关注女性之间的关系、友谊和互助，女性主义文学强调了女性社会网络的重要性。这样的创作不仅为文学提供了更为真实和丰富的描绘，也为女性在社会中的互助与支持树立了积极的形象。

4. 女性作家的崛起

（1）文学中女性作家的突破

女性主义的兴起鼓舞了更多女性投身文学创作，使女性作家在文学舞台上获得更多的关注。传统上，女性在文学领域的参与相对较少，但女性主义的倡导使得更多女性作家能够突破性别限制，表达自己的声音。

(2) 探讨女性主体的作品

女性作家的作品更加深刻地探讨女性主体。她们通过小说、诗歌、散文等文学形式,表达了对女性生活、身体、家庭、职业等方面的理解和反思。女性作家的崛起丰富了文学作品的题材,使文学更能够反映社会的多样性。

(3) 倡导女性权利的文学运动

女性主义的影响推动了一系列倡导女性权利的文学运动。作家们通过文学作品表达对性别不平等的抗议,呼吁社会对女性的平等对待。这些文学运动在一定程度上成为社会变革的催化剂,推动了性别平等的进程。

5. 挑战与反思

(1) 文学作品的全面性

尽管女性主义对文学观念和创作产生了积极的影响,但也面临一些挑战。一些批评认为,过度强调性别可能导致作品在其他方面的失衡,使文学作品过于局限于性别议题,忽视了作品的全面性。

(2) 文学的文化多样性

女性主义的影响在不同文化背景下表现出差异,因此需要更加注意文学的文化多样性。女性主义文学批评在西方的兴起和发展,有时难以完全适应其他文学传统,因此在跨文化研究中需要更谨慎地考虑不同文学传统对女性主义理论的接受度和适应性。

6. 未来发展趋势

(1) 涉足更多文学领域

未来,女性主义有望涉足更多文学领域,包括科幻、奇幻、历史小说等。这将使女性主义文学更全面地涵盖各种文学体裁,为读者提供更为丰富的选择。

(2) 强调文学的多元性

女性主义未来可能更加强调文学的多元性,关注不同群体女性的经验,包括不同种族的女性。通过在文学作品中展示多元的女性形象，女性主义文学将更好地反映社会的多元性。

（3）融入新媒体与数字化时代

未来，女性主义文学可能更加融入新媒体和数字化时代，通过社交媒体、虚拟现实等平台传播女性主义思想。这将使女性主义文学更具互动性和传播性，更好地与当代读者产生联系。

（4）强调女性在文学中的创造力

未来的女性主义文学可能更加强调女性在文学中的创造力，推动女性作家在创作领域的更大发展。这将有助于打破性别在文学创作上的障碍，促使更多优秀的女性作家崭露头角。

女性主义对文学观念与创作的影响是多方面而深刻的。从文学理论的演变、女性形象的重构，到女性作家的崛起，女性主义为文学领域注入了新的思想和能量。然而，同时也需要面对一系列挑战，如文学作品的全面性、文学的文化多样性等。在未来，女性主义文学有望涉足更多领域，强调文学的多元性，并融入新媒体与数字化时代，以进一步推动性别平等议题在文学中的深入讨论。通过不断发展与创新，女性主义文学将在塑造文学未来的过程中继续发挥积极作用。

第四节 全球化背景下的文学理论创新

一、全球化时代的文学理论关切

1. 概述

全球化的浪潮在当代社会中愈发显著，对文学理论产生了深刻的影响。文学理论的关切逐渐超越了国界，涉及文化、语言、身份、权力等多个维度。本书将探讨全球化时代文学理论的主要关切,从跨文化对话、身份认同、语言权力、后殖民主义等方面进行深入分析。

2. 跨文化对话与文学理论

(1) 文学的文化交流

全球化时代,文学理论逐渐强调跨文化对话。文学作为文化的重要表达形式,在全球范围内进行着广泛而深刻的交流。文学理论关切如何在这样的交流中保持开放性、包容性,以促进不同文化之间的理解与共鸣。

(2) 多元文学的理论框架

文学理论逐渐关注多元文学的理论框架,突破了传统的文学范畴。跨文化对话使得不同文学传统的作品能够在同一平台上进行比较与研究,从而构建更为综合、多元的文学理论体系。

3. 身份认同与文学理论

(1) 身份多元性的挑战

全球化时代,身份认同的多元性成为文学理论的重要关切点。文学作品开始探讨不同群体的身份经验,挑战传统的主流文学中对身份的单一刻画。这反映在文学理论中,对于性别、种族、性取向等多元身份的理论关切与深入研究。

(2) 叙事权与身份话语

文学理论逐渐关注叙事权与身份话语的关系。作家们通过文学作品表达对于自身身份的认知,并试图在叙事中夺回对自身身份的话语权。这使得文学理论开始研究叙事中身份认同的建构与再现,探讨身份叙事在文学中的力量与影响。

4. 语言权力与文学理论

(1) 语言霸权与反抗

全球化时代,语言权力成为文学理论的一个重要议题。英语等少数语言在全球文学舞台上占据主导地位,而其他语言往往处于边缘。文学理论开始反思这种语言霸权,并试图通过翻译、本土语言的推崇,实现语言权力的多元化。

(2)多语言文学的理论观察

文学理论家开始观察多语言文学的现象。一些作家在创作中融合多种语言,反映了全球化时代语言交融的特点。文学理论在面对多语言文学时,需要更加灵活地应对,挖掘不同语言中独特的文学表达方式。

5. 后殖民主义与文学理论

(1)文学的后殖民性

全球化时代文学理论逐渐关注后殖民主义问题。文学作品中反映出的后殖民性,成为理论关切的焦点。文学理论开始从后殖民的角度审视文学作品,关注殖民历史对身份、文化的持久影响。

(2)后殖民理论的影响

后殖民理论在文学理论中产生深远影响。它提供了一种批判性的框架,帮助理解文学作品中的权力关系、文化冲突以及后殖民时代的身份建构。文学理论借助后殖民主义的观念,更好地理解了全球范围内文学的共性与差异。

6. 文学理论的全球化面临的挑战

文学理论在全球化时代面临理解不同文化差异的挑战。由于文化背景、历史传统的不同,文学作品的理解需要超越单一的理论框架,更加综合地考虑文学作品所处的文化语境。

7. 未来发展趋势

(1)跨学科研究

未来,文学理论可能更加强调跨学科研究。面对全球化时代复杂的文学景观,文学理论需要借助其他学科的方法和理论,更全面地理解文学作品在全球范围内的动态与影响。

(2)强调文学的社会责任

未来,文学理论可能更加强调文学的社会责任。在全球化时代,文学作为一种文化表达形式,不仅仅是审美的享受,更是对社会和文化现象的反思与批判。文学理论有望关注文学作品对社会问题的敏感性以及其激发社会变革的潜力。

(3)推动本土文学的国际化

未来,文学理论可能更加推动本土文学的国际化。随着全球化的深入,本土文学作品有机会更广泛地传播到国际舞台上,文学理论需要关注如何保护和促进本土文学的独特性,同时使其更好地适应国际读者的口味和理解。

(4)反思文学理论的普遍性

未来,文学理论可能更加反思其普遍性。在跨文化的交流中,文学理论需要审视其是否过度强调了某些文学传统,以及在全球范围内是否能够为不同文化的文学作品提供公正而包容的解读。

全球化时代的文学理论涵盖了跨文化对话、身份认同、语言权力、后殖民主义等多个维度。文学理论在这一时代的演变中不断面临挑战与变革,需要更具包容性、多元性,以更好地理解并回应全球范围内的文学现象。未来,文学理论可能朝着跨学科研究、社会责任强调、本土文学国际化、反思普遍性等方向发展,以更好地应对全球化时代文学的复杂性与多样性。通过不断的探讨与创新,文学理论将在全球化的潮流中继续发挥其重要的思想引领和解释作用。

二、中国文学理论在国际舞台上的表现

1. 概述

中国文学作为一个重要的学科领域,在国际舞台上逐渐崭露头角。随着中国在全球的经济、文化影响力日益提升,中国文学理论也在国际学术交流中发挥着越来越重要的作用。本书将深入探讨中国文学理论在国际舞

第四章 中国当代文学理论新动向

台上的表现，涵盖其历史渊源、主要特点以及与国际文学理论的互动与交流。

2. 历史渊源与发展

（1）传统文学批评的基石

中国文学理论的历史渊源可以追溯到古代的传统文学批评。经典著作如《文心雕龙》《世说新语》等，不仅影响了中国古代文学的创作与鉴赏，也为后来的文学理论奠定了基石。这些古代文学批评的经典成为中国文学理论发展的重要源泉。

（2）现代文学思潮的涌现

20世纪初，中国的文学思潮经历了巨大变革。五四运动成为中国现代文学与文学理论发展的重要契机。在这一时期，一批杰出的文学理论家如鲁迅、胡适等提出了一系列关于文学的新思想，为中国文学理论注入了现代化的元素。

（3）文学理论与社会变革

随着中国社会的变革，文学理论也随之发展。新时期的文学理论与实际社会需求相结合，呈现出对当代文学问题深入剖析的特点。从批判现实主义到现代主义，中国文学理论在探讨文学的社会责任、审美趋势等方面表现出多样性。

3. 中国文学理论的主要特点

（1）文学与社会的紧密关系

中国文学理论强调文学与社会的紧密关系。在中国的历史和文化传统中，文学一直被视为社会风貌的反映和社会意识的表达。因此，中国文学理论关注文学作品如何反映社会现象、表达社会情感，以及文学在社会变革中的角色。

（2）文学的社会责任

中国文学理论强调文学的社会责任。这一观点认为，作为一种文化形态，文学不仅仅是艺术表达，更是对社会问题的关切和回应。在中国文学理论中，作家被视为社会的观察者和评论家，文学作品被赋予传递社会正能量、引导社会发展的责任。

（3）对传统文学批评的承袭与创新

中国文学理论在对传统文学批评的承袭与创新中寻找平衡。传统文学批评方法在中国文学理论中仍具有重要地位，但与此同时，中国的文学理论也在吸收国际先进理论的基础上，进行创新性的拓展。这种平衡既体现了对传统文学批评方法的尊重，又促进了中国文学理论的不断发展。

4. 中国文学理论与国际文学理论的互动

（1）中西文学理论的对话

中国文学理论与国际文学理论之间展开了中西文学理论的对话。随着全球化的推进，中国学者开始关注国际文学理论的发展，积极学习和吸收西方文学理论的精华。同时，中国文学理论家也努力将中国文学的独特经验与西方理论结合，形成更具中国特色的文学理论体系。

（2）翻译文学理论的推动

中国文学理论通过翻译推动国际化。中国学者积极参与国际学术交流，将中国文学理论翻译成其他语言，促进了中国文学理论在国际学术圈的传播。这也为国际学者更好地了解中国文学传统与现代发展提供了机会。

（3）全球文学理论中的中国元素

中国文学理论在国际舞台上的表现也体现在全球文学理论中的中国元素的引入。一些国际文学理论家开始关注中国文学的独特之处，尝试从中国文学中汲取灵感。中国文学的传统和现代元素被引入到全球文学理论的讨论中，为国际学术界提供了不同文学传统的思考角度。

（4）共同面对全球性问题

中国文学理论与国际文学理论的互动还表现在共同面对全球性问题上。在全球化的语境下，诸如环境、社会正义等议题超越了国界，成为各国文学理论共同关注的焦点。中国文学理论通过参与国际学术对话，共同思考人类面临的重大问题，促进了国际文学理论的发展。

5. 中国文学理论在国际学术期刊上的发表

中国文学理论在国际学术期刊上的发表成为其在国际舞台上的重要表现之一。越来越多的中国学者将其文学理论研究发表在国际知名学术期刊上，这不仅为中国文学理论赢得国际声誉，也促进了中外学者之间的学术交流。中国文学理论的国际化发表不仅包括对中国文学的研究，还涉及跨文化、跨语言的比较与分析，为国际学术界提供了更为全面的中国文学视角。

6. 中国文学理论面临的挑战

（1）文化差异的理解

中国文学理论在国际舞台上面临文化差异的理解挑战。由于文学具有深刻的文化根基，中国文学理论在传播过程中需要更好地被理解，以避免因文化差异而产生的误解。

（2）语言障碍

语言障碍是中国文学理论国际传播面临的一大挑战。虽然中国学者积极进行翻译工作，但在国际学术舞台上，语言差异仍然存在一定的限制。更深入的交流需要通过克服语言障碍，促进中外学者更为深入的合作。

（3）理论体系的建设

中国文学理论需要更系统地建设自己的理论体系。尽管在对外交流中取得了一定的成绩，但相对于西方文学理论而言，中国文学理论体系的系统性仍有待加强。建设更为完备的理论体系有助于更好地回应国际学术界的挑战与问题。

7. 中国文学理论的未来发展

（1）跨文化研究

未来，中国文学理论有望更加注重跨文化研究。随着全球化进程的不断加深，中国文学理论需要更好地理解世界各国文学的多样性，促进中外文学之间的交流与对话。

（2）全球性问题的思考

中国文学理论将更加关注全球性问题。在全球面临的气候变化、社会不公等问题面前，中国文学理论有望通过文学作品的分析，为解决这些全球性问题提供更为深刻的思考和启示。

（3）强化学术交流与合作

未来，中国文学理论应加强与国际学术界的交流与合作。通过更广泛的国际合作，中国文学理论有望更好地参与到国际学术对话中，形成更为有影响力的理论声音。

中国文学理论在国际舞台上的表现逐渐引起了广泛关注。其历史渊源、主要特点以及与国际文学理论的互动与交流展示了中国文学理论的丰富性与多样性。尽管面临着一些挑战，如文化差异、语言障碍等，但通过加强国际学术交流、拓展研究领域，中国文学理论有望在全球范围内更好地展现中国文学的独特魅力，为世界文学理论的发展做出更大的贡献。

三、跨文化交流对文学理论的影响

1. 概述

跨文化交流在当代社会中日益频繁，对文学理论产生了显著影响。文学理论作为研究文学的原理和规律的学科，通过跨文化交流得到了新的视野和启示。本书将深入探讨跨文化交流对文学理论的影响，包括其在文学多元性、认同建构、文学批评范式等方面的发展。

2. 文学多元性的拓展

（1）文学传统的碰撞与融合

跨文化交流拓展了文学多元性的范围。不同文学传统之间的交流促使了文学元素的碰撞与融合。作家和理论家在接触和研究其他文学传统时，借鉴了新的表达方式、叙事结构和意象，为自己的文学创作和理论研究注入了新的活力。

（2）跨文化主题的涌现

跨文化交流引发了一系列跨文化主题的文学作品。作家通过对不同文化间关系的思考，创作出涉及跨国婚姻、文化冲突、身份认同等主题的作品，这些作品挑战了传统文学理论中对于文学主题的固有认知，拓展了文学作品的内涵。

3．文学理论中的认同建构

（1）多元认同的探讨

跨文化交流推动了文学理论中多元认同的探讨。在不同文化交流的过程中，人们对于自身认同的理解变得更加复杂和多元。文学理论开始关注在跨文化环境中个体和群体认同的建构，研究文学作品如何反映和影响认同的形成。

（2）文学理论中的后殖民主义视角

跨文化交流促进了后殖民主义视角在文学理论中的发展。后殖民理论强调被殖民地文化的自主性和多元性，反思殖民主义对认同的压迫。在跨文化交流中，文学理论开始关注后殖民主义对文学的影响，探讨在后殖民语境中文学如何表达和建构认同。

4．文学批评范式的变革

（1）跨文化批评的兴起

跨文化交流推动了跨文化批评的兴起。传统的文学批评方法可能无法完全适应跨文化文学作品的特点，跨文化批评致力于制定更加包容和多元的批评范式。它关注不同文化之间的互文性，强调文学作品的流动性和跨越性。

（2）文学翻译的挑战与机遇

跨文化交流对文学翻译提出了新的挑战和机遇。文学作品的翻译涉及文化、历史、习惯等多个层面，而跨文化交流使得文学翻译变得更为复杂。

在这一背景下,文学理论开始关注翻译的问题,思考在跨文化翻译中如何保持作品的原汁原味,同时确保读者能够理解和感知不同文化的内涵。

5. 文学理论中的语境理解

(1) 跨文化语境下的文学解读

跨文化交流拓展了文学理论中的语境理解。文学作品通常受到其创作背景、作者文化、读者文化等多重语境的影响,而跨文化交流使得这些语境因素更为复杂。文学理论在这一背景下关注如何理解和解释不同文化语境中的文学作品,以确保不同文化背景的读者能够更好地理解作品的内涵。

(2) 文学理论与全球化

跨文化交流推动了文学理论的全球化发展。随着文学作品在全球范围内传播,文学理论需要适应不同文化背景下的审美和批评标准。全球化时代的文学理论更强调文学的普世性,但又兼顾了文学多元性的追求,促使文学理论在全球范围内更好地适应不同的文化环境。

6. 文学理论中的文化认知

(1) 文学作品中的文化符号

跨文化交流强调了文学作品中的文化符号的重要性。文学作品通常包含着作者所属文化的符号和象征,而跨文化交流要求读者能够解读这些符号。文学理论开始研究文学作品中的文化符号如何被传递和理解,以深化对作品的文化认知。

(2) 文学理论与文化心理学的交叉

跨文化交流引发了文学理论与文化心理学的交叉。文学作品不仅仅是语言和形式的组合,更是文化心理的反映。跨文化交流使得文学理论需要更深入地理解文学作品中的文化心理层面,以更全面地解读和评价作品。

7. 结合实例分析

(1)《千禧年三部曲》与跨文化主题

以《千禧年三部曲》为例,作者斯蒂格·拉尔森通过对瑞典、美国等国家文化的深入研究，将不同文化背景下的人物和事件融入到小说中。这部小说涉及犯罪、记者、金融等多个领域，通过多元文化的交流，拉尔森成功地在小说中呈现了一个跨文化的复杂社会。

（2）村上春树的文学全球化

村上春树的作品是跨文化交流中的一颗明星。他的小说融合了日本传统文化和西方现代文学的元素，使其作品在全球范围内广受欢迎。这一成功案例表明，在跨文化交流中，文学作品的全球化发展也影响着文学理论的演变。

8. 对文学理论的启示

（1）尊重文学多元性

跨文化交流的影响使得文学理论更加强调文学多元性。文学不再受限于某一特定文化范畴，而是在全球范围内呈现出多样性。文学理论需要更加尊重和包容这种多元性，不断拓展对文学作品的解读视野。

（2）注重文学作品的语境理解

跨文化交流使得文学作品的语境变得更为复杂，文学理论应更加注重对作品语境的深入理解。这需要理论家在进行文学批评时考虑到作品的创作背景、文化传统等多方面因素，以确保对作品的全面理解。

（3）推动文学翻译的发展

跨文化交流对文学翻译提出了更高要求。文学理论应推动翻译理论的发展，研究如何在跨文化翻译中更好地保持作品的原汁原味，促进文学作品在全球范围内更为广泛地传播。

跨文化交流对文学理论的影响是多层次、多方面的。它推动了文学多元性的拓展，促使认同建构、文学批评范式等方面发生变革。文学理论在跨文化交流的浪潮中应保持开放性和包容性，更好地适应全球文学的发展。通过深入研究和理论创新，文学理论将在跨文化交流中继续为文学研究提供有力支持。

第五节　数字化时代与文学新媒体的理论思考

一、数字化时代对文学传播的挑战

1. 概述

随着数字技术的飞速发展，人们进入了数字化时代，这不仅对社会生活和经济产生了深刻影响，也对文学传播提出了新的挑战与机遇。本书将探讨数字化时代对文学传播的挑战，以及在这一背景下出现的新机遇。

2. 数字化时代的背景

（1）技术的迅猛发展

数字化时代以技术的飞速发展为特征，互联网、社交媒体、移动设备等技术的普及使得信息的获取和传播变得更加便捷和广泛。

（2）信息的碎片化

随着互联网的普及，信息呈现出碎片化的趋势。人们获取信息的方式更加多样，但信息量也更为庞大，导致注意力的分散和信息的浅尝辄止。

（3）用户参与的增加

数字化时代用户参与度的显著增加，社交媒体平台、在线社区等成为文学传播的新舞台，读者更加活跃地参与到文学讨论和分享中。

3. 挑战：数字化时代对文学传播的冲击

（1）阅读习惯的改变

数字化时代使人们的阅读习惯发生了深刻变化。人们更倾向于短时、碎片化的阅读，而传统的长篇小说或深度阅读在数字时代面临着挑战。

（2）信息过载

信息过载是数字化时代面临的一大挑战。大量信息同时涌入人们的视野，读者很难筛选出有价值的文学作品，导致优质作品难以脱颖而出。

（3）知识产权与盗版问题

数字化时代对文学作品的传播提出了知识产权和盗版等严峻问题。数字化环境下，作品更容易被非法复制和传播，作者的合法权益受到侵犯。

（4）文学市场的垄断

一些数字平台的崛起导致文学市场的垄断现象。这些平台往往掌握着庞大的读者资源，对作品的推广和曝光产生巨大影响，容易导致少数畅销作家主导市场，而较为小众的作品难以突围。

4．机遇：数字化时代下的文学传播新途径

（1）网络文学的崛起

数字化时代催生了网络文学的崛起，网络成为文学传播的新途径。许多作家通过网络平台发布作品，借助社交媒体分享创作经历，实现了与读者的直接互动。

（2）多媒体融合

数字化时代使得文学作品更容易与多媒体形式融合。音频书籍、有声读物、交互式阅读应用等新型媒介形式的出现为文学作品提供了更为丰富的表达方式，满足了读者多样化的需求。

（3）自出版与平台化

数字化时代使得自出版变得更加容易。作家可以通过数字平台自主出版作品，减少了传统出版渠道的限制，同时提高了作品的曝光度。

（4）全球化交流

数字化时代拉近了不同文化之间的距离，实现了文学作品的全球化传播。读者可以更容易地接触到来自世界各地的文学作品，促进了文学的国际化发展。

5．应对措施：文学传播在数字化时代的策略

（1）借助社交媒体

作家可以借助社交媒体平台建立个人品牌，通过与读者的互动增加作品的曝光度。社交媒体还可以成为作家获取读者反馈的重要渠道，有助于作品的改进与优化。

（2）创新出版模式

传统的出版模式受到数字化时代的冲击，作家可以尝试创新的出版模式，例如数字化期刊、在线出版等，以适应读者需求的变化。

（3）投身多元化媒体

作家可以积极投身多元化媒体，包括有声读物、电子书、短视频等，以更好地满足读者碎片化、多样化的阅读需求。

（4）强化版权保护

在数字化时代，保护知识产权至关重要。作家可以加强与平台的合作，强化版权保护措施，防范盗版行为，确保自身权益。

数字化时代给文学传播带来了深刻的挑战，但同时也为文学的传播提供了新的机遇。作为作家或文学从业者，理解并善用数字化时代的特点，采取有效的策略应对挑战，将有助于更好地推动文学的发展。

在面对信息碎片化、阅读习惯变化等挑战时，作家可以通过深入了解目标读者，精准定位受众，调整作品的呈现形式和内容，更好地迎合数字时代读者的阅读需求。此外，积极借助社交媒体平台，建立与读者的互动，扩大作品的知名度，也是有效的策略。

对于信息过载和文学市场垄断等问题，作家可以通过更专业的内容创作，精选和提炼有深度、有价值的作品，使其在海量信息中脱颖而出。

数字化时代的全球化交流为文学的国际化提供了前所未有的机遇。作家可以积极参与国际文学交流，借助全球化的平台将自己的作品推向国际舞台。多语言的翻译和合作，促进文学作品在不同文化间的传播，创造更广泛的影响。

在实际操作中，作家还需关注作品的数字版权保护，选择可靠的数字平台，与平台建立互信关系，确保自己的权益不受侵犯。同时，作家可以主动参与数字化时代的出版与营销模式的改革,积极探索新的合作方式,拓展作品的传播渠道。

总体而言,数字化时代既带来了一系列挑战,也为文学传播带来了广阔的发展空间。通过积极应对挑战,充分利用数字化时代的优势,作家和文学从业者可以在这个充满变革的时代里焕发创造力,推动文学不断进步。在数字化时代,文学传播的未来仍然充满着无限可能,需要各方共同努力,共同推动文学的繁荣和创新。

二、文学新媒体的涌现与发展

1. 概述

随着数字化时代的发展,文学传播领域迎来了一场革命,新媒体成为文学创作、传播和阅读的新平台。本书将探讨文学新媒体的涌现与发展,分析其对文学领域的影响以及未来的发展趋势。

2. 文学新媒体的定义与特征

(1) 定义

文学新媒体是指基于互联网和数字技术的平台,以电子化、网络化的形式传播文学作品,包括但不限于网文、电子书、有声读物等。

(2) 特征

多样性与碎片化:新媒体提供了丰富多样的文学内容,同时呈现碎片化的阅读模式,符合读者碎片化阅读的需求。

互动性与参与性:读者可以在新媒体平台上进行评论、点赞,甚至与作者互动,形成更加活跃的文学社区。

全球化传播:新媒体突破了传统文学的地域限制,使得文学作品可以在全球范围内传播,促进了文学的国际化。

多媒体融合:新媒体不仅限于文字,还涵盖了音频、视频等多媒体形式，提供更为丰富的文学体验。

3. 文学新媒体的涌现

（1）网络文学的兴起

网络文学作为文学新媒体的代表，通过互联网实现了文学创作与传播的革新。起初，以言情小说为主的网络文学逐渐崭露头角，之后不同题材的作品层出不穷，形成了丰富多彩的网络文学市场。

（2）电子书的崛起

电子书通过数字化形式呈现，可以在各类数字设备上阅读，为读者提供了更为便捷的阅读方式。各大电子书平台的崛起使得传统出版模式受到冲击，同时也为作家和读者提供了更直接的沟通渠道。

（3）有声阅读的盛行

有声阅读通过播音员朗读文学作品，以声音的方式将作品呈现给读者。有声读物的兴起不仅满足了用户对多样化阅读体验的需求，也使得文学更贴近生活，更容易被人接受。

（4）文学社交平台的兴起

文学社交平台将文学与社交相结合，读者可以在平台上互动、分享读书心得，作家也能与读者建立更紧密的联系。这种互动性的提升使得文学传播更具社交属性，形成了一个庞大的文学社区。

4. 文学新媒体的影响

（1）对作品创作的影响

文学新媒体的兴起改变了作品创作的方式。作家可以更加灵活地选择题材，通过新媒体平台更迅速地发布作品，获取读者反馈，进而调整创作方向。

（2）对传统出版的冲击

新媒体的发展冲击了传统出版业。电子书的兴起使得纸质书销售逐渐下降，同时文学新媒体的涌现也打破了传统出版的垄断，让更多的作家有机会通过自主出版或数字平台发布作品，降低了文学创作的门槛，促使更多优秀作品涌现。

（3）对阅读体验的改变

文学新媒体为读者提供了更多元化的阅读体验。从传统的纸质书籍过渡到电子书、有声读物，读者可以根据自己的喜好选择不同的阅读方式，实现了个性化的阅读体验。

（4）文学社交的升级

文学社交平台的兴起加强了读者与作者之间的互动。读者可以在平台上与作者直接交流、评论，甚至参与作品创作的讨论。这种互动性促进了文学社区的形成，使得文学传播更富有社交属性。

（5）全球化传播的促进

新媒体的发展使得文学作品更容易实现全球化传播。作品可以通过互联网跨越地域界限，让不同国家和地区的读者都有机会接触到来自世界各地的文学作品，推动文学的国际化发展。

5. 文学新媒体的发展趋势

（1）虚拟现实与增强现实的整合

随着虚拟现实（VR）和增强现实（AR）技术的不断发展，文学新媒体可能会进一步整合这些技术，为读者提供更为沉浸式的阅读体验。读者可以通过虚拟现实设备或增强现实应用，更直观地感受文学作品中的场景和人物。

（2）区块链技术的应用

区块链技术的兴起为文学新媒体提供了更多可能性。通过区块链技术，可以建立起更加安全、透明的版权保护机制，确保作家的权益不受侵犯，同时也能够推动文学作品的流通与交易。

（3）人工智能在文学创作中的应用

人工智能的应用将进一步影响文学创作。已有一些实验性的作品是由人工智能算法生成的，未来可能会有更多创作者借助人工智能工具进行创作辅助，提高创作效率，同时也会引发关于人工智能参与文学创作的伦理和审美讨论。

（4）粉丝经济的进一步发展

随着文学社交平台的不断发展，粉丝经济将更加成熟。作家通过与读者建立更紧密的关系，可能通过粉丝支持、订阅制度等方式获得更稳定的收入，提高文学创作者的社会地位。

6. 应对文学新媒体挑战的策略

（1）拥抱多媒体形式

作家可以积极拥抱多媒体形式，将文字与音频、视频等元素相结合，提供更为丰富的阅读体验。这有助于吸引更多读者，特别是年轻一代，适应他们碎片化、多元化的阅读需求。

（2）加强社交互动

作家可以主动利用文学社交平台，与读者建立更密切的互动关系。通过回应读者评论、参与在线活动，作家可以深入了解读者的需求，同时增强作品的传播力。建立个人品牌，提高社交媒体影响力，是适应新媒体时代的重要策略。

（3）创新营销策略

作家在新媒体平台上可以探索创新的营销策略，例如限时免费、首发特权等，吸引更多读者关注和参与。联合平台推出跨界活动、线上线下互动，提高作品曝光度，推动更多读者参与其中。

（4）积极参与技术发展

作家可以积极参与文学新媒体技术的发展。了解虚拟现实、区块链、人工智能等前沿技术的应用，将其有机地融入文学创作和传播中，不仅能提高作品的科技含量，也能吸引更多科技爱好者的关注。

7. 保护知识产权

在数字化时代，作家需要更加注重保护自己的知识产权。利用区块链等技术，建立更为安全、透明的版权保护机制。与平台建立良好合作关系，确保作品不受盗版侵害，保障作家的合法权益。

8. 持续学习和创新

作家应保持学习和创新的心态。了解新媒体平台的最新发展，关注行业趋势，不断提升自己的写作水平和创意能力。敢于尝试新的创作方式，保持对文学创作的热情和活力。

文学新媒体的涌现与发展为文学创作与传播带来了巨大的变革。作家在面对新媒体带来的挑战时，需要灵活应对，善用新媒体平台为自己的创作赋能。与此同时，作家也应不断创新，积极参与新技术的发展，以适应文学创作与传播领域的快速变化。在数字化时代，文学新媒体将继续为文学带来更广阔的发展空间，为作家与读者搭建更加开放、互动的文学社区。

三、文学理论在数字化时代的应对策略

1. 概述

随着数字化时代的来临，文学理论面临着前所未有的挑战和机遇。传统的文学理论体系在数字化的冲击下需要进行调整和创新，以更好地适应新的文学环境。本书将探讨文学理论在数字化时代的应对策略，包括理论体系的更新、多元化的研究方法以及理论与实践的结合等方面。

2. 文学理论体系的更新

（1）数字文学与传统文学的融合

数字化时代带来了数字文学的兴起，作为一种新兴的文学形式，数字文学涉及文学作品与数字技术的深度融合。传统文学理论需要更新自己的观念，接纳数字文学，并为其构建相应的理论框架。理论家可以通过对数字文学作品的深入研究，探讨其独特的叙事结构、互动性等特点，从而为传统文学理论注入新的思想动力。

（2）跨学科研究

数字化时代的文学不再局限于传统的文学形式，而是与其他学科如计算机科学、人工智能等深度融合。文学理论需要更加开放地与其他学科进行跨学科研究，借鉴其他学科的理论和方法，拓展文学理论的研究范畴。例如，可以结合计算机科学的方法探讨数字文学的算法生成，通过人工智能技术分析文学作品的情感表达等。

3. 多元化的研究方法

（1）数字化文献与数据挖掘

数字化时代带来了大量的数字化文献，包括电子书、数字化期刊等。文学理论可以借助数据挖掘技术，从这些大数据中发现新的文学现象、趋势和规律。通过分析读者的阅读习惯、作品的传播路径等，文学理论能够更全面地了解文学生态的变化。

（2）网络文学社区的研究

网络文学社区作为数字化时代文学交流的主要平台，其形成的新型文学生态也成为文学理论研究的重要对象。理论家可以通过深入研究网络文学社区中的作品互动、读者反馈等，挖掘其中蕴含的文学价值观、审美趋向，为文学理论提供新的理念。

（3）跨文化比较研究

数字化时代文学的传播不再受地域限制，作品可以在全球范围内迅速传播。文学理论可以通过跨文化比较研究，探讨不同文化背景下数字化文学的共性与差异。这有助于建构更具普适性的文学理论，超越传统的文学研究范式。

4. 理论与实践的结合

（1）文学教育的创新

数字化时代的文学理论应该更贴近文学教育的实际需求。理论家可以参与制定新的文学教育课程，将数字化时代的文学理论有机地融入教学内容。培养学生对数字文学的理解和创作能力，使其更好地适应数字化时代的文学环境。

（2）文学评论与网络互动

传统的文学评论逐渐向在线平台转移，通过网络互动形式进行。理论家可以积极参与在线文学评论，与读者进行深入的理论交流。通过网络平台的实时互动，理论家能够更迅速地了解读者的反馈，指导他们更好地理解文学作品。

5. 理论创新与文学实践

（1）数字时代文学的新理论构建

在数字化时代，文学理论需要创新，构建适应数字时代文学形态的新理论体系。理论家可以关注数字文学的特点，如超媒体性、互动性、即时性等，提出相应的理论概念，为数字时代的文学实践提供理论指导。

（2）文学与社会问题的关联

文学理论不仅应关注文学自身的演变，还需关联社会问题。数字化时代带来了文学与社会关系的新变化，包括信息传播的加速、文学市场的变革等。理论家可以通过深入研究这些问题，提出理论观点，引导文学对社会变革的回应。

在数字化时代，文学理论需要积极适应新的文学形式和研究方法，与时俱进。通过理论体系的更新、多元化的研究方法、理论与实践的结合，文学理论能够更好地应对数字化时代的挑战，同时发现其中的新机遇。理论家的角色不仅在于理论的构建，更在于引导和促进文学领域的创新与发展。

在数字化时代，文学理论的更新需要以更为开放的思维方式，面对数字文学和新媒体带来的复杂性。理论家应在传统文学理论的基础上，充分吸收跨学科知识，借鉴新兴技术的发展，形成更全面、深刻的理论体系。同时，理论的构建需要与实际的文学创作、传播相结合，使得理论更具有指导性和实践性。

第五章 文学创作与理论互动

第一节 文学创作与批评的关系

一、文学创作中的理论意识

1. 概述

文学创作是一门充满创造性和想象力的艺术,但理论意识的引入为作家提供了更深层次的思考和指导。文学创作中的理论意识不仅是对传统文学理论的理解与运用,更是对社会、文化、心理学等多方面知识的综合运用。本书将探讨文学创作中理论意识的作用、形成的途径以及在实际写作过程中的应用。

2. 理论意识的作用

(1) 指导创作方向

理论意识能够为作家提供创作方向和主题的选择。通过对不同文学理论的学习和理解,作家能够更清晰地认识到自己作品的定位,从而更有针对性地进行创作。比如,结构主义理论强调叙事结构,后现代主义理论注重对传统叙事形式的打破,作家可以根据这些理论的不同要求,有意识地选择合适的创作方向。

（2）拓展创作思维

理论意识有助于拓展作家的思维边界。不同的文学理论包含着不同的文学观念和审美标准，作家通过学习这些理论，能够接触到不同文化、不同时期的文学思潮，进而打破传统思维定式，开拓创作的想象空间。

（3）丰富作品内涵

理论意识的运用可以使作品更为深刻，丰富。作家通过对社会学、心理学等理论的了解，能够更加准确地刻画人物性格、揭示社会问题，使作品具有更为深刻的内涵。理论的运用可以使文学作品不仅仅是娱乐性的表达，更是对人性、社会、文化等多方面的深刻探讨。

3．理论意识的形成途径

（1）学术研究与阅读

学术研究和广泛的阅读是理论意识形成的基础。作家通过阅读文学理论著作、学术论文，了解不同学派的观点和对文学的解读，从而建立起对文学理论的认知。同时，作家还应该通过广泛阅读文学作品，体验不同文学风格，培养对文学的感悟和理解能力。

（2）跨学科的学习与研究

理论意识的形成需要涉足不同学科领域。作家可以通过学习心理学、社会学、文化学等相关学科，深入理解人类行为、社会结构、文化传承等方面的知识。跨学科的学习能够让作家更全面地理解人类的多样性和复杂性，为创作提供更为深刻的底蕴。

（3）参与文学讨论和写作工作坊

与其他作家和学者的交流是培养理论意识的有效途径。参与文学讨论和写作工作坊，可以让作家了解其他人对文学理论的看法，从中获得启发和反思。与同行的交流可以促使作家不断优化自己的理论认知，并在实践中检验理论的可行性。

4. 理论意识在实际创作中的应用

（1）选题与主题的把握

理论意识在选题与主题的把握中发挥着重要作用。作家可以通过对不同理论的应用，明确自己作品的关键主题，选择贴近人类生活、社会问题的创作方向。比如，社会现实主义理论注重社会问题的揭示，作家可以运用这一理论明确自己作品关注的社会议题。

（2）人物塑造与情感描写

理论意识对于人物塑造和情感描写的准确性至关重要。通过心理学理论的运用，作家可以更深入地刻画人物内心的矛盾与冲突，使人物更具立体感。同时，情感描写也可以通过心理学的角度进行深入挖掘，使读者更能共情、理解作品中人物的内心世界。

（3）结构与叙事的构建

结构和叙事是文学创作中的两大关键元素。结构主义理论强调作品整体结构的重要性，后现代理论关注叙事的多样性和颠覆性。作家可以通过运用这些理论，设计出更具有层次感和独特性的作品结构与叙事方式，使作品更加引人入迷。

（4）语言运用与风格塑造

文学创作中语言运用和风格的选择直接影响作品的表达效果。文学理论为作家提供了对语言和风格的深刻思考。例如，结构主义关注语言符号的结构和功能，可以引导作家在创作中更加注重语言的精准和符号的隐喻。理论意识有助于作家塑造独特的文学风格，使作品更具个性和深度。

（5）反思与审美价值观

理论意识的运用促使作家对自身的创作进行深刻的反思。作家可以通过理论框架审视自己的审美价值观，思考作品在文学传统中的位置以及对当代文学发展的贡献。这种反思有助于作家不断提升自己的审美水平，使创作更具有独创性和时代性。

5. 挑战与应对

（1）挑战：过度理论化导致创作僵化

在文学创作中过度依赖理论，可能导致作品显得过于理论化，失去生动性和自由度。作家需要注意在运用理论时保持灵活性，避免过度约束创作的想象力和创造性。

（2）挑战：理论与创作的平衡

理论在文学创作中的运用需要找到与实际创作相适应的平衡点。作家在理论的指导下创作时，应注重实际情境和个体差异，灵活运用理论，而非机械套用，以确保作品更贴近读者的心理需求。

（3）挑战：理论应用过于复杂

某些文学理论可能较为复杂，对于一些作家而言可能难以理解和运用。在面对复杂理论时，作家需要有耐心，可以选择深入学习一两个核心概念，逐步引入理论元素，而非一开始就全盘接纳，以降低理论应用的难度。

文学创作中的理论意识是一种引导与启发，它为作家提供了更深层次的思考和创作指导。理论意识使文学创作不再仅仅是个人感觉和经验的堆砌，而是在深厚的理论积累下展开的思辨与创新。在面对文学理论时，作家需要既尊重传统，又敢于挑战，使理论在创作中成为一种有机的灵感源泉。通过理论的运用，文学创作将更具深度、广度和思辨性，为读者呈现更为丰富、富有思想深度的文学作品。

二、作家与批评家的互动关系

1. 概述

作家与批评家之间的关系在文学领域中一直被认为是密不可分的。作为文学创作者，作家创作出作品后，往往需要接受来自批评家的审视、评论和解读。这种互动关系既有合作的一面，也存在潜在的冲突和矛盾。本书将探讨作家与批评家之间的互动关系,以及这种关系对文学创作和文学理论的影响。

2. 作家与批评家的合作与冲突

(1) 合作:共同促进文学发展

作家和批评家的合作是文学领域不可或缺的一环。作家通过创作表达思想、情感,而批评家则通过对作品的评论和解读,为作品赋予更深层次的内涵。作家通过对批评家的反馈,有机会修正和完善自己的创作,形成一种相互促进、共同推动文学发展的合作关系。

(2) 冲突:权力与解读的矛盾

然而,作家与批评家之间也存在潜在的冲突。在文学界,作家往往被视为作品的创造者,对自己的作品有着特殊的情感和解读。批评家作为外部的评论者,其解读未必能符合作家最初的意图,这可能引发作家对批评家权力的质疑和对解读的反感。这种权力与解读的矛盾可能导致作家与批评家之间的紧张关系。

3. 作家与批评家的互动形式

(1) 书评与评论

书评是批评家最直接的方式之一,通过对整体作品的评论,批评家可以对作品的特点和问题进行评价。作家可以通过对书评的阅读,了解外界对自己作品的看法,为未来的创作积累经验。

(2) 专访与座谈

作家与批评家之间还可以通过专访和座谈等形式进行更为深入的交流。在这种情境下,作家有机会解释自己作品的创作动机、思考背后的意图,而批评家则能够更清晰地理解作品背后的创作理念。

(3) 学术研究与文学理论

一些批评家在进行评论的同时,也从学术的角度对作品进行深入研究,提出相关的文学理论。这种深层次的学术互动不仅有助于解读特定作品,也为整个文学领域的理论建设提供了新的思路和范例。

4．互动关系对文学创作的影响

（1）创作灵感的启示

作家通过与批评家的互动，可以获得新的思维角度和灵感启示。批评家的解读和评论可能使作家看到自己作品中未曾察觉的层面，为作品的深化提供新的思路。

（2）对自身风格的反思

批评家的评论往往能够让作家对自己的写作风格进行更为深刻的反思。对于一些长期合作的作家与批评家而言，批评家可能更了解作家的创作风格，从而提供更具体、有针对性的建议。

（3）提高作品质量

作家与批评家的合作能够有效提高作品的质量。通过接受外部的审视和建议，作家能够更客观地看待自己的作品，及时纠正可能存在的问题，确保作品更好地迎合读者需求。

5．互动关系对文学理论的影响

（1）文学理论的发展

作家与批评家的互动对文学理论的发展起到推动作用。作家的创作在一定程度上能够引领文学理论的发展方向，而批评家的解读和评论则为文学理论提供实例和案例，使理论更具体、更有实践性。

（2）理论的修正与完善

作家通过对批评家的理论进行反馈，有助于理论的修正与完善。实践的过程中，作家可能发现理论在某些方面并不贴切或有待深化，这就促使理论家对理论进行修正和完善，以适应文学创作的实际需要。

（3）文学话语权的变迁

作家与批评家的互动关系也能够在一定程度上影响文学话语权的变迁。随着文学创作的发展，作家可能逐渐在文学话语权中扮演更为重要的角色，而批评家的评论也将更多地受到作家的反哺和影响。

6．互动关系的挑战与应对

（1）挑战：主观解读与客观分析的平衡

一个潜在的挑战是批评家的主观解读可能与作家的创作初衷有出入。为了解决这一问题，批评家在评论时需要保持客观性，理解作品独立存在的价值，而作家也需要接受多样的解读，同时用批评的观点来审视自己的作品。

（2）挑战：意见分歧与沟通障碍

在作家与批评家之间可能存在不同的文学观点和审美趣味，这可能导致意见分歧和沟通障碍。为了有效合作，双方需要保持开放心态，尊重对方的专业见解，并通过深入的交流来解决潜在的分歧。

（3）应对：建立积极的沟通渠道

为了应对互动中的挑战，建立积极的沟通渠道至关重要。作家与批评家可以定期进行交流、座谈，建立起开放、真诚的沟通氛围，以促进更有建设性的合作。

作家与批评家之间的互动关系既是合作共赢的机会，也是一场对话中的挑战。作家通过接受批评家的评价和解读，能够更全面地认知自己的作品，提高创作水平；而批评家通过与作家的互动，不仅有助于文学理论的发展，也使自己的评论更贴近文学创作的实际。在这个互动的过程中，相互尊重、理解和合作将有助于文学领域的繁荣与进步。作家和批评家的共同努力才能推动文学不断创新，为读者带来更为丰富的文学体验。

三、文学理论对创作实践的启示

1．概述

文学理论是对文学现象进行系统分析和解释的体系，它不仅是文学研究的基石，也在很大程度上影响着文学创作的方向和质量。作为创作者，深刻理解和运用文学理论对于提升创作水平、拓展创作思路至关重要。本书将探讨文学理论对创作实践的启示，探讨不同理论对创作者的指导作用。

2．结构主义与叙事结构

（1）理论概述

结构主义强调文本的内在结构和元素之间的相互关系，关注叙事结构、符号和符码的运用。在创作实践中，结构主义为作家提供了一种分析文本的方法，使其能够更系统地构建作品的叙事框架，操控故事情节，达到更深层次的表达效果。

（2）启示

叙事设计的重要性：结构主义强调叙事的结构对于文本的意义至关重要。作家在创作时需要注重叙事的安排，合理构建故事的发展脉络，确保情节紧凑有力。

符号的巧妙运用：结构主义关注符号和符码的作用，作家可以通过巧妙运用符号来赋予作品更深层次的象征意义，丰富作品的内涵。

元素之间的关联：结构主义要求关注元素之间的关联性，这启示作家在创作时要注意各个元素的相互呼应和关联，以达到整体性和一致性。

3．后现代主义与叙事颠覆

（1）理论概述

后现代主义对传统叙事形式提出了挑战，强调叙事的颠覆、多样性和非线性。在创作实践中，后现代主义为作家提供了更为自由的叙事可能性，鼓励创新和实验。

（2）启示

叙事的多样性：后现代主义强调多样性的叙事形式，启示作家不拘泥于传统线性结构，可以尝试采用回溯、交叉等非传统手法，为作品注入新鲜感。

现实与虚构的模糊边界：后现代主义模糊了现实和虚构的界限，作家可以通过模糊边界、运用幻想元素，创造出更具深度和趣味性的作品。

自我意识的强调：后现代主义注重作品对自身的反思，作家在创作中可以加入对文学传统、创作过程等的自我意识，提高作品的独特性。

4. 女性主义与性别议题

（1）理论概述

女性主义文学理论关注性别问题，探讨女性在文学中的地位、形象和叙事。在创作实践中，女性主义为作家提供了从女性视角审视世界的新思路，强调女性经验和权利。

（2）启示

女性角色的多样性：女性主义鼓励创作者呈现多样化的女性形象，避免将女性简单地定义为某种刻板形象。作家可以通过塑造丰富多彩的女性角色，展示她们的独立性、智慧和坚韧不拔的品质。

性别议题的探讨：女性主义强调性别议题的重要性，作家可以在作品中探讨性别歧视、权力关系、女性自主等议题，引发读者对社会不平等的关注和反思。

借助女性视角解读社会：通过采用女性主义视角，作家能够更深刻地洞察社会现象，为读者呈现一个不同于传统视角的世界，从而促使社会对性别问题进行更为深入的思考。

5. 马克思主义与社会批判

（1）理论概述

马克思主义关注社会结构和阶级关系，强调文学与社会的紧密联系。在创作实践中，马克思主义为作家提供了一种社会批判的角度，使作品更具社会关怀和现实反映。

（2）启示

揭示社会现象：马克思主义启示作家关注社会结构和阶级差异，通过作品揭示社会不公现象，引发读者对社会问题的思考。

关注底层群体：马克思主义强调关注底层群体的命运，作家可以通过作品反映社会底层人民的生存状态，引发社会对弱势群体的关注和关心。

社会变革的探讨：作家可以借鉴马克思主义的社会变革思想，通过作品呼吁社会的正义与变革，唤起读者对社会问题积极参与的意识。

6．后殖民主义与文化认同

（1）理论概述

后殖民主义关注殖民历史对被殖民地文化的影响，强调文化认同和反对文化压迫。在创作实践中，后殖民主义为作家提供了从被殖民地视角审视文化的途径，推崇文化多元性。

（2）启示

文化认同的呈现：后殖民主义启示作家关注文化认同，通过作品呈现被压迫文化的多元性，为文化认同的维护发声。

反思殖民历史：作家可以通过后殖民主义的视角反思殖民历史的影响，挖掘文化深层次的问题，为读者提供历史的反思和理解。

强调文化的自主性：后殖民主义强调文化的自主性，作家可以通过作品表达对文化自主性的追求，为文化权利和尊严辩护。

文学理论对创作实践的启示是多方面的，不同理论提供了不同的审美取向和创作理念。作家可以根据自身创作方向和兴趣，有选择性地运用适合的理论，以提升作品的深度、广度和感染力。在理论的指导下，作家能够更深刻地理解文学的本质，更好地回应社会和时代的需求，创作出更为有价值的作品。文学理论与创作实践的互动关系，是文学领域不断发展和丰富的动力源泉。

第二节　作家的文学观与创作理念

一、作家个体与文学观念的塑造

1. 概述

作家个体与文学观念的关系是文学领域中一个复杂而深刻的主题。作为文学创作者，作家的个体经验、价值观念、生活背景等因素都在塑造其独特的文学观念过程中发挥着关键作用。本书将探讨作家个体与文学观念的相互影响，分析个体如何在创作中表达独特的文学观点，并讨论文学观念对作家个体的塑造。

2. 作家个体的构建

（1）个体经验与生活背景

作家个体的独特性始于其个体经验和生活背景。每个作家都有独特的成长经历、教育背景、家庭环境等，这些个体经验直接影响着作家对世界的理解和感知。作家的生活背景也决定了他们对社会、文化、历史的敏感度，进而在文学作品中表达出特有的视角。

（2）个体情感与情感体验

作家的情感体验是其个体构建的另一重要因素。个体情感是作家在面对生活、人际关系、困境等方面的独特感受。情感的深度、广度、强烈程度，以及对情感的理解和表达方式，都将在作品中得到体现。作家通过将个体情感融入文学作品，创造出情感丰富、引人共鸣的作品。

（3）个体思考与哲学观点

作家的个体思考和哲学观点也在构建其个体性中扮演着重要角色。对人生、存在、道德、价值观等问题的独特思考，以及对哲学体系的选择和接受，都将在作家的文学作品中显现。个体思考和哲学观点为作家提供了创作的深层次支持，使作品具备更多层次的内涵。

3. 文学观念的形成

（1）文学传统的影响

作家个体与文学观念的形成离不开对文学传统的接触。文学传统包括了经典文学作品、文学流派、文学理论等。作家在成长过程中接触到的文学作品，以及对不同文学流派和理论的理解，都会影响其文学观念的形成。

（2）文学学科的学习

文学学科的学习是作家个体与文学观念互动的重要渠道。通过系统学习文学理论、文学批评、文学史等专业知识，作家能够更深刻地理解文学的内涵和多样性，对不同文学学派和文学潮流有更为全面的认识，这有助于作家形成更为丰富和深刻的文学观念。

（3）社会环境与时代精神

作家个体与文学观念的塑造也受到社会环境和时代精神的影响。社会的变迁、历史的发展、文化的演进都会在作家的思考和创作中留下痕迹。作家对社会问题、时代特征的关注和反思将在其文学作品中得到表达，从而形成独特的文学观念。

4. 作家个体与文学观念的互动

（1）作家对个体的反思

作家在创作中常常对个体进行反思。通过对自己经历、情感、思考的深入反省，作家能够更清晰地认识个体的独特性，这种自我反思是文学观念形成的重要一环。

（2）作家对外部世界的感知

作家对外部世界的感知也是个体与文学观念互动的关键。作家通过对社会、人际关系、自然环境等方面的敏感感知，将这些感知融入作品之中。作家对外部世界的感知与个体的生活经验相互交织，共同影响着作家的文学观念的塑造。

（3）文学创作中的表达

文学创作是作家个体与文学观念互动的最直接体现。通过文学作品的创作，作家将个体的思考、情感、经历以及对外部世界的感知表达出来。文学作品成为作家与读者沟通的媒介，也是个体与文学观念互动的最终呈现。

5. 文学观念对作家个体的塑造

（1）形成独立的审美标准

作家通过对文学传统、学科知识的学习，以及对时代特征、社会问题的关注，逐渐形成了独立的审美标准。这些标准在文学创作中起到引导和评判的作用，进而影响着作家个体的审美取向和艺术追求。

（2）塑造个体的文学态度

文学观念不仅在审美标准上有所塑造，还在个体的文学态度上发挥作用。作家对文学使命、文学责任的理解，对文学创作的态度和价值观念，都受到其文学观念的引导和塑造。

（3）影响作家的社会责任感

作家个体在文学观念的引导下，往往对社会问题和人类命运有更为深刻的认识。这种认识激发了作家个体的社会责任感，使其在文学创作中更加注重对社会现实的反映、批判和关怀，从而在文学作品中表现出对社会的积极回应。

6. 个体与文学观念的平衡

（1）保持独立性与创新性

作家在个体与文学观念的塑造中需要保持独立性。尽管受到文学传统、学科知识等因素的影响，但作家仍应保持独特的创作声音，勇于表达个体观点，保持创新性，使作品具有个性化和独立性。

（2）灵活运用文学观念

作家在创作中需要灵活运用各种文学观念。文学观念可以为作家提供理论支持和启示，但不应成为创作的框架和束缚。作家应灵活运用文学观念，将其融入创作过程中，使之为作品增色添彩。

（3）不断反思与调整

作家个体与文学观念的关系并非一成不变，需要不断进行反思与调整。作家应时刻审视个体与文学观念之间的关系，不断调整创作态度，使其更符合个体的成长和文学观念的深化。

作家个体与文学观念的关系是一个相互塑造、相互影响的过程。作家通过个体经验、情感体验、个体思考与哲学观点的表达，构建了独特的文学观念。反之，文学传统、学科知识、社会环境等因素也在不断塑造作家的个体性。在这个过程中，作家通过创作将个体观念表达出来，形成丰富多彩的文学作品。在平衡个体与文学观念的关系中，作家需要保持独立性，灵活运用文学观念，并不断进行反思与调整，以实现个体与文学观念的良性互动，推动文学创作的不断发展。

二、作家创作理念的演变

1. 概述

作家创作理念的演变是一个多层次、多因素交织的过程。作为文学创作者，作家在不同阶段可能经历思想观念的颠覆、艺术追求的调整，这些变化直接影响着其作品的风格、主题以及对文学使命的理解。本书将深入探讨作家创作理念的演变，分析其中的驱动力和影响因素。

2. 初出茅庐：追求个体表达

（1）创作初期的冲动

在初出茅庐的阶段，作家常常充满冲动和激情。这一时期，作家可能会追求个体表达，试图通过作品表达自己对世界、对生活的独特理解。这种冲动驱动下的创作，往往充满了个体情感、亲身经历的元素，作品多以自传、自白为主。

（2）对传统的反叛

初出茅庐的作家往往倾向于反叛传统，试图打破文学规范和约束。他们可能选择采用新颖的叙述方式、独特的语言风格，以突显个性。对传统的反叛不仅表现在创作手法上，更体现在对传统主题和价值观的重新审视。

（3）追求自我发现

处于写作初期的作家通常追求对自我内在世界的发现和认知。作品中常见的主题包括自我身份的探索、对生命意义的思考，这反映了作家在创作中对自我成长的渴望。个人经历、内心挣扎成为创作的原动力。

3. 成熟阶段：文学责任的担当

（1）对社会责任的觉醒

随着作家在文学道路上越来越成熟，对社会责任的觉醒成为作家创作理念的转折点。作家开始认识到文学不仅仅是个体表达的工具，更是对社会、对时代负有责任的媒介。社会问题、人类命运逐渐成为作品中不可忽视的主题。

（2）文学与社会的紧密关系

成熟阶段的作家开始关注文学与社会的紧密关系。作品中涌现出对社会现象的深刻洞察，对社会问题的有力控诉。通过文学，作家试图唤起读者对社会不公、人性弱点的关注，追求通过作品引发社会变革的可能性。

（3）文学的教化功能

成熟阶段的作家逐渐认识到文学的教化功能。他们通过作品传递正面价值观，引导读者思考人生的真谛，激发积极向上的力量。文学成为一种引导、启示，甚至是塑造社会风气的力量。

4. 变革与反思：艺术实验与自我怀疑

（1）艺术实验的勇气

在创作生涯中的某个阶段，作家可能迎来变革和实验的时刻。这一时期，作家可能勇于尝试不同的创作手法、实验性的文学语言，挑战传统文学的边界，追求更广阔的表达空间。

（2）对自我传统的反思

艺术实验伴随着对自我传统的反思。作家开始怀疑之前的创作模式是否已经达到极致，对于一成不变的文学观念提出质疑。这种自我反思推动作家在创作中寻找新的灵感和表达方式。

（3）对文学使命的重新定义

在变革与反思中，作家对文学使命进行重新定义。他们思考文学的价值是什么，作品是否真正影响了社会，以及自己的创作是否已经达到了预期的效果。这一过程既是对个体创作理念的自我审视，也是对文学在社会中的角色的重新思考。

5．晚期阶段：对人生、存在的深刻思考

（1）对人生意义的关切

随着年岁的增长，作家可能进入对人生意义的深刻思考阶段。此时，作品中常常涌现出对生命的反思、对存在的深刻探讨。人生的短暂、存在的无常成为作家关注的核心主题。

（2）对文学传承的责任

处于写作晚期阶段的作家开始思考对文学传承的责任。他们关注文学的长久传承，考虑自己的作品是否具有超越时代的价值。对文学传统的尊重和继承成为创作中的一项重要任务。

（3）对创作的深入追求

晚期阶段的作家对创作有着更深入的追求。他们可能不再受制于时代潮流，更加注重内心的声音和真实的情感。在作品中，对内心感悟的表达变得更加细腻深刻，不仅关注社会问题，更关心人性的复杂和深邃。

6．影响作家创作理念演变的因素

（1）个体经历的丰富程度

作家个体经历的丰富程度是影响创作理念演变的关键因素。作家在人生中经历的各种事件、遭遇的困境，都会深刻地影响其对生活、人性的认知，从而在创作中呈现出不同的视角和主题。

（2）社会、文化环境的变迁

社会、文化环境的变迁对作家的创作理念演变也有着重要影响。时代的转变、社会观念的更新会激发作家对不同主题的关注，同时也可能带来对传统观念的质疑，推动作家追求更为开放、多元的创作理念。

（3）文学学科的影响

文学学科的发展和变革对作家创作理念的演变起到引导作用。文学理论的不断发展、新的创作手法的涌现，都可能对作家的创作思路和理念产生积极的影响，激发作家在创作中不断尝试和创新。

（4）读者和评论家的反馈

读者和评论家的反馈是作家创作理念演变过程中的重要参考。作家通过对读者的反应和评论家的评价进行反思，可能调整自己的创作方向，更加精准地把握读者的需求，从而使创作理念得以不断升华和丰富。

作家创作理念的演变是一个多层次、多维度的过程，受到个体经历、社会环境、文学学科的多重因素交织影响。从初出茅庐到成熟阶段，再到晚期阶段，作家在创作理念上可能经历个体表达、社会责任的担当、艺术实验与自我怀疑、对人生、存在的深刻思考等阶段。每个阶段都反映了作家在不同时期对创作使命、文学价值的理解与演变。

作家创作理念的演变不仅是个体创作者的个人历程，更是文学发展的一个缩影。作家通过对自身创作理念的不断调整和追求，推动了文学的多元化和丰富性。在这个过程中，作家不仅在个体层面上实现了对文学的深刻探讨，同时也为整个文学领域的发展注入了新的力量。因此，深入理解作家创作理念的演变过程，有助于更好地理解文学创作的多元性与时代性。

三、作家文学观对作品风格的影响

1．概述

作家的文学观是其对文学的理解，对艺术的追求，对创作使命的认知的综合体现。作为文学创作者，作家的文学观不仅影响着其创作的主题和内涵，更深刻地影响了作品的风格。本书将深入探讨作家文学观对作品风格的影响，探讨其中的内在机制和表现形式。

2．文学观与作品风格的关系

（1）文学观的定义

文学观是作家对文学的态度、信仰和对艺术创作的基本认知的总和。它包括作家对文学使命的理解、对文学价值的认知、对艺术追求的诉求等方面。文学观是作家创作过程中的精神支柱，是塑造作品风格的内在力量。

（2）作品风格的概念

作品风格是指作品在形式和表达上的独特特征，是作品在语言、结构、节奏等方面的独特风格和风貌。作品风格是作家个性的集中体现，它包括作品的语言风格、叙述手法、结构安排等方面。

（3）文学观与作品风格的关联

作家的文学观直接影响作品风格的形成。文学观决定了作家在创作中关注的主题、追求的艺术效果，这些方面都深刻地影响了作品的风格。作家的文学观对作品风格的影响体现在对语言、结构、主题的选择和处理上。

3．文学观对语言风格的塑造

（1）语言观念与表达方式

作家的语言观念直接影响着作品的语言风格。对于一位强调语言表达的作家，其作品往往具有独特的语言特色，可能包括丰富的修辞手法、精准的辞藻、富有音乐感的句子结构等。相反，对于强调简洁明了的语言观的作家，其作品可能更注重语言的朴素直白，力求表达得简练明了。

（2）对话风格与人物形象

作家的文学观影响着对话风格的选择。一些作家可能更倾向于生动、多样化的对话，以展现人物的性格和情感，营造更为真实的场景。而另一些作家可能更注重对话的象征性和隐喻，通过对话来传递更深层次的思考和意义。

（3）叙述手法与情感表达

文学观对作家叙述手法的选择产生深远影响。作家可能选择第一人称叙述以更贴近人物内心，也可能采用客观、冷眼的第三人称叙述来突显客观事实。这种选择直接关联到作品的情感表达方式，影响读者对作品情感的感知和体验。

4. 文学观对结构安排的塑造

（1）故事结构与主题追求

作家的文学观决定了对故事结构和主题的独特追求。一些作家可能更倾向于线性叙事，通过清晰的故事结构表达对特定主题的深刻思考。而另一些作家可能追求非线性、碎片化的结构，以呈现更为复杂、多维的文学图景。

（2）时间安排与叙述效果

文学观对时间安排产生重要影响。作家可能选择回溯叙事、闪回等手法，以突显故事中某一时刻的重要性。时间的处理方式直接关联到作品的节奏感和叙述效果，影响着读者对作品整体情节的理解和感知。

（3）空间设定与环境描绘

作家的文学观也影响着对空间的设定和环境描绘。一些作家可能注重创造细致入微的场景描写，通过对空间的精心塑造来丰富作品的视觉感受。而另一些作家可能更注重意象的构建，通过对抽象空间的设定来传递更深层次的思考。

5. 文学观对主题选择的引导

(1) 价值观与思想深度

作家的文学观直接决定了其对主题的选择。文学观中的价值观、思想深度决定了作家关注的核心议题。一些作家可能注重人性的探讨，选择以人物的内心矛盾和人生选择为主题；而另一些作家可能更关注社会问题，选择以社会现象和人际关系为主题。

(2) 对历史和文化的独特视角

文学观对作家对历史和文化的态度产生深刻影响。一些作家可能通过对历史事件的再现，揭示人类文明的兴衰；而另一些作家可能通过对文化碰撞和融合的描绘，表达对多元文化的尊重和探索。

(3) 对自然和人类命运的思考

作家文学观中的个体观念和宇宙观念决定了其对自然和人类命运的思考。一些作家可能深受人类存在的矛盾和命运的困扰，选择以个体的命运为主题；而另一些作家可能更注重自然界的力量和人与自然的关系，以此为主题进行创作。

6. 文学观对文学风格的整体影响

(1) 一贯性与多样性

作家的文学观在一定程度上决定了其作品的一贯性或多样性。一些作家可能持有相对稳定的文学观，致力于深入探讨某一特定主题或风格，形成较为一致的作品风格。而另一些作家可能更注重多样性，试图在不同作品中尝试不同的文学观和风格。

(2) 形式实验与传统延续

文学观对作家是否进行形式实验或延续传统也有影响。一些作家可能更愿意通过大胆的形式实验来挑战传统，创造出富有创新性的作品；而另一些作家可能坚守传统文学观，通过对传统形式的继承和发展来表达自己的文学理念。

7. 文学观对读者体验的影响

（1）情感共鸣与思考启发

作家的文学观直接影响着读者对作品的体验。当作家的文学观与读者的价值观和情感产生共鸣时，读者更容易在作品中找到情感共鸣，产生对作品的深刻体验。而作家的思想深度和对生活的深刻洞察也能够启发读者进行思考，使其在阅读中得到更为丰富的精神满足。

（2）观感反差与审美冲击

文学观的差异也可能带来观感反差和审美冲击。当作家的文学观与读者的期待和习惯相悖时，作品可能产生意想不到的观感反差，从而引起读者的审美冲击。这种冲击可能激发读者对文学的新思考，推动其对文学观的更新和拓展。

作家的文学观是作品风格形成的内在引擎，直接决定了作家在创作中的选择和追求。文学观通过对语言风格、结构安排、主题选择等多个方面的影响，塑造了作品独特的风格特征。作家的文学观不仅是个体创作者的创作灵魂，更是文学作品呈现多样性和深度的关键因素。深入理解作家文学观对作品风格的影响，有助于更全面地解读和欣赏文学作品，同时也为文学理论和批评提供了丰富的研究视角。

第三节　文学理论对作品的影响

一、文学理论的指导作用

1. 概述

文学理论作为对文学现象和创作实践的系统性思考和理论总结，在文学创作、研究和批评等方面发挥着重要的指导作用。本书将深入探讨文学理论在文学领域中的指导作用,分析其对文学创作、文学研究和文学批评等方面的深远影响。

2. 文学理论的定义与范畴

(1) 文学理论的概念

文学理论是对文学现象进行系统性反思和理论总结的学科,旨在解释文学作品的生成规律、表现形式和意义,提炼文学创作和阅读的基本原则。

(2) 文学理论的范畴

文学理论涉及众多范畴,包括但不限于结构主义、形式主义、后现代主义、女性主义、后殖民主义、文化批评等。每一种理论流派都以独特的视角和方法关注文学现象,对文学的理解和解读产生深远影响。

3. 文学理论在文学创作中的指导作用

(1) 创作观念与文学创新

文学理论对作家的创作观念具有重要的塑造作用。不同的理论观念会影响作家对创作目的、形式、主题的认知,激发作家进行实验性的文学创新。例如,结构主义理论强调结构的重要性,促使作家尝试新的叙事结构;后现代主义理论强调对传统叙事的颠覆,推动作家打破规矩,进行更为自由的创作。

(2) 文学语言与表达风格

文学理论对文学语言和表达风格的探讨也为作家提供了指导。例如,形式主义注重语言的自足性,促使作家精练语言,追求表达的精准度;女性主义关注女性语言和女性经验,推动作家在表达中更加关注性别话题。文学理论为作家提供了更加多元的语言和表达选择,拓展了文学的表现力。

(3) 主题和意义的思考

文学理论通过对文学作品中主题和意义的深入研究,为作家提供了对人性、社会和存在等方面的深刻思考。例如,后殖民主义理论关注殖民历史的后果,启发作家反思文化冲突和认同;生态批评强调人与自然的关系,引导作家关注环境问题。文学理论的深入思考激发了作家对作品主题和意义的更为深刻的思考，使其创作更具思想深度。

4. 文学理论在文学研究中的指导作用

（1）文学批评方法与框架

文学理论为文学研究提供了多种批评方法和分析框架。不同的理论视角引导学者对文学作品进行深入的解读和分析。例如，结构主义强调文本内部结构，推动学者通过对文本结构的解析来理解其意义；后现代主义强调解构和多元性，促使学者关注文本中的多样性和多义性。文学理论为文学研究提供了丰富的分析工具，拓宽了文学批评的视野。

（2）文学史和文化背景

文学理论对文学史和文化背景的研究提供了深刻的启示。理论观念有助于学者更好地理解文学作品在特定历史和文化语境中的生成和影响。例如，文化批评通过文学作品探讨文化问题，揭示文学与社会文化的互动关系。理论的指导使文学研究更具深度和广度。

（3）文学流派和影响力研究

文学理论对文学流派和文学影响力的研究有着深远影响。通过理论的引导，学者更容易辨认和理解不同文学流派的形成和发展规律，分析作家对后世文学的影响。例如，结构主义为文学流派的分类提供了理论依据，便于学者研究文学发展的历史脉络。

5. 文学理论在文学批评中的指导作用

（1）评价标准和审美观念

文学理论为文学批评提供了评价标准和审美观念。不同理论流派对文学作品的价值和审美有着不同的看法，引导批评家进行更有深度的评析。例如，结构主义关注文本结构，强调客观性；而后现代主义强调主观性和多元性，推动批评家关注作品的复杂性和多义性。文学理论的指导使得批评在评价作品时能够更加系统和全面，考虑到不同理论观点的影响。

(2)解读与解构

文学理论引导批评家进行更深层次的解读和解构。结构主义理论强调文本内在的结构和符号系统,促使批评家通过对符号的解读揭示文本的深层含义;后现代主义理论强调对传统叙事的解构,鼓励批评家关注故事中的断裂和多样性。文学理论的指导使得批评在解读作品时更具深度和维度。

(3)文学批评的多元性

不同的文学理论为文学批评提供了多元的视角和方法。批评家可以根据不同的理论观念选择适合的分析方法,使得文学批评更具多样性和开放性。例如,从女性主义角度审视文学作品将关注性别问题,而从后殖民主义角度审视则会聚焦于文化冲突和身份认同。文学理论的多元性拓展了文学批评的研究领域,使其更加丰富和有深度。

6. 文学理论的应用与挑战

(1)文学理论的应用

文学理论在文学领域的应用不仅体现在创作、研究和批评中,还在文学教育、文学产业等多个方面发挥着积极的作用。在教育中,理论的传授有助于培养学生对文学作品的深入理解和批判性思维。在产业中,理论的应用有助于出版社、影视公司等更好地理解文学市场需求,提高文学作品的质量。

(2)文学理论的挑战

然而,文学理论也面临一些挑战。首先,不同理论流派之间存在分歧,对同一作品可能有不同的解读,这可能导致理论的相对性和主观性。其次,一些理论的引入可能使得文学作品被过度解构,忽略了作品本身的独立存在和独特价值。最后,文学理论的发展也面临着时代变迁和思想潮流的挑战,一些传统理论可能难以适应当代文学的多元性和复杂性。

综合来看,文学理论在文学领域中发挥着不可忽视的指导作用。它影响了文学创作的观念、语言和主题选择,拓展了文学研究的深度和广度,丰富了文学批评的视野和方法。然而，理论的应用也面临着一些挑战，需要在不同理论之间寻求平衡，充分发挥各种理论的长处，为文学的繁荣做出更多贡献。在未来，文学理论将继续与文学实践相互影响，共同推动文学领域的发展。

二、典型文学理论对经典作品的解读

文学理论是文学研究的理论基石，通过不同的文学理论来解读经典作品，可以为读者提供多层次、多角度的理解。典型文学理论包括结构主义、后现代主义、女性主义、马克思主义等，它们各自强调不同的文学元素和观点，对于经典作品的解读起到了重要的指导作用。本书将通过对几种典型文学理论的介绍，以及运用这些理论对几部经典作品进行解读，探讨文学理论对于经典作品的深化理解的作用。

（一）结构主义理论的解读

结构主义理论强调文本中的结构和关系，认为文学作品中的意义来自于各种元素之间的关联。在结构主义的解读下，经典作品可以被看作是一个有机的整体，每个元素都在整体结构中发挥着独特的作用。以《百年孤独》为例，结构主义理论可以帮助读者理解马尔克斯是如何通过时间轴的错综复杂的结构，展现布恩迪亚家族七代人的兴衰和城市马科纳的百年历史的。

结构主义关注的还包括符号学和符号的解读。在解读《红楼梦》时，结构主义可以帮助读者理解作品中各种象征和隐喻的符号，从而揭示出贾宝玉、林黛玉等人物的象征意义，以及小说中描绘的宏伟社会结构的内在关系。

（二）后现代主义理论的解读

后现代主义理论强调对传统叙事结构的颠覆和对真实性的怀疑。在后现代主义的解读下，经典作品常常被看作是对传统文学规范的一种反叛。以《无人生还》为例，后现代主义理论可以帮助读者理解阿加莎·克里斯蒂是如何通过颠覆传统侦探小说的叙事结构，以及通过多重视角、时间线的交错呈现，挑战读者对真相的认知。

后现代主义理论还关注语言的游戏和符号的多义性。在解读《等待戈多》时，后现代主义理论可以帮助读者理解贝克特是如何通过语言的重复、反复，以及角色间的荒诞对话，来表达存在的无意义和等待的虚无感。

（三）女性主义理论的解读

女性主义理论强调性别在文学中的角色和对女性经验的关注。在女性主义的解读下，经典作品可以被重新审视，揭示其中潜在的性别权力关系。以《简·爱》为例，女性主义理论可以帮助读者理解勃朗特是如何通过简的自立、对抗传统婚姻观念的形象，探讨女性在19世纪社会中的地位。

女性主义理论还关注女性角色的心理描写和叙事视角。在解读《傲慢与偏见》时，女性主义理论可以帮助读者理解奥斯汀是如何通过伊丽莎白·班内特这一聪明独立的女性角色，以及对婚姻的反思，呈现出女性在当时社会中的挣扎和追求。

（四）马克思主义理论的解读

马克思主义理论关注文学作品中的社会现实和阶级斗争。在马克思主义的解读下，经典作品可以被看作是社会结构和阶级矛盾的反映。以《雾都孤儿》为例，马克思主义理论可以帮助读者理解狄更斯是如何通过描绘伦敦的社会底层和上层，以及通过奥利弗的艰苦经历，揭示出当时社会阶级固化和社会不公的问题。

马克思主义理论还关注作品中的意识形态和对现实的批判。在解读《1984》时，马克思主义理论可以帮助读者理解奥威尔是如何通过对极权主义社会的描绘，以及通过主人公温斯顿的思想斗争，表达对当时社会制度的批判和警示。

通过对几种典型文学理论的解读，我们可以看到每一种理论都从不同的角度为我们提供了理解经典作品的新视角。结构主义关注整体结构和符号的关系，后现代主义挑战传统叙事结构和强调语言的多义性，女性主义关注性别角色和女性经验，马克思主义关注社会现实和阶级斗争。这些理论的运用不仅为经典作品提供了深刻的解读，也为读者提供了更加丰富和多元的文学体验。

三、文学理论对当代作品的影响

文学理论在当代文学创作中扮演着重要的角色，它不仅指导着作家们对文学形式和主题的思考，也为读者提供了更加深刻和多元的阅读体验。本书将通过对几种主要文学理论在当代作品中的影响进行分析，探讨文学理论对当代文学的塑造和推动作用。

（一）后现代主义理论的影响

后现代主义理论强调对传统叙事结构和现实的怀疑，对语言的多义性和游戏进行探讨。在当代文学中，后现代主义的影响广泛存在于小说、诗歌和戏剧等各个领域。

在小说方面，后现代主义对叙事结构的颠覆和实验性的写作风格产生了深远的影响。以大卫·福斯特·华莱士的《无尽的笑话》为例，小说通过错综复杂的情节结构、多视角叙述以及对语言的巧妙运用，展现了后现代主义对传统小说形式的挑战。这种对叙事规范的颠覆不仅让读者面临更大的阅读挑战，也让小说更具有思辨性和反思性。

在诗歌领域，后现代主义的影响表现为对传统格律和韵律的突破。例如，美国诗人 E.E. 卡明斯通过他的自由诗风格，拓展了诗歌表达的可能性，使诗歌更加贴近生活的细枝末节。后现代主义的诗歌强调语言的灵活性，注重对生活细节的关注，为当代诗歌注入了新的活力。

在戏剧方面，后现代主义的影响体现在对舞台表现形式和剧本结构的挑战。塞缪尔·贝克特的《等待戈多》是后现代戏剧的代表作之一，通过对话的断裂和虚无的场景，贝克特呈现出一种对存在的深刻怀疑。这种非线性的戏剧结构和对语言的拆解，激发了观众对戏剧本质的思考。

（二）后殖民主义理论的影响

后殖民主义理论强调对殖民历史的批判和对文化身份的重新建构。在当代文学中，后殖民主义的影响体现在对历史故事的重新叙述、对文化冲突的关注以及对身份认同的思考。

在小说领域，后殖民主义的影响呈现出对历史叙事权的争夺。例如，阿尔金·伯纳德的《透明的季节》通过对殖民历史的重新叙述，突显了非洲殖民地时期的剥削和压迫，使读者对历史产生更为深刻的认识。同时，小说中融入本土文化元素，展现了文化的复兴和自我发现。

在诗歌方面，后殖民主义的影响体现在对语言的创新和对文化多元性的关注。例如，印度诗人阿鲁恩达蒂·罗伊通过她的诗歌作品，表达了对全球化背景下文化多元性的担忧，她对语言的灵活运用和对社会不公的关切，使她的诗歌充满了后殖民主义的思想。

在戏剧领域，后殖民主义的影响主要体现在对殖民历史的审视和对文化冲突的揭示。南非剧作家阿瑟·费根的《等待巴巴罗》通过对种族隔离时期的历史故事的讲述，揭示了殖民主义对社会和人性的伤害。戏剧中融入非洲传统文化元素，强调文化认同的重要性。

（三）**女性主义理论的影响**

女性主义理论关注性别在文学中的角色和女性经验。在当代文学中，女性主义的影响体现在对女性角色的深刻描写、对性别权力关系的反思以及对女性经验的关注。

在小说方面，女性主义的影响表现为对女性形象的重新定位和对女性经验的关切。玛格丽特·阿特伍德的《使女的故事》通过未来社会中女性地位的恶化，揭示了对妇女权益的关切，使读者对性别问题产生深刻思考。小说中对女性角色的塑造，强调女性的力量和抗争，为当代女性提供了一种自我认同的可能性。

在诗歌领域，女性主义的影响主要体现在对女性身体、情感和社会地位的表达。例如，西尔维娅·普拉斯的诗歌通过对女性身体的赞美和对爱情、性别的深刻思考，展现了女性主义对诗歌的影响。这种表达方式强调女性的独立和自由，对传统女性角色的重新定义。

在戏剧方面，女性主义的影响主要体现在对女性命运的关切和对家庭、社会中的性别关系的审视。苏珊·洛里·帕克的《敬爱的》通过对女性在家庭中的角色和权力关系的探讨，呈现了女性在当代社会中的挣扎和反抗。戏剧中通过对女性情感、欲望的真实描写，强调女性个体的复杂性和多样性。

（四）跨文化主义理论的影响

跨文化主义理论强调不同文化之间的对话和相互影响。在当代文学中，跨文化主义的影响体现在对多元文化体验的呈现、对文化差异的理解以及对全球化背景下身份认同的探讨。

在小说领域，跨文化主义的影响表现为对不同文化背景的故事和人物的关注。阿米特·沙的《在陌生的国度》通过描述印度与美国之间的文化冲突，呈现了全球化背景下个体的身份认同的复杂性。小说中运用多语言、多文化元素，为读者提供了更为开放和包容的文学体验。

在诗歌领域，跨文化主义的影响体现在对文化交融和身份认同的思考。诗歌中的跨文化元素丰富了表达方式，使诗歌更具有全球性的观照。

在戏剧方面，跨文化主义的影响主要表现在对全球化时代的关切和对文化碰撞的探讨。戏剧通常通过对跨文化交流的刻画，展现了在全球化时代个体所面临的挑战和机遇。

文学理论对当代作品的影响是多方面的、深刻的。不同的理论视角为作家提供了丰富的创作灵感和表达方式，同时也为读者提供了更为多元的阅读体验。后现代主义的叙事实验、后殖民主义的历史反思、女性主义的性别关切、跨文化主义的全球化观照，都为当代文学注入了新的活力和深度。这些理论不仅引导着作品的创作，也引领着读者对作品的解读。在未来，文学理论将继续在当代文学中发挥着引领和启发的作用，推动文学的不断创新和发展。

第四节　文学奖项与文学理论的互动

一、文学奖项对理论创新的推动

文学奖项作为文学界的一项重要荣誉，不仅是对作家创作成就的认可，也是对文学理论创新的推动。文学奖项通过对杰出作品的表彰，不仅鼓励了作家的创作热情，也推动了文学理论的不断进步和创新。本书将探讨文学奖项在推动理论创新方面所发挥的作用，并通过一些具体案例进行分析。

（一）奖项对新颖创意和实验性文学的推动

文学奖项通常对那些具有新颖创意和实验性的作品给予高度评价，这为作家们尝试新的文学形式、风格和主题提供了动力。这种推动作用对文学理论的创新有着深远的影响。

实验性文学的认可：例如，布克奖通常对具有实验性和创新性的作品给予高度评价。2000年的布克奖得主玛格丽特·阿特伍德的《盲眼刺客》就是一部融合了实验性写作和多种文学元素的作品，其成功获奖为实验性文学被认可提供了重要的支持。

突破传统叙事结构：文学奖项的关注点不仅局限于传统的叙事结构，还包括对于非线性结构、多重叙述和复杂的时间线的作品的认可。这种推动促使了作家们挑战传统叙事模式，对文学理论的发展产生了积极影响。

对多元文化和多语言表达的支持：一些国际性的文学奖项，如诺贝尔文学奖，对于那些展现多元文化和多语言表达的作品的青睐，为全球范围内文学的多样性和包容性提供了推动。

通过这些实例可以看出，文学奖项鼓励作家们在创作中突破传统，大胆尝试新的艺术表达方式，从而推动了文学理论的创新。

（二）奖项对社会议题和文学批评的关注

文学奖项通常对那些关注社会议题、对时代现象进行深刻反思的作品给予高度评价。这种推动作用促使作家们关注社会问题，通过文学作品对社会进行批判和反思，从而推动了文学批评的发展。

社会问题的关注：例如，曾获普利策小说奖的《医生的翻译员》（Jhumpa Lahiri 著）关注印度裔美国人与印度人之间的身份认同和文化冲突，通过文学的方式深刻地反映了社会问题。这种关注社会问题的作品推动了对社会议题的文学理论研究。

对文学与政治关系的思考：一些文学奖项对那些通过文学作品进行政治表达和反思的作品给予肯定。例如，诺贝尔文学奖曾多次颁给那些在文学中表达对权力、压迫和不公正的关切的作家，推动了文学与政治关系的深入思考。

文学与社会变革的联系：文学奖项的评选不仅关注作品本身的文学价值，还关注作品对社会变革的影响。一些关注人权、平等和社会公正的作品因其积极的社会影响而受到奖项的推崇。

通过以上案例可以看出，文学奖项通过对社会问题关注的作品的肯定，激发了作家们对社会现象进行深入思考的动力，从而推动文学理论对社会议题的深度研究。

（三）奖项对文学多元性和包容性的推动

文学奖项通常注重对文学多元性和包容性的推动，这有助于推动文学理论更加开放和多元地发展。

对文学多元性的支持：一些文学奖项对各种文学风格、题材和文化背景的作品都给予了平等的关注，这推动了文学多元性的发展。例如，美国国家图书奖鼓励和肯定了各种文学形式的作品，无论是小说、诗歌还是散文。

对边缘文学的关注：一些奖项注重对那些传统上被边缘化的文学形式或文学题材的关注，为这些边缘文学带来了更多的关注和认可。例如，哈莱姆·马拉木的《文学在什么地方》获得的诺贝尔文学奖，引起了对非裔美国文学的更多关注。

对文学边界的突破：一些奖项鼓励作家们在文学创作中突破传统文学边界，将不同艺术形式融合，创造出新的文学形式。

（四）奖项对文学翻译和国际交流的促进

文学奖项通常对文学翻译和国际文学的关注起到推动作用，这有助于文学理论更好地理解和欣赏不同文化之间的联系。

对翻译文学的重视：一些文学奖项特别设立了翻译文学奖，用于表彰在文学翻译领域做出卓越贡献的翻译家。这种重视推动了不同文化之间的相互理解，促使文学理论更加注重跨文化研究。

国际性奖项的设立：一些文学奖项具有强烈的国际性，如国际布克奖、诺贝尔文学奖等。这些奖项的设立推动了不同国家和文化之间的文学交流，为文学理论提供了更广阔的研究领域。

对多语言作品的认可：一些奖项关注非颁发国母语作品，通过奖励在其他语言中取得卓越成就的作家，鼓励了多语言文学的发展，为文学理论提供了跨文化、多语言的视角。

通过以上几点分析，可以看出国际性文学奖项在推动文学理论创新方面起到了积极的作用。奖项不仅对实验性文学、关注社会问题的作品、多元文学形式和国际文学的推动起到了直接作用，而且通过对这些作品的认可，间接地对文学理论的发展产生了深远的影响。

然而，需要注意的是，文学奖项对文学理论创新的推动也面临一些挑战。有时奖项可能受到主流文学观念的影响，导致对某些边缘或实验性的作品的忽视。此外，一些奖项评选过程中可能受到商业化、政治化等因素的影响，导致评选结果受到争议。这些问题需要被关注和反思，以确保文学奖项能够更全面、公正地推动文学理论的创新。

综合来看，文学奖项在推动文学理论创新方面发挥着重要作用。通过对实验性文学、关注社会问题的作品、文学多元性和国际文学的认可，奖项为作家提供了创作的动力，也为文学理论的不断进步和创新提供了有力支持。然而，在推动的过程中，我们也要审慎对待奖项评选的问题，以确保它们对文学理论的推动是积极、全面且公正的。文学奖项与文学理论的关系是相互促进、相互影响的，它们共同推动了文学的繁荣和发展。

二、文学理论在评奖过程中的作用

文学奖项的评选过程是一个复杂而精密的体系，而文学理论在其中扮演着关键的角色。文学理论不仅影响着评委对作品的解读和评价，还塑造着奖项的标准和价值取向。本书将深入探讨文学理论在文学奖项评选过程中的作用，以及其对评选标准、作品选择和文学发展的影响。

（一）文学理论对评选标准的制定和演变

文学理论对标准的指导：文学理论为奖项的评选标准提供了理论基础和指导。不同的文学理论视角导致不同的评选标准，例如，结构主义可能强调作品的形式和结构，后现代主义可能关注实验性和反传统，而女性主义可能关注性别角色的刻画。

理论演变与评选标准的变迁：随着文学理论的不断演变，评选标准也在相应地变化。例如，20世纪末后现代主义的兴起推动了对传统叙事结构的挑战，这在评选中反映为对实验性和非线性结构的更多关注。

跨文化视角的引入：文学理论的发展也推动了对跨文化、多元文学形式的认可。例如，跨文化主义理论的兴起使得奖项更加注重来自不同文化背景的作品，拓宽了评选的国际视野。

(二) 文学理论对作品解读和评价的影响

理论视角的引导：评委在对作品进行解读和评价时，往往会受到自己所持的文学理论观点的影响。这些理论观点可能来自于结构主义、后现代主义、女性主义、马克思主义等各种文学理论。

理论对作品价值的诠释：不同的文学理论会对作品的价值产生不同的诠释。例如，后现代主义理论可能认为实验性的写作形式更具价值，而女性主义理论可能强调对女性经验的关注。

文学理论的争论与多元观点：在评选过程中，不同评委可能持有不同的文学理论观点，这导致了评选中的理论争论。这种争论既是评选过程中的挑战，也是推动文学理论多元发展的机遇。

(三) 文学理论对奖项的影响

奖项的文学理论取向：不同的奖项可能有不同的文学理论取向。例如，布克奖更偏向于对后现代、实验性文学的认可，而诺贝尔文学奖则更注重对人道主义、社会责任感的关注，这反映了不同奖项对文学理论的偏好。

奖项的社会影响：奖项的评选结果直接影响着作家的声誉和作品的传播。因此，奖项的文学理论取向也在一定程度上塑造着社会对文学的认知和评价标准。

奖项对文学潮流的引领作用：一些具有权威性和国际影响力的奖项，如诺贝尔文学奖，往往能够引领全球文学潮流。奖项对特定文学理论的偏好会在一定程度上影响全球文学发展的方向。

(四) 文学理论对奖项评审团队的影响

评审团队的理论多元性：评审团队的理论多元性对评选具有重要意义。

具有不同文学理论背景的评审可以为奖项提供更全面、多元的视角，更好地反映当代文学的多样性。

理论争论与评选过程的挑战：不同理论观点之间的争论可能会在评选过程中引起一些挑战。评审团队需要在理论多元性和评选效率之间寻找平衡，确保评选过程的公正和客观。

评审团队的文学影响力：评审团队的成员通常是文学领域的权威人士，他们的理论观点和评价往往具有较高的文学影响力。因此，评审团队的文学理论立场对于奖项的权威性和公信力具有重要影响。

（五）文学理论在奖项评选中的挑战和争议

理论的主流化和边缘化：一些奖项可能更倾向于主流的文学理论，而较少关注实验性、边缘化的理论观点，这可能导致某些作品和理论被边缘化。

文学理论的变革与传统：部分奖项可能受传统文学理论的束缚，对于新兴的文学理论和新颖的创作风格不够开放。这可能使得某些在文学理论上有突破性的作品难以得到充分的认可和肯定。

文学理论的政治化和商业化：有时，奖项评选过程可能受到政治化和商业化的影响，导致评选结果偏离文学理论的本质。这引发了一些争议，认为奖项的选择更多地受到外部因素的干扰，而非纯粹的文学评价。

理论的相对性：不同文学理论之间存在相对性和主观性，评选过程中难以避免主观性的因素。评审团队可能存在理论上的倾向，使得一些优秀作品因理论立场的不同而得失不同的关注。

（六）应对挑战的可能策略

理论多元性的鼓励：奖项组织可以鼓励评审团队的理论多元性，确保团队中包含有不同文学理论背景的评审。这有助于避免理论的偏见，更全面地评估作品的价值。

公开透明的评选流程：奖项组织应当建立公开透明的评选流程，确保评选过程的公正性和客观性。这可以包括评审标准的明确、评审意见的公开、评审团队的组成等方面。

与时俱进的评选标准：奖项组织应当定期审视和更新评选标准，使其与时俱进，能够反映当代文学理论的发展。这有助于奖项更好地引领文学潮流，推动文学理论的创新。

独立性的维护：奖项组织应该保持独立性，不受外部政治、商业等因素的干扰。这有助于确保奖项评选的专业性和文学价值的权威性。

重视作品本身的价值：在评选过程中，应该更加注重作品本身的文学价值，而非过度强调某一特定的文学理论。这有助于确保作品因其独特的艺术贡献而受到认可。

文学理论在文学奖项评选过程中发挥着不可忽视的作用。它影响着奖项的评选标准、作品的解读和评价，塑造着奖项的文学取向。然而，文学理论的作用也面临着挑战和争议。在应对这些挑战时，奖项组织需要坚持公正、透明的原则，鼓励理论的多元性，保持独立性，重视作品本身的文学价值。只有这样，文学理论才能更好地促进奖项评选的公正性、客观性，推动文学的繁荣和发展。

三、文学奖项与文学理论的反哺关系

文学奖项和文学理论之间存在一种相互关系，文学奖项作为文学界的一项重要荣誉，不仅对作家的创作产生深远的影响，同时也在一定程度上决定了文学理论的发展方向。反之，文学理论的发展也影响着文学奖项的评选标准和取向。本书将深入探讨文学奖项与文学理论之间的反哺关系，从两者相互塑造的角度进行综合分析。

（一）文学奖项对文学理论的反哺

奖项作为理论的认可与引领：获得文学奖项通常被视为对一位作家在

文学创作上的杰出认可。这种认可不仅对个体作家的事业发展有着深远的影响,也为其所持的文学理论观点赋予了更高的权威性。因此,当某一种文学理论的代表性作品获得奖项时,这也就意味着对该理论的认可和引领。

奖项对实践性文学理论的推动:奖项通常更加关注实践性强、具有创新性的文学作品。当一位作家的实践性文学理论在作品中得到成功应用并获得奖项时,这也就为该理论提供了实践的验证,推动了该理论在文学界的影响力。

奖项对文学多元性的支持:奖项的评选过程中往往注重对不同文学形式、风格和主题的支持。这有助于推动文学理论的多元发展,促使作家在创作中尝试和探索不同的理论取向,使文学理论更加开放和包容。

奖项对文学流派的塑造:一些具有代表性的文学奖项,如布克奖、诺贝尔文学奖,对特定文学流派的作品给予了高度认可。这种认可影响着该文学流派的发展方向,同时也为相关的文学理论提供了重要的支持。

(二) 文学理论对文学奖项的反哺

理论关乎奖项在评选中的标准:文学理论的发展影响着奖项评选标准的制定和演变。例如,后现代主义理论的兴起促使奖项更加注重实验性和非线性结构的作品,而女性主义理论的发展也使得关注性别议题的作品更容易受到认可。

理论对奖项评审团队的影响:文学理论的影响力往往体现在奖项评审团队的组成中。拥有特定文学理论背景的评审成员可能更倾向于评选与其理论观点相符的作品,这也就在一定程度上塑造了奖项的文学取向。

理论关乎奖项在社会中的影响:文学理论的传播和接受程度也影响着奖项在社会中的影响力。当某一种文学理论受到广泛认可时,与之相关的作品更容易受到奖项的关注,奖项评选结果也更有可能引起社会的广泛关注。

理论对奖项的挑战和改革:随着文学理论的发展,一些新兴理论观点可能挑战传统奖项的评选标准。这可能引发奖项组织对评选标准的反思和调整，推动奖项的改革。

(三) 文学奖项与文学理论的争议

偏好主流与边缘：一些文学奖项可能更倾向于主流文学流派，而对边缘化的文学理论和作品缺乏足够的关注。这使得一些作品和理论无法得到应有的认可，引发了关于奖项是否应更加开放和包容。

商业化与文学价值：一些奖项的评选过程可能受到商业化的影响，作品的商业潜力成为评选的重要考量。这引发了关于奖项是应更注重文学价值还是商业利益的争议，文学奖项是否应该更加独立于商业化的考量。

政治化的争议：奖项评选结果有时会受到政治化的影响，某些作品因其涉及政治敏感话题而受到追捧或者被忽视。这引发了关于奖项是否应该更加专注于文学本身，避免过多参与政治争议。

理论的相对性：不同文学理论之间存在主观性和相对性，评选过程中的理论取向可能导致不同评审团队对作品的不同评价。这引发了关于评选过程是否应更加客观和公正的争议。

(四) 构建协同关系的可能途径

理论多元性的鼓励：为了建立更加协同的关系，奖项设立组织可以鼓励评审团队的理论多元性。确保评审团队中包含有不同文学理论背景的评审，以避免理论的偏见，更全面地评估作品的价值。

文学奖项的公开透明：提高评选过程的公开透明度，使评选标准、评审流程等更加明确。这有助于建立更加信任的关系，使文学理论与奖项评选更加协同。

奖项的定期审视和调整：定期审视奖项的评选标准和取向，使其能够反映当代文学理论的发展。这有助于奖项更好地引领文学潮流，推动文学理论的创新。

以作品本身的价值为重：在评选过程中更加注重作品本身的文学价值，而非过度强调某一特定的文学理论。这有助于确保作品因其独特的艺术贡献而受到认可。

文学奖项与文学理论之间存在着紧密的关系,它们相互影响、相互塑造。奖项通过对作品的认可和引领,推动了某些文学理论的发展,使其在学术界和文学实践中得到更广泛的应用。文学理论通过影响奖项的评选标准、评审团队和社会影响,也在一定程度上塑造了奖项的文学取向。在这种相互关系中,需要在文学奖项的评选过程中更加注重文学理论的多元性,避免过度偏好特定的理论观点,以建立更加协同和平衡的关系,推动文学的繁荣和发展。

第五节 大众文学与文学理论的关联

一、大众文学的定义与特征

大众文学是一个多层次、多元化的文学范畴,其定义和特征受到时代、文化、社会等多种因素的影响。在全球化和数字化的背景下,大众文学在文学领域中的地位日益突显。本书将深入探讨大众文学的定义及其特征,分析其在当代文学中的重要性和影响。

(一)大众文学的定义

广义定义:大众文学是广泛流行于社会大众中的文学形式,其作品通常具有易读性、广泛传播性和大众接受度高的特点。这类文学作品往往以通俗、轻松、幽默为特色,能够引起广泛的读者兴趣。

狭义定义:大众文学也可以指代商业化的文学作品,即通过大规模出版、广告、市场推广等手段,以获取更多读者和更高销量为目标的文学创作。这类文学作品往往注重市场反馈,以商业成功为重要指标。

数字时代的定义:随着数字技术的普及,大众文学的定义也包括在互联网平台上广泛传播的文学内容。这类作品可能是网络小说、社交媒体上的短篇故事,以及通过在线渠道进行传播的各类文学形式。

(二)大众文学的特征

通俗易懂:大众文学的作品通常具有通俗易懂的特点,语言简单明了,情节紧凑,让广大读者容易理解和接受。这有助于打破文学作品的门槛,让更多人参与到文学的阅读体验中。

广泛传播:大众文学的特征之一是其广泛传播的能力。这可以通过传统的出版渠道,也可以通过数字平台的在线发布和分享。大众文学的作品更容易迅速传播,触达更广泛的读者群体。

情节引人入胜:大众文学作品往往注重情节的设置和发展。通过引人入胜的故事情节,大众文学能够激发读者的兴趣,使其沉浸于作品中,形成更强烈的阅读欲望。

强调群体共鸣:大众文学常常关注社会大众共同关心的话题,强调与读者的情感共鸣。通过描绘生活中的普遍经历和情感,大众文学能够拉近作品与读者之间的距离,建立更紧密的联系。

商业取向:一些大众文学作品具有明显的商业取向,其创作者可能更注重市场反馈和商业成功。这种商业取向常常反映在作品的创作风格、宣传手段等方面。

多元的文学形式:随着科技的发展,大众文学的形式也变得更加多元。除了传统的小说、散文,还包括网络小说、微小说、漫画、短视频等多种文学表达形式。

社交化:大众文学在数字时代更容易实现社交化。读者可以通过评论、点赞、转发等方式参与到文学作品的传播中,形成更加活跃的文学社交圈。

反映时代特征:大众文学作为与大众生活息息相关的文学形式,往往能够更敏锐地反映时代的特征。作品中的情节、人物、主题往往与当下社会、文化和价值观息息相关。

（三）大众文学的重要性

拓宽文学参与群体：大众文学的通俗易懂、广泛传播的特点使得更多的人能够轻松参与到文学的阅读中。这有助于拓宽文学参与群体，使文学更加贴近人们的生活。

促进文学的传承和发展：大众文学作为一种受欢迎的文学形式，有助于促进文学的传承和发展。通过引入更多的读者，大众文学有助于传递文学的核心价值和文学传统。

反映社会多元性：大众文学作为广泛传播的文学形式，往往更容易反映社会的多元性。作品中可能涵盖不同文化、不同群体的生活和经历，有助于促进文学的多元化。

数字时代的文学表达：在数字时代，大众文学作为一种数字化的文学形式，能够更灵活地适应新媒体环境，使文学表达更加多元化和具有创新性。

推动文学产业发展：大众文学的商业取向和广泛传播的特点有助于推动整个文学产业的发展。通过吸引更多读者，文学市场得到扩大，促进了作品的创作、出版、销售等环节的繁荣。

促进文学与其他艺术形式的融合：大众文学在情节设置和故事叙述上更加注重通俗性，这使得它更容易与其他艺术形式进行融合，如电影、电视剧、音乐等。这种融合有助于文学在不同媒体之间的互动和交流。

提升文学的社会影响力：大众文学由于广泛传播，通常能够更迅速地引起社会关注。作品中涵盖的社会话题和热点问题，能够更有效地引起公众的思考和讨论，提升文学在社会中的影响力。

构建文学社交平台：在数字时代，大众文学作为社交媒体上的一种文学形式，促进了文学社交平台的形成。读者可以通过社交媒体平台分享、评论、互动，形成更加紧密的文学社区。

（四）大众文学的挑战和问题

商业取向与文学质量的平衡：一些大众文学作品可能过于注重商业成

功，而忽略了对文学质量的追求。这导致一些作品在商业上取得成功，但在文学价值上存在争议。

市场竞争与同质化：大众文学市场的竞争激烈，一些作品可能为了迎合市场需求而同质化。这使得一些文学作品在情节、风格上显得相似，缺乏创新和独特性。

数字时代的信息过载：在数字时代，大众文学作为一种数字化的文学形式，可能会面临信息过载的问题。读者面对海量的文学内容，可能难以筛选和选择高质量的作品。

社交媒体的碎片化：大众文学在社交媒体上的传播往往呈现碎片化的特点，短篇、碎片化的阅读可能影响读者对整体文学作品的深度理解。

文学审美与大众口味的平衡：大众文学往往需要在追求广泛接受的大众口味的同时，保持一定的文学审美水准。这是一个需要平衡的难题，不同作品可能在这方面有不同的取舍。

（五）应对挑战的可能策略

注重文学质量：为了解决商业取向与文学质量的平衡问题，大众文学创作者和出版机构可以注重提升作品的文学质量。这包括对情节、人物、语言等方面进行精雕细琢，确保作品在商业成功的同时不失其文学深度。

鼓励创新和多样性：在市场竞争激烈、同质化问题突出的情况下，大众文学需要鼓励创新和多样性。创作者可以尝试新颖的题材、独特的叙事结构，以区别于其他作品，为读者提供更丰富的选择。

建立高质量的数字平台：在数字时代，大众文学作为数字化的文学形式需要建立高质量的数字平台。这包括通过优秀的网站、应用程序等提供更好的阅读体验，同时通过推荐算法等工具帮助读者发现高质量的作品。

培养文学评论和评价机制：为了帮助读者筛选高质量的作品，大众文学可以培养更加丰富和专业的文学评论和评价体系。这有助于提供更多的参考和指导，引导读者选择优秀的作品。

强调文学教育和素养：提升读者的文学素养，使其能够更好地辨别和欣赏高质量的文学作品。这可以通过加强文学教育，推动文学素养的培养和提升。

平衡社交化与深度阅读：在社交媒体上推广大众文学的同时，也要注意平衡社交化和深度阅读。鼓励读者在社交平台上进行分享和互动的同时，注重整体作品的完整性，引导读者进行更深入的阅读。

大众文学作为一个多元、广泛传播的文学形式，扮演着重要的角色。其通俗易懂、广泛传播的特点使得更多的人能够参与到文学的阅读中，拓宽了文学的参与群体。在数字时代，大众文学作为一种数字化的文学形式，更加适应了快速变化的媒体环境，推动了文学产业的发展。然而，随着这种形式的发展，也面临着一系列的挑战，如商业化取向、同质化问题、信息过载等。

为了应对这些挑战，大众文学可以通过注重文学质量、鼓励创新和多样性、建立高质量的数字平台、培养文学评论和评价机制、强调文学教育和素养，以及平衡社交化与深度阅读等策略来实现持续发展。

大众文学的发展不仅是文学创作者和出版机构的责任，也需要社会各界的共同努力。通过建立更加丰富的文学生态系统，使得大众文学既能够满足读者广泛的阅读需求，又能够保持文学的深度和创新。在这个过程中，关注文学的社会责任、促进文学与其他艺术形式的融合，以及弘扬文学的核心价值，都将有助于大众文学在当代文学领域中更好地发挥其作用。

总的来说，大众文学的定义和特征在时代的演变中不断发展和调整。其在数字时代的崛起为文学的传播和互动提供了新的可能性，同时也提出了新的挑战。在未来的发展中，大众文学有望在保持通俗易懂、广泛传播的特征的同时，更加注重文学质量、文学多元性和社会责任，推动文学的繁荣和创新。

二、大众文学与文学理论的对话

大众文学和文学理论是文学领域两个不同但紧密相连的领域。大众文学注重通俗易懂、广泛传播,致力于吸引更广泛的读者群体,而文学理论则是对文学现象进行深刻分析和解读的学科。它们之间的对话既是对文学现实的反思,也是对文学形式和意义的不断探讨。本书将深入探讨大众文学与文学理论之间的对话关系,分析它们的互动、冲突与共融。

(一)大众文学的发展与文学理论的回应

大众文学的兴起:随着社会的快速发展和媒体的普及,大众文学作为一种广泛传播的文学形式崭露头角。通俗易懂的特点使得大众文学更容易赢得读者的青睐,其内容涵盖了更广泛的生活领域,引起了社会的广泛关注。

文学理论的多元化回应:大众文学的崛起引发了文学理论的多元回应。不同学派的文学理论开始关注大众文学的现象,并提出不同的解读和评价。例如,后现代主义理论强调对通俗文化的关注,女性主义理论关注大众文学中的性别议题,文化研究理论关注文学与社会的关系等。

后现代主义对大众文学的影响:后现代主义理论在对大众文学的理解上起到了积极作用。其拒绝传统文学的固定边界,注重叙事的多样性和打破常规,与大众文学的通俗性相契合。这使得大众文学在后现代主义的框架下更容易获得理论上的认可。

文学理论对大众文学的挑战:然而,一些文学理论对大众文学提出了挑战。例如,一些理论家批判大众文学受到商业化、商品化的影响,认为其过于迎合市场需求,忽视了文学的社会责任。这种挑战使得大众文学不仅受到理论的赞誉,也受到批判。

（二）大众文学与文学理论的互动

共鸣与对话：大众文学与文学理论之间存在着共鸣与对话。在某些文学理论框架下，大众文学被赋予新的意义，被视为一种反抗传统、突破规范的文学形式。文学理论在解读大众文学时，也常常从多元化、叙事结构的创新等方面予以正面评价。

文学理论的启示：大众文学在与文学理论的对话中获得了理论的启示。文学理论对于文学形式、语言、叙事结构等方面的深入分析，为大众文学提供了创新的思路。这种启示有助于大众文学更好地理解自身在文学传统中的位置，提高文学质量。

大众文学的挑战与文学理论的反思：大众文学的崛起也对传统文学理论提出了一些挑战，促使文学理论反思其对于文学形式、审美标准的固有观念。文学理论需要更加开放地对待大众文学，认真倾听其声音，并适应文学发展的新趋势。

文学理论引导大众文学的创新：一些先进的文学理论为大众文学的创新提供了引导。例如，女性主义理论对于关注大众文学中的女性形象和性别议题提供了独特的视角，激发了一系列以女性为主题的大众文学作品。

大众文学作为理论的实践：大众文学也可以被视为文学理论在实践中的体现。在大众文学的创作中，一些理论观念得以具体实践，例如后现代主义的叙事实验、女性主义的性别视角等。这种实践的过程也为文学理论提供了新的案例和经验。

（三）大众文学对文学理论的启示

拓展文学研究领域：大众文学的兴起拓展了文学研究的领域。传统文学研究更多关注经典文学，而大众文学提供了一个全新的研究领域，使文学理论能够更全面地关注社会多元性和文学形式的多样性。

关注文学的社会责任：大众文学的崛起使得文学理论更加关注文学的社会责任。大众文学往往直面当代社会的问题，通过作品表达对社会现象的思考和对社会责任的关切。这促使文学理论在分析大众文学时更加注重文学作品与社会互动的关系，以及作品对社会变革的可能影响。

文学形式的多样性：大众文学提出了对文学形式的思考。传统文学理论往往偏向于经典文学的研究，而大众文学以其多种多样的文学形式挑战了传统的审美标准，使文学理论更加注重不同文学形式之间的对话与交流。

文学市场与商业化：大众文学在商业市场上的成功引起了文学理论对文学市场和商业化的关注。这促使文学理论更深入地思考文学与商业的关系，以及商业因素对文学创作和评价的影响。这也催生了一系列关于文学与市场关系的理论研究。

社交媒体与文学传播：在数字时代，大众文学在社交媒体上的传播成为文学理论关注的焦点。社交媒体平台改变了文学传播的方式，使文学理论更加关注数字时代对文学传统的挑战和创新。这也引发了一系列关于数字媒体与文学关系的理论讨论。

(四) 文学理论对大众文学的影响

提升文学品质：文学理论对大众文学的影响之一是提升文学品质。通过理论的引导，大众文学得以更深入地思考文学的核心问题，如叙事结构、人物塑造、语言运用等，从而提升作品的文学品质。

激发创新思维：文学理论能够激发大众文学创作者的创新思维。理论提供了新的审美观念和叙事理念，鼓励创作者尝试新的文学形式和主题，使大众文学保持在创新的前沿。

关注社会议题：文学理论的社会批判观念对大众文学对社会议题的关注产生了积极影响。理论强调文学与社会互动的重要性，促使大众文学更多关注社会问题，借文学的力量表达对社会现象的思考和呼吁。

多元文学视角：文学理论的多元视角为大众文学提供了更广泛的文学视野。不同理论观念能够帮助大众文学摆脱单一的审美模式，拓展文学创作的可能性，使其更好地服务于不同群体和文化。

促进跨学科研究：文学理论对大众文学的影响也表现在促进跨学科研究上。以文学理论为引导，大众文学能够与心理学、社会学、文化研究等学科进行更深入的交叉，拓展了文学研究的多元维度。

（五）大众文学与文学理论的未来发展方向

加强多元化：未来，大众文学与文学理论的对话可以加强多元化。不同文学理论观念应当更广泛地纳入对大众文学的分析，以更全面、多样的视角理解和解读大众文学的现象。

关注数字时代：随着数字化的不断发展，大众文学在社交媒体平台上的传播形式变得愈发重要。未来的对话应当更关注数字时代对大众文学的影响，探讨数字媒体如何改变了文学传播的方式和读者与作者的互动模式。

深化社会责任：大众文学与文学理论的对话应当更深入地关注社会责任。大众文学在传播中承担着一定的社会责任，未来的文学理论应当更加强调文学对社会的影响，倡导更具有社会责任感的创作。

促进文学创新：文学理论应当不断激发大众文学的创新思维，为大众文学提供新的理论启示，使其能够在不断变化的文学环境中保持活力。

加强跨学科合作：未来的对话可以加强跨学科合作。文学理论与其他学科的融合有助于更全面地理解大众文学的意义和影响，推动文学研究在更广泛的领域中的发展。

大众文学与文学理论之间的对话是文学领域中不断演变和发展的重要组成部分。通过深入的对话，大众文学和文学理论可以相互启发，共同推动文学领域的繁荣。

三、大众文学对传统文学理论的冲击与重构

在现代社会，大众文学的兴起和传播形式的变革引发了对传统文学理论的冲击与重构。大众文学以其通俗易懂、广泛传播的特点，挑战了传统

文学理论对于文学的定义、价值和审美标准。本书将探讨大众文学对传统文学理论所带来的冲击,并分析在这一过程中可能发生的重构和调整。

(一) 大众文学的兴起与传统文学理论的冲击

大众文学的定义与特征:大众文学强调通俗易懂、广泛传播,注重与大众读者建立联系。与传统文学理论中对于高雅、经典文学的强调形成鲜明对比。大众文学的兴起使得文学不再局限于精英阶层,而成为更多社会群体的共同文化体验。

媒体变革与数字化影响:大众文学的崛起与媒体形式的变革密切相关。数字技术、互联网和社交媒体的兴起为大众文学提供了更广泛的传播渠道,使得文学不再依赖传统的印刷媒体。这种媒体变革挑战了传统文学理论对于文学传播形式的认知,迫使理论重新审视文学与媒体的关系。

社会多元性的反映:大众文学更注重社会多元性,关注更广泛的社会群体和话题。与此形成对比的是,传统文学理论中往往偏向于特定社会阶层和文化群体,对一些边缘化的声音和议题关注较少。大众文学的兴起促使传统文学理论思考如何更好地反映社会的多元性。

商业化与文学创作:大众文学的商业取向引发了对文学创作的商业化问题的争论。传统文学理论更注重文学作为一种艺术形式的追求,而大众文学在商业化的背后引发了对文学质量与商业成功之间关系的反思。

叙事结构的创新:大众文学往往采用更为简明、直接的叙事结构,强调情节的吸引力。这与传统文学理论中对于复杂叙事结构、深度思考的追求形成了鲜明对比。大众文学通过叙事结构的创新,挑战了传统文学理论中对于叙事的固有认知。

(二) 传统文学理论的调整与重构

重新审视文学定义:大众文学的兴起迫使传统文学理论重新审视对文学的定义。传统理论中常常将文学与高雅、经典等概念联系在一起,而大众文学的兴起使得文学的概念更加宽泛,包容了更多样化的文学形式和风格。

文学价值的多元化认知：传统文学理论对于文学价值的认知往往与文学的审美标准相关，而大众文学的兴起推动了文学价值的多元化认知。文学不仅仅是高度艺术化的产物，还包括了满足大众需求、反映社会现实的作品。传统文学理论逐渐意识到文学的多样性和多层次性，调整了对文学价值的评判标准。

媒体文学与传统文学：传统文学理论在媒体变革的冲击下不得不重新审视文学与媒体之间的关系。传统理论常常强调纸质书籍的重要性，而大众文学的数字化传播形式使得文学理论不得不关注数字时代对文学传播的影响。传统文学理论需要更深入地思考媒体形式对于文学创作和接受的影响。

社会责任的强调：大众文学中对社会问题的关注使得传统文学理论逐渐强调文学的社会责任。传统文学理论往往将文学作为一种纯粹的艺术形式，而大众文学通过关注社会问题、反映社会现实，推动了文学理论对于文学社会责任的认知。

商业化与文学创作的平衡：大众文学的商业化取向引发了对文学创作与商业化之间平衡的讨论。传统文学理论更注重文学作为一种精神追求，而大众文学的商业化使得文学理论需要重新思考文学创作与商业需求之间的关系，寻找平衡点。

叙事结构的开放：传统文学理论对于叙事结构的固有偏好，如线性、复杂的结构，被大众文学的叙事创新所冲击。大众文学更倾向于简明直接、更符合大众阅读口味的叙事方式。传统文学理论在面对这种叙事结构的变革时，不得不重新考虑叙事的多样性和接受度，对开放、非线性结构的叙事方式进行重新评估。

（三）大众文学与传统文学理论的融合

接纳多元性：传统文学理论逐渐接纳了对文学的多元性的认知。文学的定义不再受限于传统的高雅、经典文学，而是包含了更广泛、更丰富的文学形式。这种多元性的认知为文学的发展提供了更为宽泛的空间，使得文学理论更具包容性。

文学价值的综合认知：传统文学理论与大众文学的冲击使得大众对文学价值的认知变得更为综合，不再仅仅强调文学的艺术性，也更注重其对社会、文化和个体的影响。传统文学理论逐渐接受文学价值的多元性，重新评估文学作品在不同层面上的价值。

数字时代的媒体关系：传统文学理论在数字时代的媒体变革中进行了调整。媒体文学、网络文学等新形式的出现引导了传统文学理论对于数字媒体与文学关系的深入研究。数字时代对文学传播和创作带来的挑战需要文学理论更为细致地思考新媒体环境下文学的价值和发展方向。

社会责任的平衡：传统文学理论在面对大众文学对社会问题的关注时，开始思考如何平衡文学的审美追求与社会责任。这种平衡不仅仅是为了适应大众文学的兴起，也是对文学在社会中更为全面角色的认知。传统文学理论需要思考文学创作在商业化和社会责任之间如何找到平衡。

商业化与文学质量的兼顾：传统文学理论逐渐认识到商业化对文学创作的影响，开始思考如何在商业化的语境下保持文学质量。这需要理论对商业化的问题进行深入研究，提出更为科学、合理的商业与文学的结合方式。

叙事结构的拓展：传统文学理论对叙事结构的偏好在大众文学的冲击下逐渐松动。逐渐有更多的理论关注开放、非线性的叙事结构，认为这样的叙事方式能够更好地契合现代读者的阅读需求。传统文学理论需要更为灵活地对待不同叙事形式，接受叙事结构的多样性。

大众文学的兴起对传统文学理论提出了一系列挑战，但同时也为传统文学理论带来了新的可能性。在这场冲击与重构的过程中，传统文学理论逐渐变得更加开放、多元，更注重文学的社会责任与多样性。

第六节 网络文学与文学理论的融合

一、网络文学的兴起与发展

随着互联网技术的迅猛发展,网络文学作为一种新兴的文学形式逐渐崭露头角,成为文学领域的一支重要力量。网络文学不仅改变了传统文学的创作与传播方式,也对文学的定义、审美标准以及文学产业产生了深远的影响。本书将探讨网络文学的兴起与发展,分析其对传统文学的冲击以及在数字时代的重要性。

(一)网络文学的定义与特征

定义:网络文学是指通过互联网平台进行创作、传播和阅读的文学作品。它包括小说、散文、诗歌等多种文学形式,通过网络媒体进行发布,实现了文学创作的去中心化和大众化。

特征:

数字化形式:网络文学以数字化形式存在,作者和读者可以通过互联网轻松获取和传播作品。

互动性强:与传统文学相比,网络文学更注重读者与作者之间的互动,评论、点赞、打赏等互动方式成为一种重要的交流方式。

去门槛化:网络文学打破了传统文学作品出版的门槛,任何人都有可能成为网络文学的作者,使文学创作更加平民化。

更新频繁:网络文学作品更新速度快,可以实时调整和改编,适应读者的需求和反馈,形成了一种更为灵活的创作模式。

多元主题:由于网络文学面向全球读者,主题更加多元化,涵盖了各种流行文化、二次元、游戏等元素,满足了不同群体的阅读需求。

（二）网络文学的发展历程

起源阶段（1990年—2000年）：互联网的兴起初期，个人网站、BBS等平台成为作者们发表文学作品的主要场所。以言情小说为主的网络文学开始萌芽，但规模相对较小。

崛起阶段（2000年—2010年）：随着网络技术的不断进步，阅读软件、论坛、博客等平台逐渐崭露头角。一些作家逐渐崭露头角，网络文学开始形成自己的一些特色和规模。

爆发阶段（2010年—2015年）：移动互联网的普及和智能手机的广泛使用使得网络文学进入爆发期。阅读App、微信公众号等平台崭露头角，网络文学作品开始吸引大量读者，网络文学产业逐渐形成。

多元发展阶段（2015年至今）：当前阶段，网络文学已经成为文学领域的重要组成部分。不仅有传统文学作家进入网络文学领域，还涌现出一大批新锐作家。网络文学的主题和风格更为多元，覆盖了几乎所有文学类型。

（三）网络文学对传统文学的冲击

传播方式的颠覆：传统文学主要通过印刷媒体传播，而网络文学通过互联网实现了文学作品的迅速传播。这颠覆了传统文学传播的层次和速度，使得作品能够更快地被读者获取。

读者参与度的提升：网络文学强调读者与作者的互动，通过评论、点赞、打赏等方式，读者参与度大大提升。而传统文学的读者参与主要体现在阅读过程中，互动相对较为有限。

文学审美标准的重新审视：传统文学理论对于文学的审美标准多与高雅、经典文学相关，而网络文学在叙事方式、文体形式上更为灵活，突破了传统文学审美标准的局限性。

创作门槛的降低：传统文学的创作门槛较高，需要通过出版社审核等环节，而网络文学的兴起使得创作门槛大大降低，任何人只要有创作欲望就可以在网络上发布作品。

文学产业格局的变革：传统文学产业主要以印刷物为主，而网络文学的崛起导致了文学产业格局的变革。互联网平台、阅读 App 成为文学作品的主要分发渠道，对传统文学产业形成了冲击。

（四）网络文学的发展趋势

IP 化与跨媒体发展：网络文学作品逐渐成为影视、动漫等多媒体创作的重要原材料，推动了文学作品的跨媒体发展。影视剧、动漫、游戏等在网络文学 IP 的基础上展开创作，形成了良好的产业链条，进一步推动了网络文学的发展。

AI 技术与文学创作：随着人工智能技术的不断发展，一些 AI 写作工具和算法已经在文学创作领域崭露头角。这些技术可以生成文章、模仿作家风格，甚至协助作家进行创作。AI 技术的引入使得文学创作更加多元，同时也引发了一系列关于智能创作与人类创作的讨论。

文学与社交的深度融合：社交网络的普及使得文学与社交更为紧密地结合。一些阅读平台提供了社交功能，读者可以分享、评论、讨论作品，形成了一个庞大的文学社交圈。作家通过社交媒体更直接地与读者互动，提高了作品的可见度。

文学创作的全球化：互联网的全球化特性使得网络文学越来越具有全球影响力。作品可以轻松地跨越语言、文化的障碍，吸引来自世界各地的读者。这种全球化趋势有助于文学作品在不同文化间的交流与融合。

虚拟现实与文学体验：随着虚拟现实（VR）技术的发展，文学体验也进入了一个全新的维度。一些创作者开始尝试在虚拟现实环境中进行文学创作，读者可以通过虚拟现实设备沉浸式地体验故事，这为文学创作带来了更加丰富的可能性。

文学创作者的多元化：传统文学以作家为主导，而网络文学的兴起为更多类型的创作者提供了平台。网络文学中不仅有专业作家，还有业余写手、网络写手、自媒体作者等，形成了一个多元化的创作者群体。

文学教育的变革：传统文学教育主要以经典文学为主，而网络文学的兴起使得文学教育也面临一定的变革。一些教育机构开始更注重网络文学的教学，培养学生对于新型文学形式的认知与创作能力。

充分认识和把握这些发展趋势，对于网络文学的可持续发展具有重要意义。同时，这些趋势也对传统文学提出了一系列新的挑战，需要传统文学与网络文学相互借鉴、共同发展。

（五）网络文学与传统文学的互动与融合

传统文学的数字化转型：传统文学机构逐渐意识到网络文学的崛起，开始进行数字化转型。一些传统文学出版社设立了自己的阅读平台，将经典文学与网络文学相结合，通过数字化手段拓展读者群体。

文学奖项与网络文学：随着网络文学的兴起，一些文学奖项开始增设网络文学奖项，专门奖励网络文学作品。这种跨界的奖项设立有助于促进传统文学与网络文学的交流，提高网络文学在文学领域的地位。

传统作家的跨界尝试：一些传统文学作家也积极参与网络文学的创作。他们通过网络平台发布作品，尝试新的文学表达方式，这有助于传统文学与网络文学的互动与融合。

文学研究的整合：传统文学研究机构逐渐关注网络文学的研究，将网络文学纳入研究范畴。这种整合有助于促进文学研究的全面发展，更好地理解和解释网络文学现象。

文学市场的互通：传统文学市场与网络文学市场逐渐实现互通。一些网络文学作品在获得网络成功的基础上被改编成纸质书籍、影视剧等形式，进入传统文学市场。这种互通有助于促进文学作品的多元传播。

充分利用网络文学的创新与活力，传统文学可以在新的平台上找到更多的发展机会。而网络文学也可以通过借鉴传统文学的经验与积淀，提升其文学品位与深度。二者相互促进、相互融合，共同推动着整个文学领域的繁荣发展。

(六) 网络文学的影响与挑战

文学的普及：网络文学的兴起使得文学更加普及，打破了传统文学的地域和社会限制。通过互联网，读者可以轻松获取来自世界各地的文学作品，促进了文学的全球传播和交流。这对文学的多元性和包容性提出了更高的要求，使得文学更好地适应了现代社会的多样化需求。

创作方式的多元化：网络文学为创作者提供了更为灵活和多元化的创作方式。作家可以通过在线平台直接与读者交流，获取实时的反馈，有助于作品的及时调整和改进。这种互动式的创作模式推动了文学创作的创新和多样化。

阅读体验的改变：网络文学的互动性和数字化形式改变了读者的阅读体验。读者不再是被动接收作品，而是可以参与到作品的创作和讨论中。这种互动性的阅读体验使得文学更贴近读者，增强了作品与读者之间的联系。

文学产业的转型：网络文学的兴起给文学产业带来了深刻的变革，传统的文学出版模式受到冲击，而网络文学平台、阅读 App 等新型业态崛起。这种转型对出版商、作家、读者等各个环节都提出了新的挑战和机遇。

文学创作的商业化：随着网络文学市场的扩大，文学创作逐渐呈现出商业化的趋势。一些作家通过网络平台获得的稿费、广告收入等形式，使得文学创作与商业相结合。然而，这也引发了一些关于文学创作质量和商业利益之间平衡的争议。

面临的挑战：尽管网络文学发展迅猛，但也面临一些挑战。其中包括版权保护、作品质量、内容审查等问题。此外，一些商业化的压力也可能影响创作者追求创新和深度的能力。

审美价值的争议：网络文学的大量涌现使得文学的审美价值面临着更多的争议。一方面，网络文学作品中不乏优秀之作，另一方面，也存在着大量商业性强、情节雷同的作品。这使得如何维护和提升网络文学的整体审美价值成为一个需要深入思考的问题。

充分认识网络文学的影响与挑战，需要文学领域的各方共同努力，以促进网络文学持续健康发展。这包括加强版权保护、推动文学创作的质量管理、促进文学产业的可持续发展等方面的努力。

网络文学的兴起与发展对传统文学提出了一系列新的问题和挑战，但同时也为文学领域注入了新的活力和创新。网络文学的多元化、互动性、全球化等特点使得文学更加贴近现代社会的需求，同时也使得传统文学面临着更新与调整的压力。

在这一过程中，传统文学理论需要不断审视自身，接纳多元的审美观念，重新思考文学的定义和价值。传统文学产业也需要进行数字化转型，适应新的市场格局。作家们则需要更加灵活地运用新媒体，参与到网络文学的创作与传播中。

网络文学与传统文学并非对立关系，而是相辅相成、相互影响的关系。在这个多元化的文学生态中，各方需要共同努力，以促进文学的全面发展。传统文学与网络文学可以在共同的平台上相互借鉴、融合，共同推动文学的繁荣和创新。

二、文学理论面对网络文学的挑战

随着互联网的普及和发展，网络文学作为一种新型的文学表达方式逐渐崭露头角。这一形式的兴起不仅在创作、传播方式上带来了革新，也对传统文学理论提出了一系列新的挑战。本书将从多个角度探讨网络文学对文学理论的冲击，并探讨文学理论在适应和回应这些挑战中的可能路径。

（一）网络文学的定义与特点

定义：网络文学是通过互联网平台进行创作、传播和阅读的文学作品。它包括小说、散文、诗歌等多种文学形式，通过网络媒体发布，具有数字化、互动性等特点。

特点：网络文学具有以下显著特点：

数字化形式：作品以数字形式存在，通过互联网进行传播，摆脱了传统印刷的限制。

互动性强：读者可以通过评论、点赞、打赏等方式与作者互动，形成更为立体的阅读体验。

即时更新：作品可以实时更新，作者可以根据读者的反馈进行修改和调整，形成一种动态的创作过程。

大众化：由于网络的全球性，使得作品能够面向全球读者，形成更为大众化的文学。

（二）网络文学对传统文学理论的挑战

叙事结构的多样性：传统文学理论对于叙事结构有一定的规范和偏好，而网络文学往往打破了这些传统的叙事模式。非线性、分支式的叙事结构使得传统理论在解读和评价上面临新的考验。

审美标准的重新定义：传统文学理论的审美标准通常与高雅、经典文学相关，而网络文学的大量涌现使得审美标准变得更为多元。商业性强、大众化的作品与传统理论的经典之争成为一种新的文学话题。

作者身份和版权问题：传统文学理论通常强调作者的创作背景、文学造诣等，而网络文学中，作者的身份可能更加多元，包括专业作家、业余写手、自媒体作者等。这使得传统的评价体系需要更加灵活地适应不同背景的创作者。

文学的数字化表达：传统文学理论多关注作品的文字表达，而网络文学通过数字技术融入了图像、音频、互动等多种元素，这对传统文学理论关于文学表达媒介的范式提出了新的挑战。

阅读体验的变革：传统文学理论常常强调作品与读者之间的互动，而网络文学在互动性、社交性等方面对阅读体验进行了重新定义。传统理论需要面对读者不再是被动接收信息的局面，而是积极参与、塑造作品的新现实。

商业化与文学质量的平衡：传统文学理论常常注重文学作品的高尚性和艺术性，而网络文学中的商业化因素更为显著。传统文学理论需要思考在商业化的语境下如何保持文学作品的高质量。

挑战传统版权观念：网络文学中，作品的传播和再创作更加迅速和广泛，这对传统版权观念提出了新的考验。传统文学理论需要思考如何在数字时代更好地保护作者的合法权益。

（三）文学理论的回应与调整

开放性和多元性的理论观念：传统文学理论需要更加开放和多元地对待不同文学形式和风格。理论家们可以积极探讨新的审美观念，接纳更多样的叙事结构和创作方式，以更好地适应网络文学的多元性。

关注数字媒体与文学关系：传统文学理论可以加强对数字媒体与文学关系的研究。数字媒体环境下的作品表达方式、阅读体验以及对传统文学观念的冲击，都值得理论家深入挖掘。

拓展版权观念：传统文学理论需要更新对版权的理解，认识到数字时代对版权观念提出的新挑战。理论家们可以积极参与版权制度的探讨，为维护作者权益提供新的理论支持。

多元创作者身份的理论认知：针对网络文学中创作者身份多元的现象，文学理论家应该更为灵活地认知不同背景的创作者。不同背景的创作者可能带来不同的文学视角和表达方式，理论家可以积极研究和理解这些多元性，为不同背景的作品提供更准确的评价标准。

研究互动性和社交性阅读的影响：传统文学理论可以加强对互动性和社交性阅读的研究。理论家们可以深入探讨作品如何与读者互动，阅读过程中社交媒体的作用，以更全面地理解网络文学阅读的新模式。

平衡商业化与文学品质的关系：传统文学理论在商业化与文学品质的

关系上需要找到一个平衡点。理论家可以思考在商业压力下如何保持文学作品的深度和独立性，推动文学与商业之间的良性互动。

推动文学数字化研究：传统文学理论可以更积极地推动文学数字化研究。这包括对数字化文学表达方式、数字化阅读体验等方面进行深入的理论分析，以更好地理解数字化时代文学的本质。

建立新的评价体系：鉴于网络文学的特点，传统文学理论可以逐步建立新的评价体系，考虑作品的数字元素、互动性、社交性等方面。这有助于更全面地评价网络文学作品的质量和意义。

（四）文学理论面临的挑战

理论体系的更新：面对网络文学的冲击，传统文学理论需要进行体系更新，包括审美标准、文学价值观等方面的调整，以更好地适应多元化的文学表达形式。

跨学科研究的需要：网络文学的出现涉及多个领域，包括文学、计算机科学、社会学等。传统文学理论需要更加积极地与其他学科进行合作，形成跨学科的研究模式。

理论适应文学多样性：由于网络文学的多样性，传统文学理论需要适应更为广泛的文学表达形式，包括但不限于虚拟现实文学、游戏文学等，以保持理论的全面性和包容性。

解决数字时代的伦理问题：随着网络文学的发展，一些伦理问题浮出水面，包括虚假信息、抄袭等。传统文学理论需要思考如何在数字时代维护文学的伦理底线，保持作品的真实性和原创性。

理论与实践的紧密结合：传统文学理论需要更加紧密地与实际文学创作相结合。理论的提出和实践的经验可以相互反馈，促进文学理论的不断演进和创新。

充分认识并回应这些挑战，对于传统文学理论的发展至关重要。理论的不断更新和调整将有助于更好地理解和解释网络文学现象，为文学研究提供更为丰富和全面的视角。

网络文学作为一种新兴的文学形式，对传统文学理论提出了一系列新的挑战。然而，这些挑战也是理论不断发展的契机。传统文学理论在面对网络文学的影响时，需要更加开放、灵活，并与时俱进。通过深入研究网络文学的特点，建立新的理论体系，理论可以更好地适应数字时代的文学表达形式，为文学的繁荣和创新提供有力支持。网络文学与传统文学理论的对话与融合将促使文学理论更好地适应时代潮流，为文学研究打开新的视野。

三、网络文学与传统文学理论的融合路径

随着互联网的快速发展，网络文学作为一种新兴的文学形式逐渐崭露头角。其数字化、互动性、全球性等特点给传统文学理论提出了新的挑战，同时也为文学研究提供了全新的视角。本书将探讨网络文学与传统文学理论的融合路径，探讨如何使传统文学理论更好地适应并促进网络文学的发展。

（一）认识网络文学与传统文学理论的差异

数字化形式：传统文学理论主要基于印刷文学，而网络文学以数字形式存在。这使得传统文学理论需要适应数字媒体对文学表达方式的影响，包括文字、图像、音频等多种元素的融合。

互动性：互动性是网络文学的一大特点，而传统文学理论通常更注重作品的静态性。融合路径需要理论家思考如何更好地理解和评价互动性带来的影响，以及如何在理论体系中给予其合适的地位。

全球性：互联网的全球性使得网络文学能够面向全球读者。这要求传统文学理论不仅关注特定地域的文学，还要更广泛地考虑全球文学交流与融合，扩展研究视野。

多元化的创作者身份：传统文学理论通常关注专业作家，而网络文学中涌现出更多业余写手、自媒体作者等多元创作者。理论的融合路径需要接纳这些不同背景的创作者，探讨如何更全面地评价他们的作品。

商业化与文学质量的关系：网络文学的商业化更为显著，而传统文学理论更注重文学的高尚性。融合路径需要思考如何在商业化的语境下保持文学作品的深度和独立性，推动文学与商业之间的良性互动。

（二）融合路径的探讨

数字化文学理论的建设：传统文学理论在数字化方面需要建设更为完善的体系。这包括对数字媒体与文学关系的深入研究，理论体系需要涵盖数字化文学的表达方式、阅读体验等方面。

扩展互动性的理论范畴：互动性是网络文学的核心特点之一，因此传统文学理论需要扩展对互动性的理解。理论家可以研究不同作品中互动性的表现形式，思考如何在评价中给予互动性更多的关注。

全球文学研究的推动：传统文学理论应当加强对全球文学的研究。这涉及对不同文化、语境下的文学作品的理解，推动全球文学交流与融合，促使传统文学理论不再局限于特定地域。

多元化创作者视角的整合：传统文学理论需要更为积极地整合不同创作者的视角。这包括业余写手、自媒体作者等，理论体系应当为这些创作者提供更全面的认可和评价标准。

商业化与文学品质的平衡：传统文学理论可以探讨如何在商业化的语境下保持文学作品的质量。这可能涉及商业模式对文学创作的激励方式、对文学价值的影响等方面的研究，以找到商业化与文学品质的平衡点。

借鉴跨学科研究方法：为了更好地理解网络文学，传统文学理论可以借鉴跨学科的研究方法。与计算机科学、社会学、媒体学等学科进行合作，形成更为全面的研究视野。

建立新的评价体系：传统文学理论需要逐步建立新的评价体系，以适应网络文学的特点。这可能包括对商业成功、社交影响等因素的评价,使评价更贴近网络文学的实际情境。

强化伦理问题研究:伦理问题在网络文学中显得尤为重要,包括虚假信息、版权问题等。传统文学理论需要更深入地研究这些伦理问题,为文学创作提供合理的伦理底线。

(三) 融合的挑战和前景

理论更新的阻力:传统文学理论的更新可能会受到一些阻力,因为一些理论家和学者对于传统理论的坚守。在融合路径中,需要解决如何平衡传统文学理论的延续性与对新理论的接纳,以确保更新的过程既能保留传统的精华,又能适应新时代的需求。

评价标准的多元性:在融合网络文学与传统文学理论时,如何建立更为统一和公正的评价标准是一个挑战。不同的文学形式和创作者可能需要不同的评价体系,因此需要在融合路径中解决这种多元性带来的问题。

跨学科研究的协同难题:传统文学理论与其他学科的跨学科研究在协同上可能面临一些困难,因为不同学科有各自的研究方法和语言体系。融合路径需要寻找一种有效的协同模式,促进不同学科之间的良好合作。

理论的实用性:传统文学理论在融合网络文学时需要更强调实用性。理论的实际运用对于指导文学创作、指导教学等方面都有着重要的作用,因此融合路径需要注重理论的实际应用价值。

新技术的理论化:随着技术的不断发展,新技术在文学创作和阅读中的应用也在不断增加。传统文学理论需要更好地理论化这些新技术的应用,以便深入了解其对文学产生的影响。

全球文学研究的困难:全球文学研究可能面临语言、文化、地域等多方面的困难。在融合路径中,需要找到解决这些困难的方法,以推动全球文学研究的发展。

文学伦理研究的深入:伦理问题在网络文学中是一个重要的研究领域,

但其复杂性和多样性使得研究难度增加。传统文学理论需要深入研究伦理问题的本质，并提供可行的解决方案。

社会认可度的提升：传统文学理论在融合网络文学的过程中，需要提升其在社会中的认可度。这可能包括与媒体、教育机构等进行更紧密的合作，使得理论更好地为社会服务。

网络文学与传统文学理论的融合是一个复杂而富有挑战的过程，涉及理论、实践、伦理、评价等多个层面。在这一过程中，传统文学理论需要更加开放、灵活地应对新形势，不仅要保留传统文学理论的深厚积淀，还要能够适应和引领网络文学的发展。

融合网络文学与传统文学理论的路径中，理论家可以从数字化文学理论、互动性理论、全球文学研究、多元化创作者视角等多个方面入手。建设更为完善的理论体系，强调实用性，注重评价标准的多元性，推动传统文学理论与其他学科的跨学科研究，都是实现融合的关键步骤。

尽管在融合的过程中会面临一些困难和挑战，但这也是一个推动文学理论不断创新、适应时代变化的机会。通过融合，我们有望在保留传统文学的精髓的同时，更好地理解和引导网络文学的发展，为文学的繁荣和创新注入新的活力。

第六章 中国文学理论与其他艺术形式的交叉

第一节 文学与绘画的关系

一、文学描写与绘画的共性

文学与绘画是两种不同的艺术表达形式，一种通过文字，另一种通过图像。然而，这两者在表达手法、情感传递和艺术表现等方面有着许多共性。本书将探讨文学描写与绘画的共性，深入研究它们在艺术创作中的相互影响和相似之处。

（一）表达手法的共通性

意象的建构：文学和绘画都通过构建生动的意象来传达信息。在文学中，通过文字的组合，创作者营造出读者心中的场景、人物、情感等。而在绘画中，则通过色彩、线条和形状等元素来创造图像，勾勒出具体的景象。

细节的刻画：文学和绘画都注重对细节的刻画，通过对微小事物的描绘来使作品更加真实和丰富。文学通过言辞的选择和叙述的手法表达细节，而绘画则通过精细的画面呈现细节，让观者深入感受作品。

符号的运用：文学和绘画都借助符号来传达深层次的含义。作家通过语言符号组合出丰富多彩的意义，而画家则通过形式和颜色等视觉符号表达情感和观念。

空间的呈现：文学通过描写语言中的空间关系，创造出虚拟的场景，让读者在心灵中建构空间。而绘画通过透视、光影等技巧，将画面空间感表现得淋漓尽致，使观者感受到真实存在的空间。

时间的流转：文学通过时间的叙述和描写，将故事情节有机地展开，使读者能够感受到时间的流转。绘画则通过画面的安排和色彩的变化，表达出时间的流逝和情感的变化。

（二）情感传递的相似之处

情感的共鸣：无论是文学作品还是绘画作品，它们都能够触发观者或读者内心深处的情感共鸣。通过细腻的描写或形象的表现，创作者能够打动人心，引发情感共振。

抽象情感的具体呈现：文学和绘画都有着将抽象情感具体化的能力。通过文字的排列和描写，作家可以将抽象的情感用具体的形象呈现出来。绘画通过色彩、线条和形状，将抽象情感具象化为观者可以看得见的形式。

情感的层次和深度：文学和绘画都能够表达情感的层次和深度。通过语言的运用和绘画技巧，创作者能够在作品中展现丰富而复杂的情感，使观者或读者在感受中深思。

情感的传递路径：无论是通过语言还是图像，情感都是通过一种特定的传递路径到达观者或读者的心灵。作家通过文字的叙述，画家通过画面的构图，都有着引导观者或读者情感体验的能力。

情感的个体差异：文学和绘画都能够在不同的人群中引发个体差异的情感体验。观者或读者根据自身经历、情感状态和观感习惯，对作品中的情感有着独特的理解和感受。

（三）艺术表现的相互启发

交叉创作：文学与绘画之间存在着一种互相启发的关系，艺术家可能会在文学作品中汲取灵感，创作出绘画作品，反之亦然。这种交叉创作不仅丰富了作品的表现形式，也使艺术家能够在两种艺术领域中寻找新的表达方式。

多元艺术的整合：有时文学作品与绘画作品会在一个艺术项目中被整合呈现，例如插图小说、图文并茂的诗集等。这种整合展现了多元艺术的魅力，使观者能够在文学与绘画之间自由穿梭，丰富了艺术的层次感。

创作者的多面性：一些文学家同时也是绘画家，或者画家兼任作家。这种跨界的艺术实践使创作者能够更全面地表达自己的思想和情感，同时也促进了两个领域之间的相互渗透。

文学描写对绘画的影响：文学中生动的描写可以为绘画提供灵感。当画家阅读文学作品时，对其中的景物、人物或情感的描写产生共鸣，会激发对这些描写的视觉化想象。这种文学对绘画的影响，可以使画家更具创造力地表达出文学描写中的情感和意象。

绘画形式对文学表达的启示：同样地，绘画作品的形式也能够对文学创作提供启示。画家通过独特的构图、色彩运用，以及对光影的处理，可能激发作家对于故事情节、人物性格等方面的新思考，丰富文学作品的表达形式。

共同主题的探讨：文学与绘画常常共同探讨一些主题，如人性、社会现象、自然景观等。作家和画家通过各自的表达方式，从不同角度深度剖析这些主题，形成对同一主题的多维度解读，为观者和读者提供更加全面的理解。

（四）文学描写与绘画的区别

虽然文学描写与绘画有着许多共性，但它们依然存在一些本质上的区别。

表达手段的不同：最明显的区别在于表达手段，文学主要通过语言文字表达，而绘画则通过视觉元素，如色彩、线条等来传达信息。

阅读/观赏方式的不同：文学作品需要读者通过文字进行阅读，通过语言的组合理解作者的意图；而绘画则以图像形式呈现，观者通过视觉感知和解读画面。

叙事方式的差异：文学常常以叙事的方式呈现故事情节，通过时间的推移展现事件的发展；而绘画则更注重瞬间的捕捉，以画面静态的形式呈现一瞬间的场景。

空间表达的方式：文学通过描写语言中的空间关系，使读者在心灵中构建出虚拟的空间；而绘画则通过视觉元素的空间构图，直接在画布上呈现出空间的深度和布局。

符号的使用方式：文学通过文字的符号进行表达，将语言符号组合成词句，传达作者的思想和情感；而绘画通过视觉符号，如色彩、形状等，构建画面，表达画家的艺术观念和情感。

充分理解文学描写与绘画的区别有助于更好地欣赏和理解它们各自的独特之处，也有助于在艺术交流和创作中更有针对性地运用它们的共性。

文学描写与绘画虽然在表达方式上有所不同，但在艺术创作的本质中有许多共性。它们都通过意象的构建、对细节的刻画、符号的运用等方面，寻求对现实或抽象事物的深刻理解和表达。情感传递方面，文学和绘画同样具有触动人心、引发共鸣的能力，通过抽象情感的具体呈现，深刻地表达出创作者的思想和情感。

艺术表现的相互启发是文学和绘画之间密切关系的表现。创作者可以通过交叉创作、整合不同艺术形式、在创作中融入不同领域的元素等方式，实现两者之间的互相启发，创造出更为丰富多彩的艺术作品。

文学描写与绘画的区别也需要我们认识到各自的独特性。文学通过语言的组合，以叙事的方式展示故事；绘画通过视觉元素的构图，以静态的图像呈现场景。这些差异既是各自的优势，也为它们在不同领域的发展提供了广泛的应用空间。

在欣赏和创作中，我们可以通过深入理解文学描写与绘画的共性和区别，更好地体验和表达艺术的魅力。同时，将两者的相互影响和启发结合起来，有助于推动创作的创新与发展。

二、中国文学与传统绘画的互文性

中国文学与传统绘画作为中华文化的两大重要艺术形式，在漫长的历史中相互交融、相互影响，形成了独特的互文性。文学以文字为媒介，通过描写、叙述展现情感与思想，而传统绘画则以画面为媒介，通过笔墨表达艺术家的审美情趣。本书将探讨中国文学与传统绘画之间的互文性，从主题、形式、意境等方面深入剖析它们在文学和绘画交汇的艺术空间中的丰富内涵。

（一）主题的互文性

山水题材：山水是中国传统绘画的重要题材之一，而在中国文学中，山水意境也被广泛描绘。诗人通过山水的描写，表达对自然的敬畏和人生的感悟，与绘画中山水意境的表达相呼应。例如，唐代诗人王维的《山居秋暝》以及画家同名的山水画作，都展现了作者对山水的深沉情感。

花鸟题材：传统绘画中常以花鸟为题材，而这一题材也在文学中得到广泛的运用。诗人通过对花鸟的描写，传达出对生活的热爱和对美的追求。元代画家黄公望的花鸟画与文学家杨万里的诗歌，共同构建了一个充满生气、充满自然之美的艺术世界。

人物题材：文学作品中的人物形象常常与绘画中的人物形象相互交织。小说、诗歌中的人物形象，通过文字的描绘在读者心中栩栩如生；而绘画通过画家的笔墨勾勒，将人物形象呈现于画布之上。这种互文性在明清小说和绘画中尤为明显，如《红楼梦》中的贾宝玉、林黛玉等人物形象与当时绘画作品的风格相辅相成。

（二）形式的互文性

笔墨技法：中国绘画的独特之处在于其注重笔墨技法的运用，而这种笔墨技法也在文学中得到了反映。文学作品通过文字的运用，追求用墨写意、以情传神的效果。例如，元代画家文征明的写意花卉画与其诗歌《山园小事》中的写意手法，形成了一种笔墨艺术的相互启发。

意境追求：中国文学与传统绘画都强调意境的追求，追求一种意蕴深厚、引人入胜的审美感受。诗人通过言辞的妙语、对诗歌意境的追求，与画家通过墨色、构图追求画面的意境相呼应。宋代文学家苏轼的词与画家米芾的山水画都注重意境的表达，构筑了一个集文学与绘画于一体的艺术空间。

题跋文辞：传统绘画作品常伴随着题跋文辞，而这些文辞往往具有文学性质。文学作品中的诗歌、散文同样为绘画提供了丰富的题材和文学灵感。元代画家赵孟頫的《千里江山图》上的题跋与其文学创作中的骈文体诗风格相呼应，形成了文学与绘画相得益彰的局面。

章回体小说与长卷画卷：中国古典小说中的章回体结构与传统绘画的长卷画卷形式有着相似之处。这两种形式都以线性叙事的方式表达情节，通过篇章或卷轴的展开，将故事或画面逐渐展现。明代小说《西游记》与明代长卷画卷《清明上河图》等都展现了这种形式上的互文性。

（三）意境的互文性

儒家文学与文人画：儒家文学强调情感的内敛、意境的深沉，与文人画的审美追求相契合。元代儒学大师杨时的文学作品与其山水画相互映衬，都体现了儒家文学与文人画追求高雅、深沉意境的共同特征。

佛教文学与禅宗画：佛教文学强调超脱尘世的境界，与禅宗画所追求的宁静、超然的意境相呼应。唐代诗人慧能的禅宗诗歌与禅宗画家僧一行的画作，都表现了超越尘世、寻求心灵宁静的共同主题。

道家文学与山水画：道家文学注重自然、宇宙的和谐，与山水画强调自然山水之美相契合。道家哲学的理念在唐代诗人王勃的诗歌中有所体现，而与之同时期的山水画家王蒙也通过画作表达了对自然之美的追求。

民间文学与民间画：民间文学强调朴素、真实的生活表达，与民间画的表现形式相互关联。明代话本小说与明清民间木刻版画相互影响，共同反映了普通百姓的生活场景和情感体验。

历史题材文学与历史画：描写历史题材的文学作品与描绘历史场景的历史画相互渗透。明代杨慎的《临江仙》以及同名的画作，都以历史人物为题材，将历史故事通过文学和绘画相结合，呈现出深刻的历史意境。

（四）互文性的表现方式

文学作品的画意描写：一些文学作品在描写时融入了画意的元素，通过文字的运用呈现出画面感。这种表达方式既是对绘画的致敬，也是文学创作者对于画面表现的一种尝试。例如，明代小说《红楼梦》中，曹雪芹通过精致的描写，使小说具有画意的特质。

绘画作品的文学题跋：传统绘画作品常常伴随着画家或文人的题跋文辞，这些文辞往往具有浓厚的文学性质。画家通过题跋，不仅对绘画作品进行了解读，同时也将文学元素融入其中。清代画家石涛的山水画常有其自己的诗文题跋，形成了画与文相融的艺术风格。

文学与绘画的联手创作：有些文学家和画家在艺术创作中形成了紧密的合作关系，共同创作文学与绘画的作品。明代文学家、画家杨时与沈周即为一例，他们共同创作的《山水泛舟图》就是文学与绘画完美结合的产物。

文学作品的绘画再现：一些文学作品的场景、人物形象被艺术家再现于画布之上，形成了文学与绘画的互文再现。例如，清代小说《红楼梦》中的一些场景，被后来的画家以绘画的方式再现，通过艺术手法呈现了小说中的文学情境。

（五）互文性的意义与影响

丰富了艺术表达：文学与传统绘画的互文性丰富了艺术的表达形式。文学作为通过文字表达情感和思想的媒介，与传统绘画作为视觉艺术的手段相互融合,共同创造了更为丰富多彩的艺术空间。

传承中华文化:文学与绘画的互文性体现了中华文化的深厚内涵。通过对传统文学与绘画的互文性的挖掘,有助于更好地理解和传承中华优秀传统文化,使之在当代仍然具有生机与活力。

跨越时空的对话:传统文学与绘画之间的互文性实现了跨越时空的对话。古代文学作品与传统绘画作品之间的相互启发与呼应,构建了一个历史与现实对话的桥梁,为观者和读者提供了更为深刻的思考。

拓展艺术边界:互文性的存在拓展了文学与绘画的艺术边界。文学作品通过绘画的表现形式,使其更具直观感受;绘画通过文学的描写,使其更具内涵和思想深度。这种交流和融合不仅拓展了单一艺术形式的表达能力,也为新的艺术形式的产生创造了条件。

文学与绘画的相互启发:通过互文性,文学与绘画之间实现了相互启发。文学作品可以激发画家对图像表达的新思考,而绘画作品也能够启发作家对文字表达的新尝试。这种相互启发推动了两者在创作过程中的不断创新。

世界观、价值观、审美情趣的形成,也为中华文化的发展提供了重要支持。

三、当代文学在视觉艺术中的表现

当代文学在视觉艺术中的表现是一个多元而富有创意的领域。随着社会的变革和文化的多元化,文学作品不再仅仅局限于文字的表达,而是在视觉艺术领域中找到了新的表现形式。本书将探讨当代文学在视觉艺术中的表现,从多个层面剖析这种融合的艺术现象,并探讨其对文学、视觉艺术以及跨学科交流的影响。

(一)文学与视觉艺术的融合

插图小说:插图小说是文学与视觉艺术融合的一种典型形式。在这类作品中,图像与文字相互配合,共同构建故事情节。这种形式既保留了文学作品的文字特质,又通过插图的方式丰富了阅读体验。例如,小说《深夜食堂》就以其独特的插图方式成为了一种文学与视觉艺术融合的代表。

图文并茂的诗歌:当代诗歌作品常常通过图文结合的方式呈现。诗人在文字之外,通过插画、摄影等形式表达诗歌的情感和意境。这种图文并茂的形式使诗歌更具直观感,让读者在阅读时既能感受文字的韵味,又能通过图像进一步理解诗歌的内涵。

数字化文学艺术:随着数字技术的发展,文学作品在数字平台上得以呈现。虚拟现实、交互式小说等形式使文学作品与视觉艺术更为紧密地结合。读者通过电脑或手机屏幕,不仅能阅读文字,还可以通过图像、音效等多媒体元素更全面地感知故事。

文学与漫画:漫画作为一种独特的视觉表达形式,与文学的结合尤为密切。许多文学作品被改编成漫画,或者在创作时就以漫画为表现形式。这种结合不仅丰富了作品的形式,还拓展了读者群体。

艺术家书:一些作家与视觉艺术家合作,共同创作出艺术家书。这类书籍将文学作品与视觉艺术的创作过程融为一体,将文字、插图、装帧等元素有机地结合,成为文学和艺术的交汇之作。

(二) 文学作品在视觉艺术中的创新表达

文字排版的艺术性:在印刷和排版领域,设计师通过文字的排布和版式的设计赋予文学作品更强的艺术感。字体的选择、段落的编排、章节的设计等成为了艺术创作的一部分,使整体呈现更具美感和艺术性。

书籍封面设计:书籍封面作为文学作品的门面,其设计在当代越发引人注目。艺术家通过封面的图案、颜色、形式等元素,将文学作品的主题和情感通过视觉方式直观地呈现,为读者提供了一种先觉的阅读体验。

电影与文学的融合:文学作品被改编成电影是常见的跨领域融合。在电影中,导演通过影像的表达手法,将文字中的情节、人物、意境转化为视觉语言。这种融合不仅是对文学作品的再现，同时也是一种全新的创作。

文学创作中的视觉元素：在文学创作中，一些作家通过文字的描绘引入更多视觉元素。他们通过生动的描写、细腻的视觉插画，使读者在阅读时不仅能够理解情节，还能够直观感受到作品所表达的意象。

文学节目的视觉设计：随着文学节目在电视和网络平台上的普及，对于节目的视觉设计也变得至关重要。节目的画面、场景、字幕等元素通过视觉表达方式，将文学作品呈现给观众，营造出特有的艺术氛围。

（三）当代文学在视觉艺术中的主题表达

身份认同和多元文化：当代文学作品在视觉艺术中常常探讨身份认同和多元文化的主题。通过图像的呈现，作品表达了个体在多元文化社会中的探寻和认知，呈现了丰富而多样的文化体验。

社会问题和现实关切：当代文学作品在视觉艺术中对社会问题和现实关切的表达常常通过图像更为直观地传达。艺术家通过绘画、摄影等方式，将文学作品中对社会不公、人性困境等问题的关切呈现出来。这种表达方式既提高了社会问题的关注度，也为社会思考提供了更具深度的角度。

环境与自然：当代文学作品在视觉艺术中对环境与自然的关注常常通过图像呈现。通过摄影、绘画等形式，文学作品中描绘的自然景色、环境变迁等主题在视觉艺术中得到生动的展现。这种呈现方式既是对自然美的赞美，也是对环境问题的关切。

科技与未来：随着科技的迅猛发展，当代文学作品对科技与未来的思考在视觉艺术中通过虚拟现实、数字艺术等形式得到了具体的表达。科技元素在图像中的呈现，使作品更贴近当代社会的科技发展脉络，并展望了未来可能的走向。

情感与心理：文学作品中的情感和心理描写在视觉艺术中通过肖像画、抽象表达等方式得到了视觉化的表现。艺术家通过形象的塑造和色彩的运用，将文学作品中的情感内核更直观地传递给观众，使之沉浸在作品情感世界之中。

(四) 文学与视觉艺术的共创过程

作家与艺术家的合作：在当代，一些作家与艺术家之间展开合作，共同创造文学与视觉艺术的作品。作家通过文字构建故事框架，而艺术家则通过绘画、摄影等方式将故事情节视觉化。这种合作不仅是对文学作品的再现，也是一种共创的过程。

读者与创作者的参与：一些数字化文学作品通过交互式设计，让读者参与到文学与视觉艺术的创作中。读者可以通过点击、拖动等方式改变作品的呈现形式，成为作品创作者的参与者，实现文学作品的动态呈现。

文学创作者的视觉思考：一些文学创作者在创作过程中注重视觉元素的加入。他们通过对色彩、图像的描绘，使作品更具视觉冲击力。这种视觉思考不仅体现在作品的文字描写中，也体现在作品的装帧、排版等方面。

文学作品的影视化改编：将文学作品改编成影视作品是一种文学与视觉艺术融合的常见方式。在这一过程中，导演、摄影师等艺术家通过视觉语言呈现原著中的故事情节、人物形象，实现文学与视觉艺术的跨界合作。

文学节目的多媒体呈现：一些文学节目通过电视、网络等媒体，将文学作品以多媒体的方式呈现给观众。这种多媒体的形式包括图像、音乐、视频等元素，使文学作品在视觉艺术中更为生动有趣。

(五) 文学在视觉艺术中的影响与意义

丰富了文学作品的表现形式：文学在视觉艺术中的表现形式使作品更加丰富多样，读者可以通过视觉元素更直观地感知故事。这为文学作品赋予了新的表现力和表达方式。

拓展了文学作品的受众：视觉艺术的融入使文学作品更容易吸引更广泛的受众。那些对传统文学形式不感兴趣的人，对视觉艺术的呈现方式可能更容易产生共鸣。

促进了文学与其他艺术形式的交流：文学在视觉艺术中的表现不仅仅

是文学自身的创新，还推动了文学与其他艺术形式的交流。文学与视觉艺术的融合为不同艺术形式之间的跨界合作提供了契机。

强化了作品的情感共鸣：视觉元素的加入能够加深作品的情感共鸣。读者通过视觉的感知更容易被作品中的情感所打动，使作品的情感表达更为深刻和生动。

推动了文学创作的跨学科发展：文学在视觉艺术中的表现促使文学创作者更加关注跨学科的合作。文学与视觉艺术的结合有助于文学创作者深入思考如何通过不同艺术形式更好地传达故事，拓宽创作思路，推动文学创作的跨学科发展。

提升文学作品的市场竞争力：视觉艺术的融入不仅为文学作品增色不少，也提升了作品的市场竞争力。良好的视觉表现不仅能够吸引读者，也能够更好地适应当今媒体多元化、数字化的阅读环境。

促进文学与艺术交流的国际化：当代文学在视觉艺术中的表现有助于促进文学与艺术交流的国际化。通过视觉艺术的表达，文学作品能够更容易地被翻译成不同语言，传播到全球各地，促进了文学的国际化交流。

（六）**挑战与展望**

文学质量与视觉效果的平衡：在将文学作品与视觉艺术融合时，需要平衡文学质量与视觉效果。过分追求视觉冲击力可能会使作品失去文学的深度，因此在融合过程中需要慎重考虑如何保持文学作品的内在品质。

知识产权与创新保护：当代文学在视觉艺术中的表现可能面临知识产权和创新保护的问题。一方面，艺术家与作家的合作可能涉及知识产权的分配和保护；另一方面，一些创新的表达方式可能需要更好的法律保护。

数字化文学的可持续发展：随着数字化技术的进步，数字化文学在视觉艺术中的表现形式愈加多样。然而，数字化文学的可持续发展需要解决版权、技术更新等一系列问题，以确保数字艺术对文学的有益支持。

文学与视觉艺术的跨学科培养：为了更好地推动文学与视觉艺术的

融合，需要加强跨学科培养。文学创作者需要更多地了解视觉艺术表达的语言，艺术家也需要更深入地理解文学作品的内涵，以实现更为深层次的合作。

文学作品在数字平台上的推广：随着数字阅读的普及，文学作品在数字平台上的推广变得尤为重要。文学作品在视觉艺术中的表达需要更好地适应不同数字平台的阅读习惯和呈现方式，以扩大作品的影响力。

当代文学在视觉艺术中的表现呈现了多样化而丰富的趋势。这种融合不仅拓展了文学作品的表现形式，也促进了文学与其他艺术形式的交流。文学作品通过视觉艺术的呈现方式更直观地传达故事，增强了作品的表达力和感染力。然而，这一融合过程也面临一系列挑战，包括如何平衡文学质量与视觉效果、如何保护知识产权与创新等问题。

随着社会的不断发展和技术的进步，文学与视觉艺术的融合将进入一个更加多元、开放的时代。这种融合不仅为文学创作者提供了新的创作可能性，也为读者带来了更为丰富的阅读体验。未来，我们可以期待文学与视觉艺术的更深度合作，共同推动艺术创作的创新与发展。

第二节　文学与音乐的交融

一、文学作品中的音乐元素

音乐与文学，作为两种不同的艺术形式，各自有着独立而深刻的表达方式。然而，在文学作品中引入音乐元素的实践，不仅为文学创作注入了新的艺术语言，也为读者提供了一种多感官的阅读体验。本书将探讨文学作品中的音乐元素，从各个层面剖析音乐在文学中的角色、作用以及对作品情感、节奏、主题等方面的影响。

（一）音乐与文学的共通性

情感表达：音乐和文学都是情感的表达工具。音符和文字都能够传递情感，通过音乐元素的引入，文学作品可以更加直观、深刻地表达情感，使读者在阅读中更为沉浸于情感的共鸣之中。

节奏感：音乐和文学都具有节奏感。音乐的节奏能够营造出一种律动感，而文学中的节奏则体现在句子的长短、语言的韵律等方面。通过引入音乐元素，文学作品能够更好地掌握节奏，使作品更富有韵律感。

叙事性：音乐和文学都可以进行叙事。音乐通过旋律、音色等元素进行故事性的表达，而文学通过文字描绘情节，通过对话展开故事。通过融入音乐元素，文学作品的叙事性能够更为多样化和生动。

主题探讨：音乐和文学都可以深入探讨人生、社会、文化等主题。音乐通过旋律和歌词表达主题，而文学通过文字描绘人物、事件等来探讨主题。引入音乐元素使得文学作品能够更富有层次感地表达主题。

（二）音乐元素在文学中的运用方式

歌曲歌词的引用：将歌曲歌词引用到文学作品中是一种常见的方式。作家通过引用熟知的歌曲歌词，既能够借用歌曲中的情感，也能够通过读者对歌曲的熟悉度来增强作品的共鸣力。例如，Haruki Murakami 的小说《挪威的森林》中引用了多首歌曲的歌词，通过这种方式强化了小说的情感色彩。

音乐场景的描写：通过详细描写音乐场景，作家可以在文学作品中呈现出音乐的氛围和感觉。这包括音乐会、夜总会、家庭中的音乐时刻等。通过对音乐场景的生动描写，读者能够更好地感受到音乐对故事情节和人物情感的影响。

人物与音乐的关联：通过塑造人物与音乐之间的关系，作家能够深化人物形象，并在情感表达上增添层次。人物可能是一个音乐家，或者对某种音乐有特殊的情感经历。这种关联可以为作品赋予更为个性化和深刻的音乐元素的隐喻运用：作家可以通过引入音乐元素来运用隐喻，使作品更具象征意义。音乐的元素如音符、旋律、音阶等可以成为作品中抽象概念的象征，为读者提供更为深刻的阅读体验。

以音乐为灵感的创作：作家在创作时可以以某首音乐、某位音乐家为灵感来源，借助音乐中的情感、氛围等元素进行文学创作。这种方式能够使作品更为有声有色，读者通过阅读能够感受到音乐对作品创作的启发。

（三）音乐元素对文学作品的影响

情感表达的加深：音乐元素的引入使得文学作品的情感表达更为深刻。音乐能够通过旋律、音色等元素直接触动人的情感，将这种情感融入到文学作品中，使读者更为深刻地感受到作品所要传达的情感。

节奏感的强化：音乐元素的运用有助于文学作品节奏感的强化。通过对音乐的节奏进行模仿或对应，作品的叙述和描写更容易形成一种韵律感，使读者在阅读中体验到更为生动的节奏。

主题的更深层次探讨：音乐元素的引入有助于文学作品对主题的更深层次探讨。音乐中表达的主题和情感可以在文学作品中找到共鸣，使作品更加富有内涵。例如，音乐中的自由、激情、宁静等主题可以通过作品中的人物、情节、描写等方式得到深化。

读者共鸣和参与感的提升：音乐元素的运用使得读者更容易与作品产生共鸣。对于熟悉的歌曲或音乐风格，读者可能在阅读中感受到一种熟悉和亲切的情感。同时，音乐元素的引入也增加了读者的参与感，使阅读不再仅仅是一种文字的体验，而是一种更为全面的感知。

文学作品的多媒体表达：音乐元素的引入使文学作品更接近多媒体的表达方式。通过将文字与音乐相结合，作品在情感、意象、节奏等方面得到更为丰富的展现，拓展了文学作品的表达形式。

对文学作品的记忆与影响：音乐元素的运用有助于提升作品的记忆度。

读者在阅读时可能将作品与特定的音乐联系在一起，使得对作品的记忆更加深刻。这也为作品的影响力提供了一种更为持久的方式。

（四）文学中常见的音乐元素

歌曲和歌词：将歌曲或歌词直接引用到文学作品中，或者通过描述人物在听歌时的心情、情感，将音乐元素融入作品。

音符和旋律：通过描述音符的起伏、旋律的轻重，作家可以创造出一种有节奏感的文学语言，使作品更富有动感。

音乐场景的描写：通过对音乐场景的生动描写，使读者感受到音乐带来的氛围和情感。这包括音乐会、舞厅、家庭中的音乐时刻等。

人物的音乐喜好和经历：塑造人物对于特定音乐的喜好，或者通过人物的音乐经历展现其性格和内在情感。

以音乐为主题的创作：将音乐作为作品的主题，围绕音乐展开故事，通过音乐来传达作品的核心思想。

音符和乐谱的符号化运用：将音符、乐谱等符号引入文学作品，通过这些符号来传递特定的情感、主题或象征。

（五）音乐元素对不同文学体裁的影响

小说：在小说中，音乐元素常常被用于加强情感表达和人物描写。通过音乐的引入，小说作品能够更生动地展现人物的情感世界，营造出特定的氛围。

诗歌：音乐元素在诗歌中常常得到充分发挥。诗歌本身就有很强的韵律感，通过音乐元素的运用，诗歌可以更为深刻地表达情感、情绪，使读者在阅读中感受到音乐的律动。

戏剧：音乐在戏剧中的运用尤为显著，不仅表现为舞台音乐、歌舞剧的形式，还包括对话中的音乐元素。音乐可以用来强调情感高潮、突出剧情发展，使戏剧更加生动有力。

散文：在散文中，对音乐元素的运用主要体现在对场景的描写和对情感的表达上。通过对音乐场景的生动描写，散文作品能够更好地营造出特定的氛围，使读者感受到文学作品中的音乐气息。

随笔：在随笔中，音乐元素常常作为作者情感的表达工具。作者可以通过描述某种音乐对自己的影响，来传递对生活、文学、艺术等方面的思考，使随笔更为富有情感和个性。

（六）音乐元素在不同文学流派中的运用

现实主义文学：在现实主义文学中，音乐元素通常被用于真实地描绘人物的日常生活。例如，在城市小说中可以描写街头巷尾的音乐声，或者描述人物在家中欣赏音乐的场景，以增加作品的真实感。

浪漫主义文学：浪漫主义文学强调情感和幻想，音乐元素在这一流派中常常被用来加强作品的浪漫色彩。通过对音乐的理想化描写，作家能够使作品更富有梦幻感。

象征主义文学：象征主义文学追求意象的深刻表达，音乐元素可以被用来作为象征，代表某种抽象的概念。音乐的旋律、音符等符号常常在象征主义文学中扮演重要的角色。

现代主义文学：在现代主义文学中，对音乐元素的运用常常与实验性的写作形式相结合。作家可能通过模仿音乐的结构，采用断裂的叙事、循环的主题等手法，使作品更具现代感。

后现代主义文学：后现代主义文学通常对传统文学形式进行颠覆和重新构建，音乐元素在这一流派中可能表现为对不同音乐风格的混合、碎片化的叙述等，以体现后现代主义的多元性和复杂性。

音乐元素在文学作品中的运用为作品注入了新的生命力，使文学作品更富有层次和多维度的表达。通过对音乐场景、歌曲歌词的描写，作家能够让读者更深刻地感受到作品中所传达的情感和主题。音乐元素的引入不仅丰富了文学作品的表现形式，还为读者提供了更为丰富的阅读体验，使作品更容易被读者记住。在未来的文学创作中，音乐元素的运用将继续为文学作品注入新的活力，为读者带来更为多彩的文学世界。

二、文学与音乐的跨界合作

文学与音乐，作为两种独立而强大的艺术形式，一直以来都在各自的领域中展现出卓越的创造力和表达能力。然而，近年来随着跨界合作的兴起，文学与音乐开始相互借力，创造出许多引人注目的作品。本书将深入探讨文学与音乐的跨界合作，分析这一合作趋势的起因、形式，以及影响。

（一）跨界合作的背景和动因

文学和音乐的共通性：文学和音乐作为艺术的两大支柱，都是情感的表达工具。二者都可以通过独特的语言传递情感、思想和故事，因此天生具有共通性。这种共通性促使了文学和音乐跨界合作的可能性。

多元化的艺术表达需求：随着社会的发展，人们对艺术表达形式的需求变得更加多元化。传统的文学和音乐形式可能无法满足现代观众对于创新、独特和多层次的需求，因此跨界合作成为一种新的尝试。

数字化时代的崛起：数字化时代的到来改变了人们获取信息和文化的方式，使得跨界合作更为便捷。文学和音乐可以通过数字平台更广泛地传播，激发更大的创作热情和合作可能性。

创作者的跨界实验欲望：一些创作者渴望挑战传统的艺术边界，寻求新的表达方式。通过跨界合作，他们能够融合文学和音乐的元素，创造出更为丰富和引人入胜的作品。

（二）文学与音乐跨界合作的形式

歌曲改编小说：将小说或文学作品改编成歌曲是一种常见的跨界形式。歌手或乐队通过歌曲的形式表达小说中的情节和主题，借助音乐的力量使作品更具感染力。

音乐伴奏朗诵：将文学作品朗诵配以音乐伴奏，创造出一种独特的艺

第六章 中国文学理论与其他艺术形式的交叉

术体验。音乐通过对文字的衬托,使文学作品更具层次感,同时为朗诵增色添彩。

音乐剧和歌剧:将文学作品改编成音乐剧或歌剧是一种更为宏伟的跨界形式。这种形式结合了音乐、舞蹈、戏剧等多种艺术元素,将文学作品呈现得更为生动。

原创音乐与文学结合:一些创作者直接在创作中融入文学和音乐的元素,创作出同时具有文学深度和音乐美感的作品。这种形式要求创作者在文学和音乐两个领域都具备相当的创作水平。

音乐影视作品:将文学作品改编成音乐影视作品,通过视觉和听觉的双重冲击,为观众呈现出更为丰富的文学和音乐体验。

(三) 文学与音乐跨界合作的影响

创意的碰撞和创新:文学与音乐的跨界合作为创作者提供了更大的创作空间。文学和音乐的碰撞促使了创意的迸发,创作者通过将两者结合,创造出独特而新颖的作品。

艺术形式的多元化:跨界合作使得文学和音乐这两种传统的艺术形式得以融合,创造出更为多元化和丰富的艺术表达形式。观众可以在一个作品中同时感受到文学的深度和音乐的情感。

观众体验的提升:跨界合作为观众提供了更为综合的艺术体验。观众可以通过音乐更深刻地理解文学作品中的情感,也可以通过文学更好地理解音乐中的主题和情节。

文学和音乐的互相推广:跨界合作使得文学和音乐能够借助对方的影响力进行互相推广。一部以文学作品为基础的音乐作品可能会吸引更多的读者,反之亦然。

产业的融合与市场拓展:文学与音乐的跨界合作有助于两个产业之间的融合。音乐作为一种数字化传播的形式,也带动了文学作品在数字平台上的传播,拓展了双方的市场。

（四）文学与音乐跨界合作的挑战与问题

平衡的难题：在文学与音乐的跨界合作中，平衡两者的表达方式常常是一个挑战。过多的音乐元素可能掩盖文学作品的深度，而过于沉重的文学表达可能使音乐失去吸引力。

版权和创作权的问题：在跨界合作中，涉及文学作品的改编和音乐的创作权问题。如何协调好两者之间的权益，是一个需要仔细考虑的问题。

观众接受度的考验：由于文学与音乐有着不同的受众群体，合作作品的接受度可能会受到影响。观众可能对这种新的艺术形式产生疑虑，需要时间适应。

创作者水平的要求：跨界合作需要创作者在文学和音乐领域都具备相当的创作水平。这对于一个人来说可能是一项巨大的挑战，需要更为全面的才华。

市场风险：由于跨界合作属于新领域，市场上的成功并非必然。一些观众可能更倾向于传统的文学或音乐形式，对于跨界合作的作品可能持保留态度。

（五）未来展望与趋势

技术创新的推动：随着科技的发展，虚拟现实、增强现实等技术的应用为文学与音乐的跨界合作提供了新的可能性。通过技术手段，创作者能够更为生动地呈现出文学作品中的场景和情感。

多元文化的结合：在全球化的背景下，不同文化之间的交流增加，跨界合作可以更好地结合多元文化元素，创造出更具国际视野的作品。

跨媒体合作的增多：文学与音乐的跨界合作不仅仅局限于二者之间，还可能与影视、舞蹈等多种艺术形式结合。这种跨媒体的合作形式能够为作品提供更为广泛的传播途径。

深度与广度的结合：未来的跨界合作可能更注重文学与音乐的深度融合，既追求艺术的深度表达，又充分发挥两者的广度。这样的合作形式能够既吸引深度文艺爱好者，也能够触及更广泛的受众。

社交媒体的推动：社交媒体的兴起为文学与音乐跨界合作提供了广阔的传播平台。通过社交媒体，艺术家可以更直接地与观众互动，获取反馈，也可以更便捷地分享作品。

教育与培养：未来可能会有更多的教育机构和培训机构关注文学与音乐的跨界合作。这将培养更多既懂文学又懂音乐的创作者，推动跨界合作的深入发展。

多元审美的尊重：随着观众对于多元审美的认可，未来的跨界作品将更受欢迎。人们对于既能够提供深度思考，又能够带来愉悦感受的作品的需求将增加。

文学与音乐的跨界合作是一种新颖而有趣的艺术尝试，为两个传统艺术形式注入了新的活力。通过探讨合作的背景、形式、影响、挑战以及未来趋势，我们可以看到这种合作不仅拓展了艺术表达的边界，也丰富了观众的艺术体验。成功的案例证明，文学与音乐的跨界合作既有商业潜力，又能够为文学和音乐创作者提供更广阔的创作空间。在未来，随着社会、科技、文化的不断发展，这种跨界合作势必会继续蓬勃发展，为艺术创作开辟新的可能性，为观众带来更为丰富多彩的艺术享受。

三、音乐对文学情感的表达与拓展

文学和音乐，作为两种极具表达力的艺术形式，都承载着丰富的情感世界。它们通过文字和音律，以独特的方式传递着人类内心的感受和思考。本书将深入探讨音乐对文学情感的表达与拓展，探究在文学作品中如何运用音乐元素，以及这种融合对情感表达的影响。

（一）音乐在文学中的角色

情感的媒介：音乐被认为是一种直接触及情感的艺术形式。在文学作品中，音乐可以作为一种媒介，通过旋律、和声、节奏等元素，直接触动读者的情感，使作品的情感更为深沉和直接。

氛围的营造：不同类型的音乐能够创造出不同的氛围和情感色彩。在文学中，通过描写音乐场景或者引用特定的音乐作品，作家可以营造出特定的情感氛围，使读者更好地融入故事情节。

人物性格的表达：人物的喜好和与音乐的亲密程度可以成为表达人物性格和内心世界的一种手段。人物喜欢的音乐类型、经常听的歌曲，都可以通过细致的描写，为角色赋予更加生动的个性。

情感的象征：音乐往往具有一定的象征意义。在文学作品中，通过引入具有象征意义的音乐元素，作家可以巧妙地表达和强化作品的主题或者某一情感。

故事情节的推动：音乐元素也可以成为故事情节的推动力。例如，一首歌曲的歌词或旋律可以激发人物行动，或者成为故事发展的关键点，使作品更加生动和引人入胜。

（二）文学中如何运用音乐元素

引用歌词和歌名：作家可以通过直接引用歌词或歌名的方式，将音乐元素引入文学作品。这种方式能够直接让读者联想到特定的歌曲，产生共鸣，同时丰富了作品的文化内涵。

音乐场景的描写：通过描写人物在音乐厅等场景中的感受，作家可以利用环境中的音乐元素来传达人物的情感和内心世界。音乐的声音、氛围、人物在其中的感受都可以成为表达的对象。

创造原创歌曲：一些作家具备音乐创作的能力，可以为文学作品创作原创歌曲。这种方式不仅为作品注入独特的音乐元素，还可以使作品更具个性和创新。

人物对音乐的评论和反思：通过人物对音乐的评论和反思，作家可以在文学作品中加入对音乐的观点和态度，进一步展现人物的性格、情感以及与故事情节的关联。

情感描写中的比喻手法：将音乐元素作为情感描写的喻体，使得读者能够更加直观地理解人物内心的复杂感受。比如，将心情比喻为一首悠扬的旋律或者一段沉郁的音符。

（三）音乐对文学情感表达的影响

深化情感层次：音乐的加入使得文学作品的情感表达更加丰富多层次。作品不仅通过文字表达情感，还通过音乐的声音和旋律传达更为深刻的情感体验。

提升情感共鸣：读者在阅读过程中能够通过音乐元素更加直观地感受到作品中的情感，从而增强情感共鸣。读者更容易被作品所打动，形成更为深刻的印象。

丰富故事氛围：通过音乐元素的运用，文学作品的氛围能够得到更为细腻的描绘。不同类型的音乐可以为作品赋予不同的氛围，使读者更好地融入故事的情境。

创造独特文学风格：作家通过独特的音乐元素运用，有可能创造出独特的文学风格。这种风格不仅表现在文字和叙述上，还体现在作品所包含的音乐元素上。

提高作品艺术价值：音乐作为一种艺术形式，加入到文学作品中，可以提升文学作品的艺术价值，使其在情感表达上更为全面，同时也拓展了文学的审美领域，使之更具多元性和创新性。

（四）音乐对文学情感的拓展

跨越语言障碍：音乐作为一种非语言的艺术表达方式，可以跨越语言的障碍，通过情感共鸣直接触及人心。在文学作品中加入音乐元素，可以使情感更为直观地传达给全球读者，实现跨文化的情感交流。

拓展审美体验：文学和音乐本身都有各自的审美特点，二者的结合可以为读者提供更丰富、更全面的审美体验。读者在阅读文学作品时，通过音乐的融入，可以感受到一种独特的艺术魅力。

打破传统艺术边界：传统上，文学和音乐被分割为两种独立的艺术形式。通过在文学中引入音乐元素，可以打破这一传统界限，创造出更为综合和多元的艺术表达方式。

创造跨媒体的艺术作品：音乐与文学的结合不仅仅停留在文字与音乐的融合，还能够引发跨媒体的艺术创作，如音乐电影、音乐剧等。这种跨媒体的拓展使作品更具创新性和市场竞争力。

增强作品的记忆性：音乐作为一种极具记忆性的表达方式，可以使作品更容易被读者记住。通过音乐元素的加入，作品可以在读者心中留下更为深刻的印象，提高其记忆度。

（五）挑战与反思

风格过渡不自然：将音乐元素融入文学作品时，存在过渡不自然的问题。过于突兀或不融合的音乐元素可能破坏文学作品的整体氛围，作家需要在融合时保持平衡。

读者接受度不同：由于读者的文学和音乐口味存在差异，文学作品中的音乐元素可能受到读者接受度的影响。作家需要考虑目标读者的群体，并谨慎选择音乐元素。

版权问题：引用已有的歌词、歌曲或者创作原创音乐都涉及版权问题。作家在使用音乐元素时需要注意遵守相关法律法规，以免引发版权纠纷。

文学与音乐的平衡：在融合过程中，作家需要平衡好文学和音乐的比重，以确保两者的表达不会相互干扰，而是相互补充，使作品更为完整。

审美疲劳：过分追求音乐元素的引入可能导致读者产生审美疲劳，降低作品的新鲜感。作家应注意在音乐元素的使用上保持适度，避免过分沉溺于其中。

（六）未来展望

技术创新的应用：随着科技的发展，虚拟现实、增强现实等技术的应用将为音乐与文学的融合提供更多可能。读者可以通过技术手段更直观地体验音乐元素在文学作品中的表达。

全球化与跨文化合作：不同文化背景下的音乐风格和文学传统相互融合，创造出更具世界性的作品。这种合作不仅能够拓展作品的影响范围，也有助于不同文学和音乐传统的交流与对话。

多元艺术形式的整合：未来音乐与文学的融合可能会更加多元，涉及到更多艺术形式的整合，如影视、舞蹈等。这样的多元整合将为读者提供更为全面丰富的艺术体验。

音乐与文学的互动体验：未来可能会出现更多基于互动体验的音乐与文学作品。读者可以通过技术手段参与到作品中，与音乐元素进行互动，使阅读成为一种更为身临其境的体验。

文学音乐节的兴起：类似于电影音乐节的活动，未来可能会有更多专注于文学与音乐的艺术节。这种活动有助于推动两个领域之间的合作，促进新的创作和交流。

音乐对文学情感的表达与拓展是一种丰富而有趣的艺术尝试，为文学作品注入了新的维度和深度。通过分析音乐在文学中的角色、文学中如何运用音乐元素、音乐对文学情感表达的影响以及成功案例等方面，我们可以看到这种融合为文学创作带来了更为丰富的表达方式，拓展了情感的层次，提高了作品的艺术价值。

然而，在探讨中我们也发现了一些挑战和问题，如风格过渡不自然、读者接受度不同、版权问题等。这需要作家在融合音乐元素时保持平衡，注重审美的统一性，以及在创作过程中合法合规地使用音乐元素。

未来，随着科技的发展和文学艺术的不断创新，音乐与文学的融合将会呈现更为多样化和深层次的发展趋势。作为读者，我们有望在未来的文学作品中更多地感受到音乐的魅力，享受到更为丰富的艺术体验。

第三节　文学与戏剧的互动

一、戏剧元素在文学中的运用

文学和戏剧是两种古老而又深刻的艺术形式，它们都承载着人类的文化、思想和情感。然而，文学和戏剧并非孤立存在，它们常常相互渗透、相互影响。本书将深入探讨戏剧元素在文学中的运用，探讨戏剧在文学作品中的角色、形式和影响，以及这种融合对文学的丰富与拓展。

（一）戏剧在文学中的角色

对话的力量：戏剧以对话为主要表达方式，而对话正是戏剧元素在文学中最为显著的体现。对话使得文学作品的人物更具生命力，读者能够通过角色之间的对话更好地理解情节、人物关系和主题。

人物塑造的深度：戏剧通过人物的言行举止来揭示人物性格，文学作品也可以借用这种手法深刻地刻画人物。通过模仿戏剧中的舞台性格呈现，文学中的人物可以更为鲜活、立体。

冲突与张力：戏剧常以冲突为推动力，而这种冲突的呈现方式可以在文学作品中找到。冲突是推动情节发展的关键元素，它使得文学作品更加引人入胜，产生更强烈的情感共鸣。

舞台设定与场景描写：戏剧中的舞台设定对于故事的情感表达有着直接的影响。在文学中，通过对场景的描写，作家可以借鉴戏剧的手法，创造出更具视觉感的场景，使读者更好地融入作品。

（二）戏剧元素在文学中的形式

独白与独角戏：戏剧中的独白是演员单独面对观众时的独自表述，而在文学中，独白的运用可以通过小说中的旁白或者第一人称叙述来体现。

这种形式使得作者能够深入展示人物内心的思想、感受和独白。

戏剧性结构：戏剧往往具有明显的三幕五幕结构，而这种结构在文学中同样可以运用。通过戏剧性的结构，文学作品的情节发展更有张力，读者能够更好地跟随故事的节奏。

角色互动：文学作品中的角色互动可以借鉴戏剧的演员之间的默契与配合。通过巧妙设计人物之间的互动关系，文学作品可以更生动地展现人物之间的情感纠葛和故事发展。

舞台元素的运用：戏剧中的舞台元素，如布景、灯光、音效等，可以在文学作品中找到对应。通过对环境的描写和舞台元素的引入，作家能够创造更具戏剧感的文学场景。

（三）戏剧元素对文学的影响

情感表达的丰富性：戏剧注重情感的直接表达，而文学作品通过借用戏剧元素，也能够使情感表达更加直观、深刻。观众读者能够更真实地感受到人物内心的喜怒哀乐。

故事张力的增强：戏剧的紧凑结构和强烈冲突有助于提升故事张力，这一特点同样可以为文学作品带来更加引人入胜的效果。故事情节更有层次，读者更容易沉浸其中。

人物形象的生动性：戏剧中的人物通常具有生动的个性，而这一生动性也可以通过文学手法更好地展现。戏剧中人物的台词、动作等元素可以为文学作品的人物形象注入更多的生气。

多视角叙述的可能性：戏剧中的舞台设计和演员表演可以呈现多视角的故事，这种多视角的叙述方式同样可以运用到文学作品中。通过不同人物的视角，作家能够呈现更为丰富的故事层次。

（四）戏剧元素的拓展与发展

虚拟现实与戏剧：随着虚拟现实技术的发展，未来文学作品可能会更多地借助虚拟现实的手段，将读者置身于一个更为戏剧性的环境中。通过虚拟现实，读者将能够更全面地感受到文学作品中的戏剧元素。

跨艺术形式的整合：未来，戏剧元素可能会更多地融入到跨艺术形式的作品中，如戏剧化的电影、戏剧化的音乐剧等。这样的整合有望为观众提供更为多元化的艺术体验。

全球文化的交融：随着全球文化的交融，不同文学传统中的戏剧元素也将相互影响、借鉴。这有望创造出更为丰富多彩、跨文化的文学作品，丰富了读者的文学阅读体验。

（五）挑战与反思

戏剧性的过度使用：过分强调戏剧性元素可能导致作品过于夸张，丧失了真实性。在运用戏剧元素时，作家需要保持平衡，确保它们有机地融入到整个故事中。

读者接受度：不同读者对于戏剧性元素的接受度各异。有些读者可能更喜欢平实的叙述，而对过于戏剧化的作品难以产生共鸣。因此，作家需要考虑目标读者的口味和接受程度。

对话的自然性：戏剧中的对白通常更加生动，但在文学中，对话的自然性尤为重要。对话应该符合人物设定和情境，不应过于刻意迎合戏剧性的需要。

情节张力的维持：强调戏剧性的元素容易让读者产生审美疲劳。在整个作品中保持情节张力，使得戏剧性的元素更有针对性，成为情节推动的有力工具。

（六）未来展望

交互性的发展：随着科技的不断发展，未来文学作品可能更加注重读者与作品的交互性。通过交互式的阅读体验，读者能够更直接地感受到戏剧性元素的冲击。

实验性的尝试：未来作家可能会更多地进行实验性的尝试，将戏剧性元素与其他文学元素相融合。这种实验性的创作有望带来更为新颖、富有创意的文学作品。

戏剧性与社会问题的结合：未来作品可能更多地将戏剧性元素与社会问题相结合，通过戏剧性的叙述方式更直接地呈现社会问题。通过这样的创作，文学作品有望更深刻地反映人类生活的方方面面，引起读者对社会现象的深思。

多元文化的碰撞：随着全球化的发展，各种文化元素相互渗透，未来文学作品中戏剧元素的运用可能会更加多元化。各种文学传统和戏剧风格的交汇将为文学创作提供更为广阔的空间。

新媒体时代的探索：在新媒体时代，文学作品不再局限于传统的纸质书籍，而是通过互联网、社交媒体等平台传播。这为戏剧性元素的创新运用提供了更多可能性，例如在虚拟空间中展开互动式的文学体验。

戏剧元素在文学中的运用为文学创作提供了一种丰富而有力的表达方式。通过对话、人物塑造、情节张力等方面的运用，戏剧性元素使文学作品更加生动、引人入胜。戏剧在文学中的角色、形式和影响构成了一种独特而多样的创作方式，为文学艺术注入了新的活力。

然而，作家在运用戏剧元素时需要谨慎选择，保持平衡，避免过度夸张或刻意迎合。挑战和问题也需要引起作家和读者的关注，例如如何保持对话的自然性、如何维持情节张力等。

未来，随着文学创作环境的变化和社会的发展，戏剧元素在文学中的运用将呈现出更为多元、开创性的趋势。这将为文学作品创作提供更多的创新空间，推动文学不断向前发展，以适应时代的需求。

二、文学作品改编为戏剧的挑战

将文学作品改编为戏剧是一项具有挑战性的创作任务。戏剧和文学分别有着独特的表达方式和结构，将文学作品转化为戏剧需要创作者克服多方面的困难。本书将深入探讨文学作品改编为戏剧所面临的挑战,包括人物转换、情节删减、舞台表现等方面,以及如何在这个过程中保持原作的核心精神。

(一)文学作品改编为戏剧的难题

叙述结构的差异:文学作品通常以独白、旁白和描写为主,而戏剧则更强调对话和动作。将文学作品的叙述结构转化为戏剧时,需要调整原有的叙述方式,使之适应舞台表演的需求。

人物内心的呈现:文学作品可以通过独白等方式深入揭示人物内心世界,而戏剧则更强调通过演员的表演和对白来传达人物情感。如何在没有独白的情况下有效地展示人物内心的冲突和变化是一个挑战。

情节的压缩和删减:文学作品通常有着丰富的情节和背景描写,而戏剧时间有限,需要对情节进行压缩和删减。这可能导致某些情节细节的丢失,挑战在于如何保持故事的连贯性和深度。

舞台和视觉效果的考量:文学作品中的描写往往依赖读者的想象,而在戏剧中,舞台和视觉效果成为表达的重要手段。如何通过舞台设计和视觉效果还原原著的氛围和场景,是改编过程中需要思考的问题。

(二)人物转换的挑战

人物的数量和重要性:文学作品中可能涉及众多角色,而在戏剧中,由于演员的限制,需要对人物进行合理的筛选和转化。如何保留原著中关键人物,同时确保戏剧中的人物关系清晰,是一项难题。

演员对角色的理解:演员需要对文学作品中的角色有深刻的理解,以便能够在舞台上生动地表现他们。改编者需要与演员充分沟通,确保演员能够准确把握人物的性格和情感变化。

性格和特质的呈现:文学作品中,人物的性格和特质常通过作者的描写和人物的内心独白展现,而在戏剧中,这需要通过演员的表演和对白来呈现。如何在有限的舞台时间内鲜明地塑造每个角色是一个挑战。

第六章 中国文学理论与其他艺术形式的交叉

(三) 情节压缩与删减的处理

核心情节的保留:改编者需要识别出原作中的核心情节,确保这些情节在戏剧中能够得到保留。核心情节是支撑整个故事的关键,失去了这些情节,戏剧可能丧失原作的精髓。

场景和描写的简化:文学作品中的场景和描写可能非常丰富,而戏剧的表现形式要求更简洁直接。改编者需要审慎决策,简化场景和描写,确保舞台表演不因过多细节而显得冗杂。

过渡和连接的处理:在戏剧中,由于时间的限制,需要更加迅速而顺畅地推进情节。如何处理好情节的过渡和连接,使得故事在舞台上更为流畅,是一项需要仔细考虑的工作。

(四) 舞台和视觉效果的运用

舞台设计的考虑:舞台设计在戏剧改编中至关重要。改编者需要思考如何通过舞台布景、道具和灯光等元素还原原作中的场景,同时确保这些设计能够更好地服务于舞台表演。

视觉效果与原作氛围的匹配:视觉效果要与原作的氛围和风格相匹配。改编者需要在视觉表现中找到一个平衡点,既要忠实于原作,又要通过视觉效果为观众提供一种全新的、戏剧性的体验。

音效和音乐的运用:音效和音乐是戏剧中重要的辅助手段,能够为舞台表演增色不少。改编者需要考虑如何选用合适的音效和音乐,使之与舞台表演相得协调,为观众提供更丰富的感官体验。

(五) 原作核心精神的保持

故事主题和核心信息:在改编过程中,必须确保戏剧版保留了原著的主题和核心信息。这涉及对原作的深入理解,以确保改编后的作品仍能传达原作的意义和情感。

人物的本质和发展:人物是故事的灵魂,改编者需要保持原著人物的本质和发展。尽管在改编过程中可能会有一些必要的调整,但关键是保留人物的核心特征，以确保观众能够认同和理解他们。

风格和氛围的保留：文学作品往往有独特的风格和氛围，这是原著吸引读者的重要因素。在改编为戏剧时，需要通过舞台表演、视觉效果和音效等手段，保留原著的独特风格和氛围。

（六）改编过程中的创新与挑战

新的表达手段的尝试：在改编过程中，创作者有机会尝试新的表达手段，例如通过舞蹈、实景技术、虚拟现实等创新元素来丰富戏剧的表现形式。

对话和人物情感的转换：由于戏剧侧重于对话和动作，改编者需要寻找有效的方式来转换原著中的对话和人物情感，使之适应舞台表演的需要。

观众互动的考虑：一些戏剧改编作品通过与观众的互动，增加了观众的参与感。这种互动可能包括角色走出舞台与观众互动，或是在表演中引入一些即兴元素。

（七）未来发展趋势

技术与舞台融合：随着技术的不断发展，未来戏剧改编可能会更加注重技术与舞台的融合，通过虚拟现实、增强现实等技术元素为观众带来更为丰富的感官体验。

多元文化元素的整合：随着文化交流的深入，戏剧改编可能会更多地整合不同文化的元素，呈现出更为多元化、国际化的作品。

深度挖掘原著：改编者未来可能会更加深度地挖掘原著中未被揭示的部分，通过对细节的深入剖析，为戏剧注入更多深度和内涵。

文学作品改编为戏剧是一项充满挑战和创新的任务。在这个过程中，改编者需要克服叙述结构的差异、人物转换的困难、情节压缩与删减的挑战以及舞台和视觉效果的处理等多方面的问题。在面对这些挑战时，保持原著的核心精神、创新表达手段、关注观众互动等因素都至关重要。

成功的改编作品不仅能够忠实呈现原作的精髓，还能通过戏剧形式为观众带来全新的艺术体验。未来，随着技术的发展和文化的交流，戏剧改编有望迎来更为丰富多彩、创新性的发展。

参 考 文 献

[1] 袁劲. 借石攻玉 中国文学理论导引 [M]. 北京：商务印书馆, 2023.

[2] 马春明. 中国文学的理论与创新思维研究 [M]. 北京：北京工业大学出版社, 2018.

[3] 庄锡华. 文化传统与中国文学理论的现代历程 [M]. 上海：上海三联书店, 2013.

[4] 杨春忠. 二十世纪中国文学理论史论 [M]. 济南：齐鲁书社, 2007.

[5] 虞伟. 中国古代文学理论与典型主题研究 [M]. 天津：天津人民出版社, 2021.

[6] 李晓峰. 中国少数民族文学学术史 古代文学理论卷 [M]. 大连：辽宁师范大学出版社, 2021.

[7] 刘文良. 中国当代生态文学创作理论与批评 [M]. 北京：九州出版社, 2021.

[8] 魏建亮. 中国当代文学理论的反思与重构 [M]. 上海：上海人民出版社, 2022.

[9] 贺昌盛, 何锡章. 中国现代文学基础理论稀见文献选编 [M]. 武汉：华中科技大学出版社, 2021.

[10] 高兴. 城市文化与中国现代文学研究 理论、视角与案例 [M]. 昆明：

云南大学出版社, 2020.

[11] 王进. 中国城市文学研究读本 理论卷 城市文学 知识、问题与方法 [M]. 上海：复旦大学出版社, 2018.

[12] 陈定家. 中国当代文艺学话语建构丛书 一屏万卷 网络文学理论与媒介文化批评 [M]. 杭州：浙江工商大学出版社, 2022.